표면도

표변도 1
운곡 新무협 판타지 소설

초판 1쇄 찍은 날 § 2002년 9월 10일
초판 1쇄 펴낸 날 § 2002년 9월 20일

지은이 § 운곡
펴낸이 § 서경석

편집장 § 문혜영
편집책임 § 김희정
편집 § 장상수 · 박영주 · 권민정 · 이종민
마케팅 § 정필 · 강양원 · 김규진 · 안진원

펴낸곳 § 도서출판 청어람
등록번호 § 제1081-1-89호
등록일자 § 1999. 5. 31
어람번호 § 제2-0127호

주소 § 경기도 부천시 원미구 심곡1동 350-1 남성B/D 3F (우) 420-011
전화 § 032-656-4452   팩스 § 032-656-4453
http://www.chungeoram.com
E-mail § eoram99@chol.net

값 7,500원

ISBN 89-5505-468-8 (SET)
ISBN 89-5505-469-6 04810

운곡 新무협 판타지 소설

묘변도

1

혼세무림(混世武林)

도서출판
청어람

목

차

한없이 가벼운 이야기를 쓰고 싶었습니다.

허름한 주점,
탁자 위엔 소주병들이 쓰러져 있고,
경계심도,
잘난 척하려는 마음도 모두 같이 쓰러진 자리.
불콰한 얼굴로 불알 친구들과 숨죽이며 건네던 음담패설처럼…
몇 번의 키득거림 후, 아무도 기억하지 않을 이야기…
그래서 뱉어지자마자 허공에 가루로 부서져 흩어질 이야기…
그런 이야기를 쓰고 싶었습니다.

부디 이 글을 읽는 사람들이 눈은 즐겁게,
하지만 마음엔 티끌만큼도 남지 않기를 바라며……

제 1 장

진금행 —진금행 진전장을 나서고, 도박에 손을 대다

진
금
행

진금행은 느지막이 일어났다.

그것이 특별한 일은 아니었다. 진금행의 기상 시간은 항상 늦었고 도리어 일찍 잠에서 깨는 날이 있다면 그것이 오히려 이상할 정도였다.

남들과 다른 기상 시간, 그것은 진금행이 보통 사람들과는 다른 인간이라는 것을 말해 주고 있었다.

물론 늦게 일어나는 부류 중엔 거지라는 직종에 열심히 매진하는 인간들도 있다.

하지만 진금행과 거지와는 비슷하면서도 달랐다.

거지들의 늦은 기상은 할 일이 없다는 것을, 진금행의 경우에는 일을 할 필요가 없다는 것을 나타내 주고 있기 때문이다.

'할 일이 없다'와 '일을 할 필요가 없다'는 개념이 어디에 적용되는가에 따라 신분의 차이가 갈려졌다.

진금행의 늦은 기상은 그래서 보통 사람과는 다른 특별함이 있었다.

진전장(陳錢莊)의 서열 2위가 바로 진금행이기 때문이었고 진(陳)씨 성을 쓰는 사람이 돈(錢)과 관련된 일을 하는 장(莊)의 서열 2위라면 잠자리를 채근할 만한 일은 벌어지지 않기 때문이었다.

하지만 오늘의 늦은 기상은 조금 문제가 있었다.

진(陳)씨 성을 쓰는 사람이 돈을 너무 좋아하기 때문에 자신의 집 현판에까지 집어넣은 진전장(陳錢莊)의 서열 1위의 호출을 어겼기 때문이었다.

진전장의 서열 2위는 서열 1위를 도저히 넘어설 수 없었다.

서열 1위는 서열 2위의 아버지이기 때문이었다.

그렇기에 진금행은 눈곱을 뗄 여유도 없이 부친과 함께 여덟 마리의 말이 끄는 마차에 몸을 실어야만 했다.

"이놈의 자식! 밥만 축내는 주제에 아비는 새벽부터 땀을 삐질삐질 흘리며 일을 하는데 자식 놈은 늘어지게 잠만 처자다니! 네가 그러고도 밥이 목구멍으로 잘 넘어가더냐!"

진금행은 뒤통수를 긁적이며 말했다.

"제가 호로자식이라 그렇죠 뭐~"

진금행의 아비 진충덕(陳忠德)은 치밀어 오르는 울화를 조금은 억누를 수 있었다.

그래도 제 놈이 잘못을 인정하고 스스로 욕을 하며 자책하는 모습을 보았기 때문이다.

'그래도 제 놈의 잘못은 쉽게 인정하는구… 가만, 호로자식이라……'

호로자식은 곧 호노자식(胡奴子息)이고, 호(胡)란 턱 밑 살이 늘어진 모양새고, 노(奴)란 종놈을 뜻하는 말이 분명했다.

턱 밑 살이 늘어진 종놈의 자식(子息)이라니…….

진충덕은 학문이 높지는 않아 호노자식이 욕이 된 정확한 연유는 알지 못했지만 글자 각각의 뜻은 충분히 새길 수 있었다. 그 능력도 없었다면 금과 돈이 들어오고 나가는 것을 기입하는 장부, 즉 금전 출납부(金錢出納簿)를 작성할 능력도 되지 않았을 것이고, 그 능력이 없었다면 이만큼의 돈을 모으지도 못했을 것이다.

종놈 출신으로 태어나 단단한 몸뚱이 하나 믿고 비밀 단체(?)에 투신해 절대 남에게 밝히지 못할, 그래서 아들에게까지 비밀로 간직할 그런 신분(?)까지 올랐지만 곧 내던지고 나와 험한 일을 하며 이만큼이나마 살게 된 것을 진충덕은 내심 자랑스러워했다.

하지만 진충덕이 분명 기억하는 것은 자신의 아비도, 할아비도 종놈이었다는 것이다. 따져 볼 것도 없이 십팔 대 조상도 종놈이 분명한 가문의 출신 내력이 부끄러운 것은 사실이었다. 또 고개를 내려 아래를 보니 제 신발도 보이지 않는 뚱매라는 것을 확인하고는 은근히 부회가 치밀어 올랐다.

진충덕이 스스로 고개를 숙여도 자신이 신은 신발이 무엇인지 알아보지 못하는 것은 툭 튀어나온 아랫배에 신발이 가렸기 때문이었다. 또 아랫배가 튀어나와 신발을 볼 수 없다는 사실을 지금에서야 알아차린 것도 튀어나온 아랫배를 축 늘어진 제 볼따구니와 턱살이 가렸기 때문이니 호노(胡奴)라는 말처럼 자신을 잘 묘사한 말이 없는 것 같았다.

진금행이 말한 호노자식이란 곧 자신을 욕하는 것이 아닌가?

진충덕은 내심 기분이 찜찜해졌다.

반은 기분이 좋아졌고, 반은 기분이 나빴기 때문이었다.

언제부터인가 제가 신은 신발을 쳐다볼 필요가 없어진 것이 자신이 손끝 하나 움직이지 않아도 노복들이 신발을 신겨주기 때문이라는 사실은 새삼 자신의 부를 확인하는 계기가 되었기 때문에 기분이 좋아졌고, 기분이 나빠진 이유는 종놈 출신으로 이만큼 성공한 아비에 대한 조그마한 존경심도 아들에게 받지 못했기 때문이었다.

진충덕은 깊숙이 묻은 몸을 힘겹게 앞으로 빼내며 자식에게 일장 연설을 퍼부었다.

"이놈아! 우리 진씨 가문이 어떤 가문이냐! 비천하기 이를 데 없는 노복의 신분에서 갖은 고생을 다하고 일어서 이제 너의 수발만 드는 노비만 해도 열 명이 넘어서는 위세를 가지지 않았더냐! 너는 이런 우리 진씨 가문을 앞으로도……."

진금행은 아무래도 어젯밤 춘향루(春香樓)에서 설매(雪梅)와의 술자리와 잠자리(?)가 너무 과했다고 생각했다.

속이 더부룩하여 측간에 한번 들러야겠다라고 생각했는데 부친의 채근이 워낙 심하여 그냥 마차에 오른 게 탈이 난 것 같았다.

진금행은 아직 완전히 잠에서 깨지 않은 멍한 눈을 들어 눈앞에서 열변(?)을 토하고 있는 부친의 좌우로 나부끼는 턱살을 보고, 거기에 덩달아 율동을 맞추어 원을 그리며 출렁대고 있는 부친의 배를 보자 도저히 멀미를 참을 수가 없었다.

진금행은 곧 창문의 휘장을 열어젖히고 속에 것을 게워내기 시작했다.

"우웨엑~ 웩~"

진금행이 온몸을 꼬아가며 정신없이 게워내는 것을 보자 진충덕은 비대해진 몸을 일으켜 그래도 하나밖에 없는 아들이라고 등을 쳐주는 뜨거운(?) 부성애를 발휘하고 있었다.

"왜 그러느냐? 몸이 좋지 않느냐? 어허~ 내 돌아오면 명의(名醫)를 청해 좋은 보약을 먹여야겠구나!"

자신이 젊은 날에 고생을 하느라 늦게 본 하나밖에 없는 외아들이다. 또 자신이 목숨을 몇 번이고 넘겨가며 일으켜 세운 진전장을 이끌어갈 귀하신 몸이었기에 방금 치밀어 오른 울화는 어디 가고 자상함이 가득한 걱정스런 목소리로 물어보며 등을 쳐주는 진충덕이었다.

"넌 귀한 몸이니 먹는 거 하나, 입는 거 하나라도 조심해야 한다고 내 말하지 않았더냐! 에구, 저건 동파육(東坡肉)이구나! 그게 탈이 났나 보군! 금행아, 내 너에게 말하지 않았더냐! 《예기(禮記)》 내칙(內則) 편에서 보면 음식에 관한 내용이 들어 있으니 쇠고기를 쓰려거든 쌀로 밥을 짓고, 양고기를 쓰려거든 피로 밥을 짓고, 돼지고기를 쓰려거든 기상으로 밥을 짓고, 개고기를 쓰려거든 조로 밥을 짓고, 기러기고기를 쓰려거든 보리로 밥을 짓고, 생선을 쓰려거든 외를 쓰라고 했지 않더냐. 또 대체로 봄에는 신 음식이 많고, 여름에는 쓴 음식이 많고, 가을에는 매운 음식이 많고, 겨울에는 짠 음식이 많으니 맛을 고르게 하면 미끄럽고 달다고 했다. 곧 이 네 가지 맛이 목(木), 화(火), 금(金), 수(水)에 해당하는 까닭이다. 또 달고 미끄러운 것은 토(土)를 상징하는 것이니 이것이 좋은 맛을 내려고 이리 말한 것이겠느냐? 바로 음식에도 상생상극이 있음이요, 잘 가려 먹으면 보약이 된다는 말이다. 그런데 너는 이것저것 가리지 않고 처먹으니 이렇게 탈이 나는 것이 아니더냐! 이 아비를 보아라. 내 나이가 벌써 황하가 몇 굽이를 바꾸었는지 알아볼 나이가 지났는데도 이렇듯 정정하지 않느냐!"

진금행은 정신없이 게워내는 가운데에서도 진덕충의 음식에 대한 독특한(?) 철학과 관심이 지겹기 짝이 없었다.

어찌 종놈 출신의 사람이 저렇듯 《예기(禮記)》 운운할 정도의 학식을 쌓았겠는가?

그저 이름난 숙수(熟手:주방장)를 불러 음식 맛을 보며 아부랍시고 몇 마디 중얼거린 숙수의 말을 앵무새처럼 읊어대는 것이 분명했다.

"내 말하지 않았더냐! 각 지역의 음식들도 특징이 있으니 노채계(魯菜系:산동채계(山東菜系)라고도 하며 북경(北京) 요리도 크게는 이 계통에 속한다. 북방 계통의 요리로 양념류를 많이 사용하여 맛이 진한 것이 특징이다), 회양채계(淮揚菜系:일부 상해(上海) 요리로 알려졌다. 양자강 하류 지역 요리로 민물고기, 새우, 게 등을 비교적 담백하게 요리하나 전반적으로 음식 맛이 단 것이 특징이다), 천채계(川菜系:사천 요리를 뜻하며 고추, 마(중국 후추의 일종) 등 자극성있는 진한 양념류를 사용하여 맵고 자극이 심한 것이 특징이다), 오채계(奧菜系:월채계(越菜系)라고도 하며, 광동 요리로 알려져 있다. 사용 재료가 다양하고 특히 신선한 해산물을 사용하여 재료 본래의 맛을 유지할 수 있도록 담백한 것이 특징이다) 등등 각 계열이 서로의 특징과 장점이 있으니 함부로 먹어서는 안 될 것인데……."

진덕충은 진금행의 등을 쳐주면서도 답답하다는 듯이 자신의 삶에 가장 큰 부분을 차지하는 음식에 대한 지식과 철학(?)을 늘어놓으며 진금행의 입에서 게워내 떨어지는 소화가 채 안 된 각종 분비물을 보면서 평을 해대기 시작했다.

"아이고, 이번에 게워내는 것은 북경의 고압(烤鴨)이로구나. 오리에 공기를 불어넣고 나서 나무로 항문을 잘 막아야 맛이 새지 않는 법인데……. 아이고, 이번 것은 백절육(白切肉)이로구나. 백절육은 돼지의 살을 얇게 자르되 요리 후 마르지 않을 정도의 두께로 잘라야 맛이 나는 것이지! 엥? 이번엔 남쪽의 팔보반(八寶飯)이구나. 음, 팔보반은 여덟 가지 신선한 과일의 맛도 중요하지만 찹쌀을 어떤 걸 쓰느냐에 따라… 에구, 사천의 궁보계정(宮保鷄丁)까지! 광택이 좋은 황금색인 걸 보니 솜씨 좋은 숙수(熟手)가 잘 만든 것이로구나. 궁보계정은 맵고 짠맛이 주이지만 달고 신맛이 뒤를 받쳐 주어야……."

진금행이 바로 옆에서 출렁이고 있는 진충덕의 턱살에 더욱 속이 메스꺼워 게위내는 속도가 빨라지자, 그 속도에 따라 정신없이 주워섬기던 진충덕의 말도 점점 짧아지며 각기 요리의 특징은 빼고 음식 이름만 나열하기도 벅차 했다.

"팔진탕(八珍湯), 도삭면(刀削面), 담가채(譚家菜), 소맥(小麥), 살기마(薩其馬), 소와두(小窩頭), 구불리포자(狗不理包子), 십팔가마화(十八街麻花), 과파채(鍋巴菜), 백란과(白蘭瓜), 청탕양육면(淸湯羊肉面), 고삼장육(高三醬肉), 열동과(熱冬果), 천층우육병(千層牛肉餠), 공미과(崆米果), 팔보밀식(八寶蜜食), 행복쌍(幸福雙), 서시설(西施舌), 오정포자(五丁包子), 춘권(春卷), 황교소병(黃橋燒餠)……."

그날 진씨 부자의 마차가 지나간 길가의 사람들은 평생 보지 못할, 대대로 전해질 신비한 광경을 보았다는 이야기가 전해진다.

난생처음 보는 호화로운 팔두마차가 질주하는 가운데 마차의 창문에서 오색영롱한 그 무엇이 땅바닥에 철퍼덕 떨어지고, 그때마다 마차 안에서는 돈없는 사람은 들어만 보았던 다른 성의 유명한 요리 이름들이 크게 들려오는 신비하고도 괴상한 요리 마차에 관한 이야기였다.

철퍼덕~

"장즙육(醬汁肉)~"

철퍼덕~

"앵도육(櫻桃肉)~"

철퍼덕~

"송서계어(松鼠桂魚)~"

철퍼덕~

"원앙마제(鴛鴦馬蹄)~"

하도 신기하고도 이상한 광경이었지만 마차가 지나간 뒤 땅에 떨어진 걸쭉한 그 무엇을 마을에서 가장 담이 크다고 알려진 송가가 찍어 보고 나서는 정말 맛있는 요리라고, 둘이 먹다가 하나가 죽어도 모를 맛이라며 쩝쩝대고 처먹자 온 동네 사람이 우르르 몰려들어 3장여 거리마다 떨어진 그 맛있는 요리를 먹느라 그날 하루는 시끄럽기 그지없었다고 한다.

마을 사람들은 하늘에 있는 요리의 신이 지상에 강림하여 자신에게 이렇듯 맛있는 요리를 내려주었다며 매년 그날을 기념해 그 지방 유지가 마차를 타고 지나가며 각종 요리를 빈곤층에게 베푸는 행사를 이어 오고 있다고 전해진다.

객잔에 들어 한결 뺨이 홀쭉해진 채―그래도 아직 두 뺨 사이의 거리는 한참이나 멀었다―침상에 앓아 누운 진금행 곁에 진충덕이 붙어 서서 아까 마차 안에서 채 끝마치지 못한 훈계를 늘어놓느라 정신이 없었다.

"내가 오양육마(五羊六馬)라고 주의를 주지 않았더냐! 오월에 양고기와 유월에 말고기는 그 고기에 독 기운이 있어 몸에 해로우니 먹지 말라고 했는데 각종 지역의 요리들을 그렇게 게걸스럽게 한꺼번에 먹었으니 탈이 안 날 수가 있더냐! 다행히 이곳에서 속병에 좋은 약을 지을 수 있었으니 이걸 먹고 얼른 속을 보하거라!"

진금행은 진충덕이 내어놓은 환약을 받아 꿀꺽 삼켰다.

진충덕은 걱정스러운 표정으로 바라보다가 말했다.

"내일은 서둘러야 목적지에 닿을 것인데 네 몸이 이래서 걱정이 되는구나. 오늘 밤은 밖에 돌아다니지 말고 푹 쉬어야 할 것이다. 아니, 내일 하루 더 돌보아 모레 경에 출발하도록 하자꾸나."

말하기 귀찮아진 진금행은 그저 고개만 주억거렸다.

진충덕은 가벼운 한숨을 불어 내쉬며 말했다.

"내가 나이도 이미 먹을 만큼 먹었고, 그래서인지 이미 눈마저 짓무른 지도 오래구나. 예전엔 한눈에 알아볼 수 있는 것도 이젠 침침하여 잘 보이지 않으니… 금행아."

진금행은 제 아비는 쳐다보지 않은 채 퉁명스럽게 대꾸했다.

"짓무른 것이 아니고 살이 쪄서, 그 때문에 보이지 않는 겁니다."

그러고 보니 진충덕의 눈두덩이는 두툼한 아래위의 눈꺼풀로 덮여 있어 눈의 형태가 얇은 면도로 그저 칼집만 내놓은 것처럼 보였다.

진충덕의 투실투실한 눈꺼풀이 바르르 떨렸다.

하지만 하나밖에 없는 아들이니 참아낼 도리밖에 없었다.

"도련님, 어찌 아버님께서 걱정을 하셔서 일러주는 말에 그렇게 말씀하십니까?"

진금행이 귀찮다는 시선을 돌리자 거기엔 추레하기 짝이 없는 노인네가 하나 있었다.

더 이상 비대해지기란 불가능해 보이는 진충덕이나 제 아비보다는

못하지만 이제 갓 여체의 신비에 눈을 떠가는 나이가 된 또래들보다
두 배 이상 뚱뚱한 몸매를 자랑하는 진금행에 비하자면 노인의 허리는
진씨 부자의 손목 정도에 지나지 않아 보일 만큼 바싹 마른 노인이었
다.

　방금 말한 사람이 진충덕의 곁에 서서 사사건건 자신의 트집을 잡는
것을 인생의 큰 행복이라 여기는 마 총관임을 알아보자 자연히 진금행
의 말투는 더욱 퉁명스러워졌다.

　"이봐요, 마 총관. 어디 가면 제발 우리 진전장에서 일한다고 하지
말아줘요. 원래 집에서 키우는 개가 바싹 마르면 그 개를 키우는 주인
을 욕하는 법이라오. 남들이 마 총관을 보면 우리 진씨 부자가 성질이
모질어서 아랫사람 험하게 다룰 뿐더러 밥도 거둬 먹이지 않은 걸로
알겠소이다. 원, 혀는 길어서 동네 똥개보다도 뼈다귀를 잘 핥아먹게
생겼구만은 그리 바싹 말랐는지 이유를 모르겠구먼……."

　마 총관의 양 입가에 난 몇 가닥 되지 않는 수염이 파르르 떨렸다.

　자신의 가장 큰 단점이자 평생의 큰 한이 된 부분을 진금행이 지금
사정없이 건드리고 있는 것이 아닌가?

　그래도 자신의 주인이 곁에 있고 말하는 사람이 소주(少主)인 관계
로 마 총관이 마음을 되잡으려 혀로 입술을 닦는데 과연 그 혀라는 것
이 길기는 긴 것이어서 입술을 축인다는 것이 제 콧잔등까지 훑어버리
고 마는 마 총관이었다.

　"어띠 도주께서는 그리 말뜸 하떱니까? 딸펴보면 남보다 그림을 달
그리는 따람도 있고 또 못 그리는 따람도 있는데 그걸 괴이하게 여기
는 따람은 없뜹니다요. 또한 덜혹 남들과 다른 이땅한 부분이 있다 해
도 그거뜰 감따두디는 못할망덩 놀리따니요. 단지 뎨가 말하는 부분에

있떠 남들과 다른 부분이 있긴 있떠만 눈을 감고 들으면 다 혀가 약간 딸븐 줄 알디, 약간 아듀 긴 듈은 던혀 모르는 일인데 소주께서 사방팔 방 떠벌리고 다니시니 제 됴문이 어떠케 난디 아땁니까?'

참으로 특이한 경우였다. 사람이라는 것이 혀가 길든 짧든 발음이 달라지는 것은 당연하지만 긴 혀를 가진 사람의 발음이 세상에 찾아볼 수 없는 혀 짧은 사람의 발음이기 때문이다.

그래서 마 총관을 처음 보는 사람은 그 바짝 마른 체형에 놀라고, 초라한 면상에 놀라고, 말을 하다 보면 먼저 그 짧디짧은 괴상한 발음에 놀라며, 그 이상한 발음을 하면서도 입 밖에까지 나와 팔랑대는 긴 혀에 놀라게 되니 적어도 마 총관이 누군지 알기 위해서는 네 번을 놀라야 한다는 말이 널리 퍼지게 되었다.

진금행은 말하는 가운데 마 총관의 긴 혀가 들락날락하는 꼴을 보자 더욱 속이 뒤집히는 것 같아 그냥 눈을 감아버렸다.

진충덕은 아들의 상태가 더욱 안 좋아진 것 같아 그저 한 줄로 이루어진 두 눈을 한껏 치켜뗘 마 총관을 째려보았다.

"자네는 그만 나가보는 세 좋을 것 갇네."

마 총관은 자신의 주인이 축객령을 내리자 어쩔 수 없이 방문을 열고 나가면서도 밉살스럽기 짝이 없는 자신의 소주를 흘겨보는 것을 잊지 않았다.

객잔의 후원에 나서서 휘영청 뜬 달을 쳐다보자 마 총관의 가슴은 울분으로 가득 차 올랐다.

자신이 저런 조그마한, 아니, 뚱뚱하기 그지없는 아이 하나와 말싸움을 벌일 인물이었던가?

아니었다. 강호가 좁다 하고 질타했던 자신이 아닌가?

지금 모시고 있는 주인과 함께 험난한, 그래서 몇 번이고 목숨을 내놓을 뻔한 일을 넘나든 것이 몇 번이었던가?

그런데 나이를 먹고 겨우 진전장이라는 조그마한 장원에 몸을 깃들여 살면서 저런 덜떨어진 아이 하나와 입씨름을 해야 하는 자신이 한심스럽기 그지없었다.

'현오지영(顯五枝影) 필유혈화(必有血花).'

그 여덟 글자가 과거의 마 총관에게 항상 따라붙던 별명이었다.

'다섯 가지가 붙어 있는 그림자가 나타나면 필히 피가 꽃잎처럼 피어난다.'

얼마나 멋있는 말인가?

아닌 게 아니라 두 팔과 두 다리, 그리고 긴 혓바닥이 나타나면 그 앞에 선 사람은 살려는 욕심을 버려야만 했지 않은가?

사람들을 공포에 젖게 했던 '나찰귀의 긴 혀가 피보다 붉은 것은 수천 사람의 피를 마셨기 때문'이라던 강호의 말은 어디로 가고 밉살스런 아이의 놀림감이 되었단 말인가?

마 총관은 곧 옆에 조경을 위해 세워둔 바위에 오른손을 깊숙이 쑤셔 넣었다.

피시식!

무언가 끓는 소리가 나며 마 총관의 손이 서서히 바위 속으로 사라져 갔다.

자신의 울분을 참지 못해 저지른 일이지만 주인의 이목이 두려워 마음 놓고 바위를 때려부수지도 못하고 이렇게 내가중수의 수법으로 울화를 풀어낼 수밖에 없는 자신의 처지가 더욱 한심스럽고 울화를 끓게

했다.

앞에 있는 바위에 점점 진금행의 모습이 겹쳐 보이자 마 총관의 혀가 입 밖으로 점점 나오기 시작했다.

원독이 어린 마 총관의 두 눈이 붉게 충혈되면서 나불대는 긴 혀 사이로 한 서린 마 총관의 신음성이 터져 나왔다.

"듀거… 또끄만 놈이… 감히 나를 가지고 놀아? 듀거! 듀거! 듀거 버려! 네놈이 감히 내가 누군지 모르고… 으으… 듀겨 버리고 말 테다!"

처음엔 작게 시작되었던 소리가 점점 커지며 바위가 조금씩 녹아내리듯 부서져 갔다.

얼추 마 총관의 손이 팔꿈치까지 바위틈 사이로 파고들었다 싶을 때였다.

따악~

마 총관의 두 눈이 삐져 나온 긴 혓바닥보다 더 튀어나오는 것처럼 보였다.

"어떤 때끼야!"

난데없이 뒤통수를 얻어맞은 마 총관이 섬전처럼 뒤돌아섰을 때 거기엔 진충덕이 태산처럼 버티고 서 있었다.

"어라? 당듀께서……."

"네가 보이는 게 없는가 보구나! 감히 내 아들에게!"

"아니, 그게 아니라……."

"아니긴 뭐가 아니더냐! 내가 이미 다 지켜보았거늘!"

조금 전의 흉악스런 모습은 어디로 갔는지 고양이 앞에 생쥐 꼴이 된 마 총관은 어쩔 줄을 모르고 쩔쩔매고 있었다.

"이번 챙자는 특히 조심해야 할 것이다! 혹시 내 아들의 신체에 조그마한 위해가 가해지는 일이 있다면 네 뼈를 갈아 마실 것이니까!"

진충덕은 조금 전까지 마 총관의 손에 부서져 내리던 바위를 손가락으로 톡톡 몇 번 치고는 횅하니 찬바람이 일듯 되돌아서 가버렸다.

바짝 얼어 있던 마 총관은 진충덕의 그림자가 보이지 않자 한숨을 쉬며 가슴을 쓸어내렸다.

"그래도 당듀께서 뎡딜이 많이 듀근 게야! 예전 같으면 그냥 둑은 목듐이었는데……."

마 총관의 혼잣말이 채 끝나기도 전에 이상한 소리가 들려왔다.

쩍~ 쿵!

마 총관이 돌아보니 바위가 두 쪽으로 갈라져 나뒹구는 것이 보였다.

마 총관은 그 섬칫한 광경에 등골이 떨리는 것을 느꼈다.

진충덕의 성질이 많이 죽었다고는 하지만 아직 그 손속의 재간은 녹슬지 않은 것을 확인했기 때문이다.

장터는 요란스럽기 짝이 없었다.

물건을 흥정하는 사람과 손님을 끌어들이기 위해 목청을 돋우는 상인, 그리고 물건을 사기 위해 이리저리 돌아다니는 사람까지, 그야말로 시끄럽고 어지러웠다.

그 사이로 유유자적하며 뒷짐을 진 채 진금행은 걸어가고 있었다.

어제 배앓이 때문에 행차를 하루 늦춘 덕에 이렇듯 시전을 둘러볼 여유를 가지게 된 것이었다.

주위를 한가하게 둘러보던 진금행의 눈이 반짝였다.

한쪽 구석에 사람들이 여럿 둘러서서 한 사람의 손을 뚫어져라 쳐다보는 것을 보았기 때문이다.

진금행은 곧 그 일행들 사이를 비집고 들었다. 하지만 덩치가 남들과 달랐기에 쏘아보는 많은 시선과 힘든 몸싸움 끝에야 겨우 맨 앞자리에 당도할 수 있었다.

거기엔 웬 사내 하나가 탁상 하나를 두고 그 위에 검게 뒷면을 칠한 나무 패 세 개를 올려놓고 목청껏 외치고 있었다.

"자자! 맞추면 세 배! 맞추면 세 배를 드립니다! 개 눈을 박지 않은 다음에야 누구나 볼 수 있고 확인할 수 있는 아주 간단한 놀이입니다. 세 개의 패 중 하나만 매화문이 그려져 있습니다! 바로 그걸 맞추면 세 배입니다!"

저 검은색이 칠해져 있는 패들 중 하나가 그 앞면에 매화문이 그려져 있고, 그것을 맞추면 세 배라는 뜻이었다.

이미 한 판이 지나갔는지 세 개의 패는 엎어져 있고 그중 맨 오른쪽의 패 앞에 돈이 쌓여 있었다.

"그만 지껄이고 이제 그만 까봅시다!"

군중들 사이에서 누군가 외치자 사람들이 와~ 하며 일제히 동감의 뜻을 나타냈다.

"자자, 그럼 재물신이 여러분께 왕림하셨는지, 아니면 이 오가에게 납시셨는지 확인해 보겠습니다!"

길게 한 목소리를 뽑아낸 후 오가라고 말한 사람이 맨 왼쪽의 패를 뒤집자 거기엔 아무런 무늬를 찾아볼 수가 없었다.

"히야~"

사람들이 안도했다는 한숨이 일제히 터져 나왔다.

"자자, 이빈엔 여러분들이 거신 맨 오른쪽의 패입니다!"

사내의 손길이 천천히 맨 오른쪽의 패를 뒤집었다.

"꿀~ 꺽~"

그 손길에 맞추어 돈을 건 사람들의 침 넘기는 소리가 크게 들렸다.

하지만 사내가 넘긴 맨 오른쪽의 패에는 아무런 무늬가 없었다.

"아휴~ 또 꽝이구먼~"

사람들의 아쉬운 비명이 여기저기서 들려옴과 동시에 사내가 빠르게 가운데 패를 뒤집자 거기에는 빨간 홍매(紅梅)가 그려져 있었다.

"아이고, 이걸 어쩌나. 이번에도 제가 먹게 되었습니다그려. 자자, 아쉬워들 마시고 이번엔 찬찬히 돌릴 터이니 눈을 크게 뜨고 보십시오. 맞추면 세 배입니다, 세 배! 눈알만 크게 뜨면 세 배가 들어옵니다요!"

오가가 신이 났는지 흥얼거리는 곡조에 맞추어 말을 하면서 두 손으로 세 패를 섞어가기 시작했다.

느릿느릿하게 움직이던 손이 우뚝 멈추자 사람들이 다투어 한곳에 돈을 걸기 시작했다.

역시나 와자스런 오가의 말이 울려 퍼진 후 오가가 패를 확인하자 또 한 번 사람들은 실망의 한숨을 내쉬고 있었다.

그 후로도 매번 확실하다 싶은 곳에 돈을 걸어도 번번이 오가의 승리로 결판나자 자연 흥이 식었는지 돈 거는 사람들이 드물게 되고 그 액수 또한 보잘것이 없어졌다.

몇 판이 더 돌자 거의 모든 사람들은 그저 구경만 할 뿐 돈을 거는 사람은 한두 사람에 지나지 않게 되었다.

"아이고, 오늘 재물 복은 이 비천한 오가 놈에게 왔나 봅니다. 하지만 그 행운이 언제까지 계속될지는 모르는 법 아니겠습니까? 오늘은 오가에게 왔지만 내일은 여러분에게 갈 것입니다. 아니, 바로 지금 이 판에 여러분에게 행운이 있을지도 모를 일 아니겠습니까? 맞추면 세 배입니다. 이만큼의 이문은 세상 천지 눈 닦고 봐도 보질 못할 뿐더러 두 번만 더 눈을 닦으면 훤히 보이는 패입니다. 홍매를 찾으면 세 배! 홍매만 찾으면 세 배! 누구 안 계십니까?"

"네가 분명 세 배라고 했지?"

"예, 세 배입니다요!"

오가가 반가움에 얼른 답을 하고 보니 그 거만한 목소리의 주인공은 아까부터 삐딱하니 고개를 꼰 채 구경만 하던 뚱뚱한 청년이 아닌가!

오가의 표정이 뒤틀렸다.

입은 옷으로 보고 또 시건방진 태도로 판단해 볼 때 분명 돈 많은 집 안에서 귀하게 자란 철부지에 지나지 않는데 그런 놈에게 하대를 받으니 기분이 상한 것임을 누가 보더라도 알 수 있었다.

"세 배를 드리긴 드립니다만 재수있는 사람만 가질 수 있읍죠!"

"으흠… 그럼 나도 한번 걸어봄세."

그 뚱뚱한 청년이 거만한 태도로 옷 속을 뒤져 툭 던져 놓는데 그것은 큼직한 은덩이 하나였다.

"우와~"

사람들 사이에선 탄성이 터져 나왔다.

저 나이의 소년이 가지고 다닐 만한 금액은 분명 아니었고, 여기 있는 사람들이 모두 털어낸다 해도 될까 말까 한 금액이었기 때문이다.

"되긴 되는뎁쇼……"

오가의 눈이 가늘어지며 혀로 입술을 축였다.

곧 제 것이 될 게 뻔한 은덩이를 보고 누가 욕심이 나지 않을까?

한풀 꺾였던 홍이 갑작스럽게 나타난 소년으로 인해서 기이한 열기에 휩싸이게 되었다.

"된다면 해야지!"

진금행은 팅팅 불은 뺨을 씰룩이며 묘한 웃음을 지었다.

그리고는 은덩이를 천천히 가운데 패 앞으로 밀어놓았다.

"어?"

보던 사람들이 일제히 의아해했다.

분명 이번에 돌려진 패 중에 홍매가 그려진 패는 겉으로 보기에는 맨 왼쪽 패가 분명해 보였고, 이미 그 앞에는 그 사실을 증명이라도 하듯 몇 개의 동전이 걸려 있었다.

더군다나 이번 패는 저 오가의 손 아래에서 몇 번 옮겨지지 않았고, 더구나 그것도 여태껏 보지 못했을 만큼 천천히 움직인 게 분명했다.

자연히 홍이 식어 얼마 걸리지 않던 판에 비해 이번 판에는 그래서 다른 판보다 걸린 돈이 더욱 많았는데 저 돈 많은 청년이 멍청하게 가운데 패에 걸었으니 사람들이 놀란 것도 무리가 아니었다.

하지만 가장 크게 놀란 것은 오가인 듯했다.

눈을 커다랗게 뜨는 듯하더니 곧 인상이 말로 형용할 수 없을 만큼 찌푸려졌다.

하지만 곧 안색을 바꾸어 미소를 지어 보이며 사근사근하게 말했다.

"아이고! 거긴 돈이 안 걸린 곳인데 어쩌나……. 하지만 이미 거셨으니 무를 수는 없고… 일단 확인해 봐야겠습니다. 귀공자께서 세 배의 은덩이를 가져가시길 빌며……."

오가의 손이 뻗어 나와 막 가운데 패를 뒤집으려는데 진금행의 일갈이 커다랗게 울렸다.

"잠깐!"

내뻗던 손길을 우뚝 멈추고는 의아한 표정으로 오가가 진금행을 쳐다보았다.

"이미 벌어진 판이라 물릴 수는 없는 대신에 내가 확인해 봐야겠다! 떨어진 낙엽이요, 익은 쌀밥이며, 겁탈당한 처녀처럼 일은 이미 벌어져 무를 수가 없으니 누가 확인한들 그 결과가 다르게 나오겠느냐?"

진금행은 빠르게 말을 뱉은 후 포동포동한 손을 내밀어 얼른 가운데 패를 뒤집으려 하였다.

"어라? 잠깐만……. 그게 아니고… 그럼 안 되는데……."

오가가 당황하며 가운데 패 위에 얼른 자신의 오른손을 가져다 덮었다. 혹시라도 진금행이 가운데 패를 냉큼 엎을까 봐 일단 자신의 손으로 패를 덮어버린 것이었다.

오가가 어어 하며 당황하는 틈을 타 진금행은 오가가 손으로 덮은 가운데 패는 놔두고 다른 패를 양손으로 뒤집어 펴며 외쳤다.

"내 패가 맞다면 요건 아닐 것이고… 거 봐, 아니지! 그럼 이것도 아니어야… 맞다. 아니지! 그러니 당연 내가 건 것이 홍매패라는 것은 숙은 황제가 와도 뒤집지 못하는 사실이지!"

다른 패를 뒤집어 아무런 무늬도 없음을 빠르게 확인한 진금행은 자랑스럽다는 표정으로 우쭐대며 오가를 쳐다보고 있었다.

"우와~"

사람들의 탄성이 터져 나왔다.

저 은덩이의 세 배라면 도대체 얼마라는 얘기인가?

이 중에는 한 번도 제 손에 잡아보지 못한 사람이 태반일 것이고, 아예 구경조차 못한 사람들도 있을 게 분명했다.

오가의 표정이 똥 씹은 사람처럼 사정없이 구겨졌다.

"얼른 펴슈!"

"맞다! 얼른 확인해 보자구!"

제 일도 아니면서 홍분한 사람들이 신이 난 목소리로 외쳐 댔다.

오가의 손이 떨리며 천천히 가운데 패를 뒤집는데 거기에는 선명하게 붉은 매화 꽃이 그려져 있었다.

"이야~"

새삼스런 탄성이 또 한 번 터져 나왔다.

오가가 한참을 씨근덕대며 진금행을 쏘아보았다.

진금행은 입꼬리를 묘하게 올려 웃으며 물었다.

"왜? 내줄 돈이 없어?"

"뿌드득, 있소이다."

오가가 이빨을 갈아붙이며 제 품속에서 은덩이 세 개를 꺼내놓자 진금행은 냉큼 받아서 조심스럽게 품에 갈무리했다.

"우와! 대단하군. 자네는 어떻게 가운데 것이 홍매패인 줄 알아보았는가?"

늙수그레한 늙은이가 대견하다는 듯 진금행을 보며 물었다.

"아, 뭐 다른 것이 있겠소? 사람들이 두 눈으로 뻔히 보고도 거는 족족 돈을 잃는 것은 분명 허깨비가 장난치기 때문이 아니겠소? 그렇다면 아주 간단한 일 아니요?"

분명 장유유서(長幼有序)가 분명한데도 늙은이에게 평대를 하는 낯짝 두꺼운 진금행이 얄밉고 건방져 보였지만 사람들은 그것을 탓할 정신이 없었다.

저 귀신같은 오가에게 단 한 판에 거금을 딴 비결을 얻어들을 수만 있다면 욕이라도 기쁘게 받아들일 각오가 되어 있기 때문이었다.

진금행은 그런 사람들을 거만하게 둘러보다 천천히 말을 이었다.

"분명 진짜다 싶은 패와 아닌 패를 귀신이 곡할 재주로 바꿔치기하는 것이 분명하지 않겠소? 그러니 나는 홍매패가 아닌 다른 패만 처음부터 뚫어져라 쳐다보았다오. 홍매패에는 전혀 신경을 쓰지 않고 말이오. 그리고는 내가 홍매패가 아님을 분명히 확인한 패를 제외하고 또 사람들이 돈을 건 패는 분명 홍매패가 아닐 테니 자연히 다른 한 패가 홍매패가 분명하지 않겠소? 또한 귀신같이 패를 바꿔치기하니 그 패를 확인한다면서 패를 바꿀지 누가 알겠소이까? 어쩌면 처음 돌리는 패는 모두 홍매패가 아니고, 돈을 다 건 후 뒤집는 과정에서 홍매패와 은근슬쩍 바꿔놓는지도 모를 일 아니요? 하지만 상대를 잘못 골랐지! 그래서 내가 나중에 패를 뒤집겠다고 한 것이라오! 당신들도 내 방식을 따라 돈을 거시오. 그리고 정녕 저 오가가 정정당당하다면 패를 뒤집는 사람을 정해 오가 손을 거치지 않고 그 사람에게 패를 뒤집어보게 하는 것이 좋을 것이오!"

거기까지 말한 진금행이 주위를 두리번거리다 한 사람을 지적했다.

"옳지, 저기 저 뒤에 남루한 늙은이가 좋겠군. 주독이 올랐는지, 아니면 풍기가 있는지 몰라도 끊임없이 손을 떠는 것으로 봐서 잔재주를 피울 재간이 없는 것이 분명하고, 멍한 눈빛을 보면 머리도 좋지 않은 게 분명하니 도리어 이런 판에서는 가장 믿을 만한 사람일 것이오. 그래, 노인장 이름은 어떻게 되시오?"

멍하니 구경만 하다 난데없이 진금행에게 지명된 늙은이는 놀라 더듬거리며 대답했다.

"홍, 홍… 홍규동(洪規同)이라고 하네만……."

"노인네는 단순히 패를 뒤집고 다행히 돈을 딴 사람이 일 문씩 던져 준다면 이 일을 할 용의가 있소이까?"

홍규동은 진금행의 난데없는 제의에 멍하니 헤아려 보다가 결국 자신에게 좋은 일이라는 것을 깨달았는지 몇 개 안 남은 이빨을 내보이며 헤벌쭉 하니 웃어보였다.

"당, 당연한 말을……. 기, 기꺼이 하겠네."

홍규동은 주독으로 손을 떠는 것뿐만 아니라 말까지 더듬는 노인네가 분명했다.

"그럼 여러분께서 내 말을 새겨듣고 저 사람 속이는 것이 불가능한 노인장에게 패를 뒤집는 일을 시킨다면 돈을 잃는 일은 없을 것이오. 만약 내 얘기대로 오가가 하지 않겠다면 분명 수작질을 피우겠다는 얘기이니 여러분들이 오가의 손목을 잘라 버린다 해도 억울하다 하지는 못할 것이외다!"

"당연하지! 제까짓 게 안 하겠다고 하면 내 돈을 날것으로 먹어온 것이니 내 손모가지뿐만 아니라 모가지까지도 함께 잘라 버리겠네!"

힘깨나 쓰는 듯한 장정 하나가 진금행의 말에 큰 소리로 화답하며 오가를 쏘아보았다.

이미 사람들의 눈은 탐욕으로 물들었고, 오가가 진금행이 제의한 방법대로 따르지 않는다면 절단을 내버리겠다는 뜻을 숨기지 않고 있었다.

성미 급한 사람들은 그저 재미로 걸던 것을 넘어 온몸을 뒤져 가져온 모든 돈을 털어 탁상 위에 올려놓을 정도였고, 어떤 사람은 얼른 뒤돌아 집으로 달려갔으니 집안의 모든 돈을 긁어올 것이 분명했다.

진금행이 일러준 방법이란 것이 누가 들어도 참으로 간단하면서도 묘한 방법이 아닌가!

오가는 이미 발을 빼기에는 늦었다는 것을 깨달았는지 벌레 씹은 표정으로 진금행을 쏘아보았고, 그 옆에는 싱글벙글 웃고 있는 홍규동이 다가서서 떨리는 손을 쥐락펴락하며 언제든 패를 뒤집을 준비가 되어 있음을 밝히고 있었다.

오가가 으드득 이빨을 갈아대며 진금행에게 물었다.

"너는 나와 다시 한 번 놀아보겠느냐?"

어느덧 평대로 변한 오가의 말에 진금행은 입꼬리를 다시 한 번 말아 웃어 보이며 말했다.

"내가 미쳤어?"

제 2 장

화소접 — 진금행 화소접을 만나고, 화소접은 마 총관을 만나다

화
소
접

"몇 판이나 이어졌지?"

진금행은 기름이 좔좔 흐르는 오리 날갯죽지를 베어 물며 물었다.

"그냥… 한 스무 판 남짓 되나?"

진금행 앞에 앉아 진금행이 먹는 모습만 보아도 속이 더부룩하다는 표정을 짓고 있는 사람은 아까 홍매패를 돌리던 오가였다.

"우걱우걱~ 그래, 돈은 다 긁어냈고?"

진금행이 입 안 가득 오리고기를 밀어 넣으며 묻자 비위가 상한다는 듯 오가가 인상을 찌푸리며 대답했다.

"그냥, 보통 수준은 조금 넘는 정도."

진금행은 오가의 대답이 마음에 든다는 듯 큰 소리로 트림을 꺼억 하고는 다시 물었다.

"그런데 네 사부님은 안 보이는데?"

"사부님은 술 한잔 하러 가셨는데……."

오가의 말이 끝나기가 무섭게 방문을 밀치며 홍규동이 들어서고 있었다.

시전에서의 모습과는 달리 언제 그랬냐는 듯 떨리던 손은 멈춰져 있었고 멍해 보이던 얼굴도 날카로운 모습으로 변해 있었다.

"헐헐, 금행이가 도와주지 않았다면 언제 이런 재물이 들어오겠느냐? 저 오가 녀석은 데리고 있어봐야 아무런 소용이 없으니… 쯧쯧……."

홍규동의 말에 진금행이 씨익 웃어 보이며 답했다.

"그래도 이렇게 써먹을 데가 있으니 얼마나 다행입니까? 다행히 제 밥벌이 정도는 하지 않습니까?"

"그래도 아직 멀었어. 네놈이 3일 만에 깨달은 것을 저놈은 3년이 지나도록 익히지 못했으니……. 에잉! 이제야 겨우 패를 뒤집으며 바꿔치기하는 재주 하나로 버티니 어떻게 살아가야 할지 막막하구나!"

오가, 아니, 오필도(吳必道)는 억울하다는 듯이 항변했다.

"그걸 왜 제게 탓하십니까? 흥을 북돋는 것은 사부님 책임인데……. 그저 술이나 자시러 다니실 뿐 도와주지 않으시니 돈이 몰리지 않는 것 아닙니까!"

진금행은 다시 고개를 숙여 먹는 데 열중을 하고, 홍규동과 오필도가 옥신각신하고 있는 객잔의 3층, 그것도 구석에 비밀스럽게 차려진 방에 또 다른 한 사람이 들어서고 있었다.

보통 사람보다는 머리통 두 개가 더 얹어져 있는 듯한 거구의 사내였는데, 그 얼굴은 송충이가 기어가는 듯한 거친 눈썹에 얼굴 한가운데를 지나는 도상(刀傷) 때문에 일그러진 왼쪽 눈은 문들어진 채로 있는 흉악한 얼굴이었다.

한마디로 '나 힘깨나 쓰는 놈이고 이미 저승에 몇 놈 보냈수다' 라고 얼굴과 몸으로 나타내고 있었다.

"아이고, 철혈방주(鐵血幇主)께서도 오셨구랴?"

홍규동이 반갑게 거구의 사내를 맞았다.

"철혈방의 호 방주님께 인사드립니다."

오필도 역시 일어나 호동에게 포권을 취해 보이며 예를 표했다.

하지만 호동은 방에 들어서서는 진금행에게만 시선을 고정시키고 있었다.

"진전장의 소장주에게 인사를 미처 차리지 못했구먼. 아랫것들이 진 전장 어르신께서 오셨다는 것을 늦게 기별하는 바람에……."

호동은 왠지 덩치에 어울리지 않은 멋쩍은 웃음을 흘리며 진금행에게 말을 건넸다.

그런데 진금행은 먹던 오리 다리를 입에서 뗄 생각을 않고 그저 고개를 끄덕여 인사를 차린 후 우물거리며 말했다.

"우직우적. 그래, 저기 기천사지(欺天詐地) 사제에게 자릿세들 받으러 왔구려."

호동은 얼굴이 붉어지며 제 뒤통수를 긁어댔다.

"아니… 뭐, 진 공자와 친한 분들에게까지 자릿세를 받을 생각은 없었네. 받아봐야 몇 푼 되지도 않고……. 진 공자와 친분이 있는 것을 알고는 아랫것들을 시켜 도리어 보호까지 해주었는데 뭘……. 그건 그렇고, 혹시 자네 부친께서 다른 말은 없었는가?"

진금행은 영문을 모르겠다는 듯 눈을 동그랗게 뜨고는 되물었다.

"아버님은 호연객잔에 머물러 계시는데? 궁금하면 가보시구랴."

진금행의 말에 호동이 펄쩍 뛰다시피 놀랐다.

"어찌 자네는 그리 말하는가? 자네와 나 사이에……."

그리고는 호동이 눈을 거슴츠레 뜨고는 은근한 목소리로 말했다.

"그건 그렇고, 자네 전에 내가 보내준 옥매는 어땠는가? 금향이도 딸려 보냈는데 금향이 고것이 속살이 탐스럽다고 해서 내가 자네를 특별히 생각해서 보내주었다네. 옥매는 방중술이 특히 뛰어난 아이라고 해서……."

진금행은 듣기도 귀찮다는 듯 천천히 오리고기를 내려놓고는 트림을 요란스럽게도 했다.

"꺽~ 꺼억~ 꺽~ 아, 걔네들? 뭐, 별로 좋은 건 모르겠고… 전에 마 총관과 아버님이 나누는 소리를 들었는데 철혈방의 이만 냥이 언제 삼만 냥으로 불어났냐며 놀라시더구랴. 거 갚을 건 빨리빨리 갚지 그러슈?"

호동은 더욱더 당황스럽다는 듯 얼굴까지 붉어지며 떠듬거렸다.

"그, 그게 그만 복리가 돼서 눈덩이 굴러가듯 하루하루 불어나니 환장할 지경이네. 그러니 자네가 편의 좀 봐주어야 하지 않겠나? 그런 뜻에서 옥매와 금향이를……."

"아, 거참 그만 좀 하슈. 그런 계집애들은 춘향루에 가면 널리고 널렸소. 그리고 인물이 반반하길 하나, 당장 저 창 너머로 보이는 소녀들 중 일곱은 걔들보다 반반할 것인데……."

진금행은 고개를 들어 창밖을 내다보았다.

그러더니 말을 잇지 못하고 입을 떡 벌리고 있는데 무언가에 크게 놀란 듯 턱살이 이리저리 흔들리고 있었다.

호동과 홍규동, 그리고 오필도는 그런 진금행의 모습에 더 크게 놀라고 있었다.

도대체 세상에 어떤 일이 진금행을 놀라게 할 수 있단 말인가!

다른 사람도 아닌 진금행을!

세 사람은 일제히 창가로 달려가 진금행의 시선이 머무는 곳을 쳐다보았다.

있었다.

객잔과 맞붙은 건물인 2층에 한 소녀가 앉아 있었다.

파란 경장으로 몸을 감싸고 탁자 위에 검을 올려놓은 것으로 보아 무림인임을 한눈에 알아볼 수 있는 절색의 소녀였다.

그제야 세 명은 서로의 얼굴을 쳐다보며 씁쓸한 웃음을 웃었다.

진금행의 관심을 끄는 세 가지는 곧 진금행에게는 가장 귀중한 세 가지였으며 또한 진금행을 놀라게 할 수 있는 유일한 것이었으니 그 각각이 먹을 것과 돈, 그리고 여자였다.

그러니 절색의 여자를 보고 저렇듯 놀라는 것이 이상한 일은 아니었다.

남들은 다 놀라는 일에도 태연한 진금행은 그 세 가지에 있어서는 다른 사람이 놀라는 것보다 더 놀라워했고, 추구했으며, 사랑했으니 분명 절색을 앞에 두고 저렇듯 놀라는 일도 이상한 것이 아니었던 것이다.

진금행이 놀라워하는 난데없는 변고(?)에 가장 기뻐하는 것은 호동이었다.

안 그래도 빌린 돈을 갚을 능력과 방법이 없어 쩔쩔매고 있던 차에 진금행이 저토록 마음에 들어하는 물건(?)을 건졌으니 이 물건을 잘 요리해 바친다면 그토록 고민했던 문제가 잘 풀릴 수도 있을 것 같아서였다.

"우하하~ 역시 진 공자의 안목과 풍미는 남다른 것이었음을 이 우형은 알지 못했네그려. 원래 저렇듯 도도하면서도 차가운 듯 보이는 여자가 막상 침상 위에서는 화려하고도 뜨거운 법이지! 더군다나 저 여자는 무림인인 듯하니 얼마나 몸이 탱탱하겠는가? 또한 방귀석에만 처박힌 여식들과 달라 몸을 단련시키는 데 여념이 없었을 것이니 발육 또한 남달라서 나올 곳은 나오고 들어갈 곳은 들어간데다가……."

호동이 말을 하며 진금행의 눈치를 살피는데 진금행의 두 눈은 여자에게서 떨어질 줄을 몰랐다.

"흠흠, 어떤가? 이 우형이 진 공자에게 선물을 하나 하고 싶은데……. 월하노인이 별것인가? 선남선녀의 정분을 맺어주면 그것이 월하노인이지! 그래서 이 우형이 두 팔을 걷어붙이고 그 연분을 맺어주겠네! 바로 저 소녀와 말일세!"

호동의 말이 끝나기 무섭게 진금행의 입에서는 씹다 만 오리고기가 튀어나오며 빠르게 되물었다.

"정말이오?"

"그렇다네! 이 우형이 그래도 여기에서는 방귀깨나 뀌고 사니 그 정도 일이야 못 꾸미겠는가?"

"그래도 저 소저가 승낙을 할지……."

호동이 자신있다는 듯 제 가슴을 통통 두드리며 장담했다.

"걱정 말게! 어르고 구슬리는 것은 철혈방의 특기 중 특기니 철혈방의 방주인 내가 그만한 재주쯤이야 못 가졌겠는가? 단지 자네는 철혈방으로 가서 생쌀이 익은 밥이 되게 할 방법만 생각하면 되니 이젠 단지 뜸 들이는 일만 남았네그려. 한데, 그 삼만 냥은……."

이번엔 진금행이 제 가슴을 두드리며 장담했다.

"모르긴 모르되 그렇게만 된다면 아마도 진전장과 철혈방의 관계는 돈으로 따질 수 없는 관계가 될 것입니다!"

어느덧 착실히 존댓말까지 붙이며 장담하는 진금행을 보면서 자신들도 사기를 처먹고 사는 신세지만 왠지 진금행이 노리고 있는 소녀의 신세가 불쌍해지는 홍규동과 오필도였다.

진금행은 아까부터 안절부절못하고 있었다.

방 안은 분홍색으로 치장되어 있었고 침상 위에는 화려하게 자수가 놓인 금침이 깔려 있었는데 진금행은 방 안을 서성이며 마음을 가다듬지 못하고 있었다.

'아… 무림인이라……. 그리고 보면 나는 손쉽게 얻을 수 있는 기녀들만 상대했지 한 번도 여염집 규수와 사귄 적이 없지 않은가? 거기에 칼끝을 딛고 산다는 무림인이라니, 언제 꿈이라도 꾸어봤던가?'

개잔에서 보았던 소녀의 옷가지를 상상 속에서 한 꺼풀씩 벗겨내며 행복한 공상을 하고 있는 것만 해도 행복한데 그 일이 얼마 안 가 현실이 될 것이니 온몸이 짜릿해지는 것이 정신을 차릴 수 없을 정도였다.

입가에 침까지 흘러내리며 행복한 공상을 하는 찰나 어디서 괴상한 목소리가 들려왔다.

"도대체 도련님께던 여기서 뭐 하따는 겁니까? 당듀께서 얼마나 찾으디는디 모르딴 말입니까?"

말만 들어도 누구인지 누구라도 금방 알 수 있는 마 총관이었다.

곧 어여쁜 소저가 들어와야 할 문이 거칠게 열리며 비루먹은 형색의 바짝 마른 마 총관이 들어섰다.

"아니, 여기더 뭐 하따는 겁니까? 그리구 호 방듀는 도련님께 얘기가 되따믄서 땀만 냥을 나 몰라라 하는데 그건 또 무뜬 일입니까?"

진금행은 화가 나면 더욱 짧게 발음되는 마 총관의 말을 들으며 인상을 구길 수밖에 없었다.

"호 방주는 어디에 있습니까?"

마 총관은 더욱더 화가 난다는 듯이 따져 물었다.

"모릅니다. 그냥 나를 불러내 땀만 냥은 다 해결됐따고 하믄서 선물을 마련하러 가야 된다고 그냥 가뜹니다. 도대체 어떠케 된……."

마 총관이 따따부따 따져 묻는데 갑자기 밖에서 비명 소리와 함께 누군가가 다투는 소리가 들렸다.

철혈방이라면 기련노마(祁連老魔)와 절각도 강구의 세력과 비교하자면 한 수 떨어지긴 해도 인근 지역에서 감히 건드리는 자가 없을 정도의 위세를 갖추고 있는 방파였다.

그런데 그런 철혈방에 누가 감히 쳐들어왔는지 몰라도 다투는 소리가 철혈방에서 가장 깊숙한 이 방까지 가까워지는 것을 봐서는 철혈방의 사람들이 밀리는 것 같았다.

마 총관의 눈썹이 움찔하더니 노한 기색을 띠었다.

"누가 감히 내가 있는 곳에서 따우다니!"

그리고는 곧 진금행을 벽에 밀어붙여 침상 아래로 밀어 넣었다.

"얼른 팀땅 아래로 숨으뗍요. 혹시라도 도련님이 다티시믄 저 당듀님께 듁듭니다요."

쾅!

마 총관이 미처 뚱뚱한 진금행을 침상 밑에 숨기기도 전에 문이 박살나며 파란 그림자가 뛰어 들어왔다.

"어라?"

마 총관은 짧은 감탄사를 발했다.

파죽지세로 철혈방의 문도들을 허물어뜨리고 다가와서 내심 긴장을 했는데 이제 보니 새파랗게 어린 계집이 아닌가?

그제야 앞뒤의 정황을 맞춰본 마 총관이 진금행에게 버럭 소리를 내질렀다.

"아니, 이데 보니 저 데딥애 때문에 땀만 냥을 탕감해 주뎠단 말입니까? 뎌 도그만 데딥애 만날라구 호 방듀에게……."

하지만 이미 여자가 들어왔을 때 마 총관에게 수혈을 짚힌 진금행은 들을 수가 없었다.

"말라비틀어진 늙은 놈이 진가냐, 아니면 불어 터진 저 어린 놈이 진가냐? 어느 놈이 감히 죽으려고 나를 탐했단 말이냐! 썩 이리 나오너라!"

청색 경장 차림의 여자는 깜직한 제 외모만큼이나 앙칼진 목소리로 외쳤다.

"뭐? 너 방금 뭐라고 떠부렸냐?"

마 총관이 어이가 없어 손가락으로 제 코를 가리키며 혀로 입술을 축였다.

"혀가 길어서 제 콧구멍도 쑤시겠구나! 아니, 네 혀 길이를 보아하니 네놈의 똥구녁까지 훑어낼 수 있겠구나!"

여자가 성이 바짝 오른 듯 벌게진 얼굴로 마 총관을 놀려대었다.

과연 무림에 몸을 들인 탓인지 여자의 입에서는 거리낌없이 똥구녁이란 말까지도 서슴없이 튀어나왔다.

이번엔 마 총관의 얼굴이 벌게졌다.

자랑스러웠던, 하지만 이제는 큰 치부가 되어버린 제 혀를 가지고 똥구녁 운운하다니! 도저히 참을 도리가 없었다.

"이게 듀글라구 발악을!"

마 총관의 일갈이 끝나기도 전에 경장소녀의 검이 날카롭게 공간을 잘라왔다.

"허걱!"

마 총관은 깜찍한 외모와는 달리 상승의 경지에 달한 경장소녀의 날카로운 검술에 기겁했다.

하지만 마 총관이 누구던가?

곧 수혈이 짚여 잠든 진금행을 침상에 내동댕이치듯 던져 놓고는 쌍비낙타의 수법으로 검을 맞아갔다.

어린 여자애가 놀라운 검법을 지녔을망정 마 총관의 상대가 되지는 못했다.

날카로운 검기가 요동 치는 사이를 뚫고 현란한 장법이 허공을 갈랐다.

청의 경장 소녀는 시간이 얼마 지나지 않아 곧 위험한 지경에 처했다.

하지만 경장소녀의 낭패감보다 더한 낭패감을 마 총관은 겪어야만 했다.

경장소녀의 검술이 아무리 나이에 비해 몇 배나 월등한 실력이라 해도 마 총관의 실력에 비하면 처지는 것이 사실이었다.

또 앞으로 몇 수가 지나면 마 총관의 손에 언제든 목이 잘려 나간다 한들 이상할 것이 없는 형세였다.

하지만 마 총관은 손속에 여유를 두며 이 깜찍한 데다가 놀라운 검술까지 지닌 여자 아이를 어떻게 처리해야 할지 고민에 휩싸이게 되었다.

이 여자 아이의 놀라운 검술은 마 총관에게는 무서운 것이 아니었다.

설령 경장소녀와 실력이 같은 소녀가 열이 달려든다 해도 태연하게 받아줄 정도의 실력은 가지고 있었다.

하지만 여자 아이에게 이런 놀라운 검술을 가르쳐 준 사람이 문제였다. 또 그 사문이 문제였고, 그 사문을 통해 추측해 본 여자 아이의 신분이 문제였다.

'아, 거탐! 듀길 수도 없고, 이미 나의 무공과 떤분을 알아 버렸으니 딸릴 수도 없네. 철혈방의 따람들이 오기 전에 결말을 내야 할 텐데……..'

바로 그것이었다.

이 여자 아이의 무공은 충천대라검법(衝天大羅劍法)이 분명했으며 손에 쥔 검을 보자니 대라검(大羅劍)이 분명했다.

검귀(劍鬼)의 대라검을 누가 빼어간다는 것은 상상도 못하는 일이니, 분명 검귀가 손수 내어준 것임이 분명했다.

또한 검귀가 순순히 대라검을 넘겨준 이유는 아직 어설픈 소녀의 검법을 믿기 때문이 아니라 강호의 인물이 그 대라검을 알아보고 이 소녀에게 함부로 손을 대지 말라는 경고가 분명했다.

자신의 삼만 냥이 허공에 뜨게 생긴 일로 화가 나고, 또 진금행에게 어젯밤에 있었던 불만을 터뜨리지 않았다면 충분히 알아보았을 것이다.

하지만 이미 저지른 일이고 되돌릴 수도 없는 일이었다.

"금행아……."

멀리서 진금행을 부르며 달려오는 늙수그레한 목소리가 들리자 마총관은 일단 빨리 일을 매듭 짓는 것이 좋겠다는 결론을 내렸다.

세상 어느 누구도 자신이 무공을 지니고 있다는 사실을 알아서는 안 되기 때문이었다.

곧 회풍중서의 일초를 써 소녀의 검로를 차단하고는 공수탈백인의 수법으로 검을 뺏어냈다.

그리고는 내력이 달려 할딱대고 있는 소녀의 수혈을 짚어 얼른 진금행 곁으로 던져 버렸다.

급히 검을 돌려 등 뒤 옷 속에 찔러 감추는데 그 검끝에서 혈흔이 비치는 것이 언뜻 보였다.

찬찬히 살펴보니 어느덧 그 검이 자신의 어깨 자락을 살짝 베어낸 것이 아닌가?

"띠발! 검귀의 재주가 무떱긴 무떱구나! 아무리 창졸간이라 해도 덜 여문 검법으로 내 어깨를 베어내다니! 뎬장!"

혼잣소리로 울화를 푸는데 부서진 문을 헤집고 두 인형이 뛰어들었다.

"금행아!"

홍규동과 오필도였다.

기천사지의 사제가 철혈방주 호동이 곤죽이 되어 쓰러진 꼴을 보고서야 일이 심상치 않음을 알아차리고 진금행의 안위가 염려되어 급히 철혈방에 뛰어 들어와 보니 어디서 기다랗고 깡마른 늙은이 하나가 서 있는 것이 아닌가?

거기에 침상 위에는 진금행과 소녀가 두 눈을 꼭 감고 침상 위에 사이좋게 포개져 있으니 어찌 된 일인지 금방 알아차리기 힘들었다.

그래도 대강 살펴보자면 진금행의 소원대로 진금행이 소녀와 거사를 치루려는 마당에 저 깡마르고 추접하게 생긴 노인이 뛰어들어 사단을 벌였음이 분명해 보였다.

그래도 강호에서 굴러먹은 경험은 노련한 것이라 홍규동이 서두르지 않고 마 총관에게 조심스레 물었다.

"어느 방면의 고인인지는 모르겠으나 조그만 아이들은 죄가 없으니……."

마 총관은 얘기하기도 귀찮다는 듯 두 손을 훼훼 저었다.

안 그래도 어젯밤부터 심사가 꼬였는데 오늘은 삼만 냥이 허공에 뜨게 생겼고, 거기에 살가죽이 약간 베인 정도지만 어린 계집애로부터 상처를 입었으니 심사가 편하지 않기 때문이다.

하지만 저 두 사람을 보면 진금행과 친분이 있는 사람들이 분명하니 염려하지 않아도 될 것 같아서 비록 퉁명스럽지만 대답을 해주었다.

"난 뒤텬당에 마 동관이라고 하오. 도련님을 모시고 가려고……."

"마 통관이라고요?"

오필도가 처음 듣는다는 듯 의아하게 되묻자 마 총관은 버럭 고함을 질렀다.

"통관! 통관 말이오! 내 성이 마띠고 맡은 일은 통관이니 자연 마 통관이 아니겠소?"

기천사지 사제 간이 보기에 분명 눈앞에 있는 바짝 마른 노인네가 악의를 가지고 온 사람 같지는 않자 한숨 놓았다.

하지만 혓바닥까지 빼내어 널름거리며 하는 말이라는 것이 도저히 알아먹을 수 없는 말이라 오필도가 홍규동에게 조심스럽게 물었다.

"저기, 통관이 뭐지요? 그런 게 있나요?"

"글쎄다, 처음 듣는구나."

두 사제가 하는 말을 듣자 마 총관의 심사는 더욱 얽힐 대로 얽혀들었다.

"아! 띠발! 못해먹겠네!"

마 총관은 두 사람을 더 이상 상대하지 않고 겨드랑이에 각각 진금행과 검귀와 연관이 있는 것이 분명한 청의소녀를 끼워 안았다.

"아니, 금행이를 어디로 데려가려는 것이오!"

마 총관의 행동에 놀라 오필도가 부르짖자 마 총관이 몸을 휙 돌리더니 붉게 충혈된 눈으로 쏘아보았다.

그 눈빛이 얼마나 흉흉한지 홍규동과 오필도는 오금이 저릴 지경이었다.

"내 한번 더 말하마. 난 딘딘당의 마 통관이다! 니들이 못 알아머거도 두 번 다띠 말하지 않겠다. 딘 도련님을 보고 띠프면 호연객단으로 오너라!"

마 총관은 다시 한 번 입술을 축이느라 제 코를 쓰윽 혀로 닦아내고는 쿵쾅거리며 부서진 방을 나섰다.

혀로 코를 쓸어내는 것을 보고서야 홍규동이 큰 소리로 말했다.

"아, 진전장의 마 총관! 그렇군. 그랬어!"

진충덕은 손에 든 대라검을 찬찬히 훑어보다가 깊은 한숨을 내쉬었다.

검 가운데 빨간 혈선에 왠지 눈이 아려오는 듯한 느낌이 들었다.

이토록 선명한 대라검의 특징을 마 총관이 알아보지 못했다는 것이

믿어지지 않았다.

아니, 있을 수 없는 일이라 보는 것이 타당하겠지만 어디 사람 일이라는 것이 그런 것인가?

그런 믿기지 않는 몇 가지 일들이 겹쳐 이런 사단을 만들어내곤 하는 것이 세상사라 생각하며 진충덕의 가로로 살짝 베어지다시피 한 두 눈이 더욱 암담하게 젖어들었다.

그리고는 시선을 들어 침상 위의 두 명의 남녀를 쳐다보다가 또 한 번 깊은 한숨을 내쉬었다.

"휴우~ 그러니까 저 여자애 손에 검귀 손에 있어야 할 이 대라검이 쥐어져 있었다 이거지?"

"예, 거기에 더해 대라검으로 펼떠는 검법은 분명 퉁텬대라검법이었뜹니다."

마 총관이 조심스럽게 답했다.

"휴우~"

진충덕은 투실투실한 손으로 턱을 괴고는 또 한 번 한숨을 내쉬었다.

마 총관은 자신의 주인의 짧고 퉁퉁한 손가락 사이로 턱살이 비어져 나와 축 늘어지는 것을 보면서 조심스럽게 진충덕에게 말했다.

"듀길까요? 그냥 아무도 모르게 묻어버리믄 간단한데……."

"검각이 그렇게 허수룩한 곳은 아니야. 검귀가 무서운 것이 아니라 행여 우리 정체가 탄로나면 곤란하지 않는가?"

진충덕은 앞에 세상모르고 잠들어 있는 여자애를 바라보다가 또 한 번 깊은 한숨을 토해냈다.

자신이 모시고 있는 사람이 걱정하는 꼴을 보지 못하겠다는 듯 마 총관이 또 한 번 조심스럽게 의견을 내었다.

"뎌기, 제가 몰래 검각에 가서 아예 검귀를 듀겨 버리고 올까요?"

진충덕은 어이없다는 듯 마 총관을 보며 웃었다.

"자네는 검귀를 만나보았는가?"

"아뇨. 딕덥 만나보지는 못했뜹니다."

"흠, 무시할 수 없는 놈이네. 자네가 이십 년만 젊었어도 자신있게 보내겠는데 이미 자네도 뼈가 무를 나이가 되었으니."

"아무리 물렀어도 그깐 놈 하나 듀기는 건 우듭띠도 않게 할 뚜 있뜹니다."

"그럴지도 모르지. 하지만 잊지 말게. 일이 어떻게 돌아가든 우리 정체를 숨기는 것이 첫 번째야! 검에 미친놈들이 수두룩한 검각에서 각주가 죽었는데 가만히 있겠는가? 어느 놈 소행인지 찾아내려고 혈안일 것이네……."

"그럼 어떠케 하디요?"

"어쩌겠나? 이대로 저 꼬마 검귀 아가씨와 함께 가는 수밖에. 가면서 천천히 생각해 보자구."

마 총관이 놀라 두 눈을 동그랗게 치켜떴다.

"무림맹에 뎌 계딥애를 데리고 가자는 말뜸이딥니까?"

진충덕은 턱살을 출렁이며 고개를 끄덕이고는 말했다.

"가면서 천천히 생각하자고, 가면서 말일세. 일단 금행이를 깨우게. 어떻게 된 연유인지 들어봐야 할 것 같으니……."

"음… 그러니까 넌 아무런 잘못이 없고, 그저 철혈방주가 삼만 냥에 해당하는 선물을 준다 해서 거기 있었다는 게로구나!"

"그야 당연하지요! 어찌 소자가 함부로 귀신의 딸을 넘보겠습니까!"

"귀신이 아니고 검귀이니라!"

"아무튼 귀신은 귀신이잖아요."

진금행은 정신을 차리고는 얼른 이런저런 핑계를 가져다 대어 모든 잘못을 그저 청의 경장소녀에게 맞아 널브러진 죄없는(?) 철혈방주 호동에게 모두 뒤집어씌웠다.

하지만 진충덕의 귀에 그다지 신빙성있게 들리지 않는 것은 교활한 진금행의 말속에 많은 허점이 보였기 때문이었고, 진금행이 많은 허점을 만들어낸 것은 다른 곳에 신경 쓸 여지가 없기 때문이었다.

정신을 차린 직후부터 진금행의 시선은 자신의 곁에 쓰러져 잠든 청의소녀에게서 떨어지지 않아 진충덕의 물음에 빠른 대처를 하지 못했으니 당연한 일이었다.

"이놈!"

진충덕이 일갈했다.

진금행은 소녀에게 정신이 팔려 있다가 갑작스런 고함 소리에 깜짝 놀라 아버지를 쳐다보았다.

진충덕으로서는 서둘러도 빠듯한 길을 재촉해 가야 함에도 귀한 아들이 탈이 날까 봐 하루 쉬어 가기로 어려운 결정을 내렸다. 하지만 하나밖에 없는 귀한 아들은 그새를 못 참고 뛰쳐나가 사고를 치고 돌아왔으니 한심스럽기 그지없었다.

그러나 놀라 멍해진 진금행의 눈동자를 쳐다보니 죽은 마누라의 눈빛이 겹쳐 보이는 것이 아닌가!

아내의 마지막 유언을 기억해 내고는 내심 화를 억누르며 차분한 말로 천천히 설명했다.

"너는 검각이 어떤 곳인지 아느냐?"

진금행은 영문을 모르겠다는 듯 고개를 저었다.

그 꼴을 보고는 진충덕이 한숨을 내쉬며 차근차근 설명해 나가기 시작했다.

"소림은 탑림(塔林)이 있어 버티고 있고, 화산은 새한벽(塞寒壁)이 있어 높다고 하지 않느냐. 또한 마교의 무서움은 서른두 개의 그림이요, 검각의 날카로움은 검총(劍塚)의 한이 서렸기 때문이라는 말을 듣지도 못했느냐? 이 말은 소림의 유구한 전통은 소림 뒤편에 고승들의 부도탑이 늘어 서 있는 것을 보면 알 수 있다는 말이고, 화산의 전대 고수들이 얻은 심득(心得)을 절벽에 새겨놓은 새한벽 때문에 화산이 큰소리를 친다는 말이다. 마교 교주들의 무공이 적힌 서른두 개의 도해는 너무나 개세적이기에 그것을 통해 마교의 이름이 높은 것이다. 그렇다면 그 한자리를 끼고 있는 검각은 어떤 단체인지 알겠느냐? 소림, 화산, 그리고 마교와 어깨를 나란히 하고 있다는 것만 보아도 그 성위를 충분히 알 수 있지 않느냐. 검총이란 글자 그대로 검들의 무덤이란 뜻이다. 검각의 고수들이 세상을 주유하고 돌아와 묘비 대신 자신의 검을 무덤 위에 꽂으니 이미 그 검이 천여 개에 달한다 들었다. 그 천여 명 중 고수 아닌 사람이 없을 정도니, 그런 고수를 천여 명이나 배출한 검각이 얼마나 무서운 곳인지 이제야 알겠느냐? 그런 검각을 이끄는 사람이 검에 미쳤다는 평가를 받는 검귀(劍鬼) 화무흔(華無痕)이고, 화무흔의 표식이 바로 이 대라검이다. 그런데 저 여자애 손에 대라검이 들려져 있고, 그 대라검으로 펼치는 검법이 바로 검귀의 충천대라검법이니 앞뒤를 대강 훑어보기만 해도 얼마나 위험한 짓을 저질렀는지 알겠느냐?"

진금행은 두 눈을 대구르르 굴리다 말했다.

"저는 손끝 하나 대지 않았는데요? 전 그냥 놀라 자빠져 정신을 잃었을 뿐이라구요."

진충덕은 한숨을 길게 내쉬었다.

외모는 분명 자신을 닮아 죽은 아내가 씨도둑질을 하지 않은 것은 분명했다. 아니, 자신을 대했던 정숙하고도 현숙했던 아내의 모습을 생각하자면 씨도둑질이란 단어를 머리 속에 떠올리는 것조차 미안한 일임이 분명했다.

하지만 저놈은 그저 뚱뚱한 자신의 모습만 닮아―비록 자신이 조작한(?) 외모지만―나왔을 뿐 강호에 머리 좋기로 유명한 모용세가의 가주 뺨을 때리고도 남을 아내의 머리는 왜 닮아 나오지 않았는지 답답할 따름이었다.

천진평(千殘坪)의 비사(悲史).

그 일로 자신이 몸담았던 단체를 뛰쳐나왔다. 사부가 싫었고, 사람이 싫었고, 무공이 싫었으며, 세상이 싫었다.

하지만 그런 자신 옆에 다가왔던 여인.

현숙하고 자상하며 현명했던 그 여인은 자신을 포근히 감싸주었고, 끝내 아내가 되어주었다.

그 이후 아내의 머리와 자신의 무공, 거기에 마불통(馬不通)과 문추룡(文追龍)이란 수하가 함께 어울려 다닐 때는 세상에 무서울 것도, 또 더 이상 바랄 것도 없는 행복한 삶이었다.

천잔평의 비사로 괴로웠던 심사를 모두 날려 버리기에 충분할 정도로 행복했었다. 그때는 말이다…….

하지만 아내는 끝내 열 달 동안 뱃속에 담았던 잘생긴(?) 아들이 세상에 나와 첫 울음을 터뜨리기도 전에 저 세상으로 가버렸다.

그 이후로 진충덕 자신은 세상에서 더욱더 깊숙이 숨어버렸다. 그렇게 아무도 모를 곳에 숨어 아내가 홀로 남기고 간 아들에게는 무공조차 일러주지 않은 것이 아닌가?

비록 무공을 알려주고 싶어도 못하는 체질로 태어났기도 했지만 말이다.

그래도 몸속엔 무공에 대한 기묘한 열기가 남았는지 검귀와 관련된 무서운 내력(?)을 지닌 여자 아이에게 혼이 나가 있는 것을 보니 아쉽기도 하고 피는 역시 못 속이는가 싶어 조금은 기쁘기도 한 묘한 감정이 들었다.

"흠, 일은 이미 벌어졌으니 저 여자 아이와 검귀 간의 관계를 알아보아야 하겠구나. 저 여자 아이가 편하게 말을 하려면 너는 밖으로 나가 있어야 할 것 같다. 마 총관의 말을 들으니 저 여자 아이가 너에 대해서 앙심을 품고 있는 것 같으니 말이다."

진충덕은 청의소녀에게 시선을 떼기가 아쉽다는 듯한 진금행을 끌고 나가다시피 데리고 밖으로 나갔고, 방 안엔 마 총관과 청의 경장의 소녀만이 남게 되었다.

마 총관은 주위에 아무도 없다는 것을 확인하고는 청의소녀의 점혈을 풀어 깨어나게 만들었다.

"끄응~"

소녀가 긴 단잠에서 깨어나듯 신음성과 함께 몸을 일으키다 곧 제 처지를 깨닫고는 침상 위에서 용수철같이 튕겨 올랐다.

"너, 너는!"

"경거망동하디 말아라!"

"너, 너는 똥구녁을 핥는!"

"띠발! 됴은 말로 할라고 했더니 꼭 땅욕을 나오게 만드는구나!"

소녀가 주춤하더니 정신을 차린 듯 먼저 자신의 옷매무새를 살펴보았다.

다행히 걱정하던 일(?)은 벌어지지 않은 듯하자 그제야 냉정을 되찾고는 귀엽게 생긴 두 눈을 가늘게 떠 마 총관을 쏘아보며 차갑게 말했다.

"네놈이 주제를 알고 다행히 본녀에게 손을 대지는 않았구나. 내 그것을 기특히 여겨 네놈의 기다란 혓바닥을 잘라낸다면 용서해 줄 것이니 냉큼 본녀의 대라검을 가져오지 못하겠느냐?"

마 총관은 가당치도 않는 말을 들었다는 듯 벙찐 얼굴로 소녀의 얼굴을 쳐다보았다.

자신의 긴 혀를 잘라낸다면 '혀오지영 필유혈화'란 말을 '현사지영 필유폭소'로 바뀌는 것은 둘째 져도 인 그래도 긴 혀를 가지고노 짧은 발음 때문에 고민인데 그 혀를 잘라낸다면 어떤 발음이 나올 것인지 상상조차 되지 않았다.

어찌 보면 귀여운 구석도 있는 계집애라는 생각이 들어 미소를 띠면서 탁상 위의 대라검을 치켜들었다.

"이 검 말이냐?"

"그래! 네놈이 그 검의 임자를 안다면 혀가 말려 들어가 숨통을 죄어 죽을 정도로 놀랄 것이다."

세집애의 자신만만한 당돌한 얘기에 마 총관은 킬킬 웃었다.

"검귀 화무흔 말이냐?"

이번엔 소녀가 눈을 동그랗게 뜨고 되물었다.

"너는 아버님을 아느냐?"

"오호~ 네년이 바로 화무흔의 딸년이구나! 검에 미쳤따더니 딸년도 되바라진 것을 하나 낳아놓았구나."

청의소녀는 마 총관의 입에서 자신의 아버지에 대한 욕이 흘러나오자 더 이상 참을 수 없다는 듯 달려들었다.

하지만 검각은 검을 중심으로 한 무예를 펼치는 곳이지 금나수(擒拿手)나 조공(爪功), 또는 권각술에 중심을 둔 문파가 아니었다.

청의소녀는 검을 들고도 마 총관의 상대가 되지 않았는데 어찌 빈손으로 겨루어 이득을 볼 수 있겠는가?

채 일초도 제대로 겨루어보지 못하고는 침상에 머리를 찧고 거꾸로 떨어지는 망칙한 모습으로 나뒹굴어야만 했다.

"너는 네 아비만 알고 내가 누군디는 모르는구나. 나로 말할 것 가트면 네 아비에게 '개때끼야!' 하고 욕을 해도 검귀는 그녀 웃으며 '예예~' 해야 할 만큼 배분이 높은 몸이… 애고!"

청의소녀는 앙칼진 목소리만큼 표독스러웠다.

마 총관이 주저리주저리 제 내력을 밝히는 틈을 타 고양이처럼 뛰어올라 마 총관의 얼굴을 할퀴려 들었다.

"이 떠글년이!"

마 총관이 이번엔 정말 화가 났는지 청의소녀의 팔과 다리를 꺾어 침상 위에 패대기쳐 버렸다.

"으음……."

"발틱칸 년! 다멋 가디의 그림자가 나따나믄 피꽃이 피어난다 그랬

떠! 너 가튼 것 하나 듀기는 건 내 약지 하나만 놀려도 틍분한 일이야!'

"끄응~ 늙은 놈이 똥구녁을 잘도 핥아대는구나! 끄응~"

청의소녀는 예쁘장한 외모와는 달리 독종임이 분명했다.

앓는 소리를 내면서 온몸이 쑤셔 거동조차 힘든 지경에서도 사정없이 쏘아붙였다.

하지만 마 총관은 소녀의 그런 표독한 독기가 맘에 든다는 듯 다시 한 번 킬킬거리며 웃었다.

"이 됴그마한 뎨딥애야! 지금 네가 어떤 형세에 들었는지 알아보디 못하겠느냐? 지금 너를 듀겨야 할지, 아니면 딸려두는 대신 두 눈을 빼버리고 두 귀를 뚫어버린 후 혀까지 빼어버려 아무에게도 우리를 봤다는 뚜리를 하지 못하게 할띠 뎡하는 일만 남았딴다."

청의소녀의 눈망울이 처음으로 흔들렸다.

그것을 본 마 총관이 다시 한 번 킬킬거리며 웃었다.

"틸틸~"

*　　　　*　　　　*

"호 방주, 다행히 부러진 뼈는 되잡았으나 옆구리의 자상은 꽤 오래 갈 것 같소이다."

홍규동이 호동에게 조심스럽게 말했다.

"끄으응, 썩어 문들어질 잡년이 어찌 손속은 그리 매운지……."

"나이는 얼마 안 돼 보이는 것 같던데 어떻게 그리 무공이 높을 수가 있지요?"

"그래서 옛말에 종자라고 다 같은 종자가 아니라고 하지 않더냐. 진금행처럼 단 3일 만에 배우는 기재가 있는 반면에 매일같이 알려줘도 3년이 지나도록 제자리걸음을 하는 너 같은 종자도 있는 법이니 그리 괴이한 일도 아닐 것이야."

"그건 아닌 거 같은데⋯⋯. 제가 보기에는 종자 탓을 하기 이전에 스승의 자질 문제가 더 큰 거 아닌가요?"

오필도는 자신의 말에 홍규동이 발작할 줄 알았는데 도리어 지그시 눈을 감고 무언가 생각하고 있는 것이 아닌가?

그 모습을 보자니 왠지 찜찜해진 오필도가 홍규동의 안색만 살피고 있는데 이윽고 홍규동이 눈을 뜨며 의아하다는 듯 말했다.

"흐음, 그건 그렇구나. 분명 자질이 뛰어나다 해도 홀홀단신으로 철혈방을 작살―홍규동이 호동의 눈치를 살핀 후―아니, 곤란에 처하게 할 정도라면 분명 무림에서 이름을 떨친 문파의 제자가 분명할 텐데 그런 소녀를 길러낼 만한 문파가 어디인지⋯⋯."

"검각!"

싸늘한 냉갈이 들려왔다.

일행이 놀라 뒤를 돌아보니 검은 장포를 걸친 사람이 서 있었다.

싸늘한 목소리에 어울리게 냉막한 얼굴의 사람이었는데 일반 강호의 사람들과는 달리 등 뒤에 검을 거꾸로 매달고 있는 자였다.

그 장검 또한 보통 사람들의 검과 비교할 때 검신이 거의 두 배에 달하는 것 같으니 첫눈에도 보통 사람이 아니라는 것은 알아볼 수 있었는데 그 입에서 튀어나온 검각이란 말은 홍규동과 오필도, 그리고 앓아누운 호동마저도 쉽게 말을 꺼낼 수 없도록 만들었다.

"거, 거⋯ 검각이라⋯⋯."

홍규동이 놀라 더듬거렸다.

"화 아가씨는?"

검객은 일행의 반응은 관심없다는 듯 그저 제 할 말을 짧고 차갑게 뱉어내었다.

"화 아가씨라면……."

오필도가 의아한 듯 되묻자 사내의 검미가 위로 올라갔다.

심상치 않은 기운을 느꼈는지 호동은 아예 두 눈을 질끈 감은 채 아예 정신을 잃은 것처럼 보이려 애를 썼다.

역시 노련한 홍규동이 나서 장내를 진정시켰다.

"아, 그 아리따우신 청의 경장을 입으신 분이라면 틀림없이 여기 오시긴 오셨습니다. 검각이란 높은 곳에 계신 분이라 과연 다르시더군요. 하지만 여기 정신을 잃고 나자빠진 호 방주가 알아보지 못한 채 서로 말이 오기는 중 약간의 오해가 생겼는가 봅니다. 과연 검각의 하늘을 놀라게 한 높은 검술은 남다른 데가 있어서 이 철혈방은 거의 궤멸되다시피 하였습니다. 저희가 비록 죄를 짓진 않았어도 심기를 어지럽힌 잘못은 분명 있으니 죗값을 달게 받은 것이지요. 그 아름다운 소저께서는 따끔한 훈계를 내리시고는 천상의 선녀가 그러하듯 흔적도 없이 사라져 버리셨으니 저희들도 자취를 찾을 수 없어 어리둥절해하고 있던 참이었습니다."

긴 말을 빠르게 읊어대며 눈동자는 한시도 가만히 있지 않고 사내의 기색을 살폈다.

이리저리 정신없이 둘러치며 진전장의 진금행이 관련되어 있다는 사실은 쏙 빼고 앓아누운 호동에게만 모든 잘못을 뒤집어씌웠다.

또한 그것이 약간(?)의 오해 때문에 빚어진 일이고 저렇듯 충분한 징계(!)를 받았으니 대가를 이미 넘칠 만큼 치렀다는 점을 강조하는 동시에 그 소저가 어디로 사라졌는지 모른다며 시치미를 잡아떼자 그 진위를 검객의 날카로운 눈으로도 미처 살피지 못했다.

하늘을 속이고 땅을 기만한다는 기천사지의 화술은 과연 능란한 데가 있었다.

검객은 검미를 찌푸린 채 방 구석구석을 샅샅이 훑어보았다.

아무리 봐도 화 소저를 함부로 할 인물이라고는 이 철혈방 내에서는 보이지 않자 내심 의혹을 접으며 속으로 각주의 말은 죽어라 듣지 않고 밖에서 사고만 치고 다니는 아가씨를 원망하는 도리밖에 없었다.

자신을 따돌려 놓고 사라져 겨우 흔적을 쫓아 여기까지 왔는데 다시 한 번 흔적을 잃어버리자 짜증이 물밀듯 밀려들었다.

검객이 몸을 획 돌리는가 싶더니 허깨비가 꺼지듯 신형이 사라져 버렸다.

"으휴~"

몹시 긴장했던지 오필도가 허물어지듯 땅바닥에 주저앉았다.

"세상에 말로만 듣던 검각을… 금행이가 미쳤지, 검각을 건드렸으니 큰일 났구나."

"뭘 그리 놀라느냐! 사내가 그리 담이 작아서 어디 기천사지라 불리겠느냐? 내 사부의 사부, 또한 그 사부의 사부부터 지금까지 기천사지란 단 하나의 명호에 부끄럼없는 사기 행각을 벌이셨다! 한데 너는 겨우 검각의 검객의 면상만 보고도 오금이 저리다니… 내가 너 같은 제자를 거두고 나서 어찌 조사야를 뵐 면목이 서겠느냐!"

그런 대로 당당한(?) 모습을 보여주었다 생각했기에 기가 산 홍규동의 일장 훈계를 멍하니 듣던 오필도가 갑작스럽게 벌떡 일어나 달려나가며 외쳤다.

"아이고, 저 무서운 검객이 다음에 갈 곳은 바로 금행의 처소가 아닌가! 아이고, 사부님, 전 금행에게 가서 이 일을 전해야겠습니다."

제 3 장

구잔양 ─ 진금행 구잔양을 만나고, 마 총관 도영을 만나다

구
잔
양

"무슨 일이야?"

눈은 반을 감은 채 한가롭게 물어보는 진금행을 보면서 오필도는 속이 부글부글 끓는 것을 느꼈다.

호동이 반병신이 되어서 누워 있고, 그레도 행세깨나 한다는 철혈방은 궤멸되다시피 했으며 오필도 자신은 오금이 저린 것도 모자라 오줌까지 지리게 만들었던 검각이란 벌통을 건드린 게 누구인가?

그저 처음 보는 여자에게 침을 질질 흘린 진금행 때문이 아닌가!

하지만 그 당사자인 진금행은 호연객잔에서 한가롭게 술이나 마시고 앉아 있으니 그 밉살스러운 꼴에 오필도는 짜증스러움에 제 머리통만 벅벅 긁어댔다.

"이 사람은 또 누군가?"

'누구긴 누구야, 기천사지 오필도지!'

오필도는 내심 답답함을 느끼면서도 피부가 탱탱해, 아니, 뚱뚱해서 주름살이 접힌 곳이 없기에 감히 나이를 헤아릴 수 없는, 하지만 누군지 분명하게 알 수 있는 중년인을 쳐다보았다.

방금 말한 사람이 누구겠는가? 얼굴은 분명 진금행과 비슷해 보였지만 그 체형은 보통 사람의 두 배가 넘는 진금행보다 두세 배는 가뿐히 넘어 보이니 말로만 들었던 진전장의 장주이자 진금행의 아버지인 진충덕이 분명했다.

"예, 저는 금행이 친구 오필도라고 합니다."

"아, 그렇군. 금행이를 잘 부탁하네."

"아이고, 부탁은요. 도리어 제가 모자란 점이 많아서 금행이의 도움을 많이 받고 있습니다요."

오필도는 진충덕의 말소리가 참 듣기 좋다고 생각했다.

사람이 잘 먹고 돈이 많으면 목소리까지도 윤기가 돌 수 있구나 하고 생각했다.

보통 사람의 대여섯 배 되는 살집을 가져 보기에도 막중한 부담감을 주는 외모와는 달리 낮은 저음이면서도 통통하니 윤기가 도는, 그래서 사람 마음을 편안하게 해주는 음성이었다.

"아니야. 내 하나밖에 없는 아들놈이 정말 미욱스러운 점이 많다네. 제대로 할 줄 아는 게 하나도 없으니 걱정이 태산이라네."

"아이고, 별말씀을요."

오필도는 냉큼 대답을 하면서 내심 씁쓸한 고소를 지었다.

아무리 사기를 처먹고 사는 자신이지만 지금 한 말은 진심이 담긴 말이었다.

'웃기고 있네. 니 아들놈이 진전장 내에서는 어떨지 모르지만 이 오필도가 보기에는 황제의 수염을 잡아 뽑을 놈이다. 기천사지에게 사기를 처먹는 놈이 모자르다면 세상에 안 모자란 놈이 없지 않겠느냐! 뭐? 진금행이 미욱스러운 놈이라구? 허허, 살이 쪄서 미어터지는 놈이라면 모르겠지만 미욱스럽단 말은 전혀 들어맞지 않는단다. 그건 그렇고, 저 금행이는 이제 보니 제 아비까지 속이고 사는구나. 부러운 재주를 지닌 놈이로세…….'

하지만 이런 오필도의 내심을 알지 못하는 진충덕은 역시 윤기 흐르는 목소리로 다정하게 말을 건넸다.

"내 자네를 만나 별다르게 준비한 것도 없고, 여기 앉아 술이나 같이 하게나."

"아닙니다. 저는 금행이에게 할 얘기가 있어서……."

"음, 내가 들어선 안 되는 얘기인가 보군."

'아니, 그럼 댁의 아들이 난봉질을 하려다가 무서운 검각을 건드렸다는 얘기를 당신에게 하란 말이오?'

오필도는 급해 죽겠는데 진충덕이 좀체 진금행을 놓아주기 꺼려하는 거 같자 속으로 오만가지 욕을 다 퍼부었다. 하지만 감히 그런 뜻을 나타낼 수는 없었다.

자신의 속마음과 겉모습을 다르게 꾸미는 것은 사기를 치는 분야로 일가를 이룬 기천사지 사문에게 있어서는 제일 처음 수련하는 일이기도 했다.

"아니, 그런 건 아닙니다만 그냥 친구들끼리 할 얘기가 있습니다. 그저 한쪽 구석에서 얘기만 전하면 됩니다만……."

"흠, 그럼 그렇게 하게."

진충덕의 허락이 떨어지자 무슨 귀찮은 일로 자신을 찾아왔는지 모르겠다는 듯 인상을 잔뜩 찌푸리며 진금행이 일어섰다.

오필도는 급한 마음에 진충덕의 눈치를 보며 진금행의 소맷자락을 끌다시피 해서 한쪽 구석으로 데리고 갔다.

그리고는 진충덕이 들을까 걱정되어 한껏 낮춘 목소리로 소곤소곤 말하기 시작했다.

"야, 이 망할 자식아! 너 때문에 호 방주는 반병신이 됐다!"

"근데?"

귀찮다는 듯 샛눈까지 뜨고 자신을 쳐다보는 진금행을 보면서 오필 도는 슬며시 부아가 치밀어 올랐다.

이놈이 돈과 음식, 그리고 여자를 제외한 다른 것에 대해서는 전혀 관심을 두지 않는다는 것은 예전부터 알고 있었지만 이 정도일 줄은 몰랐다.

나중에 오필도 자신이 죽었다는 소식을 전해도 '근데? 어쩌라구?' 할 녀석이 분명했기 때문이다.

"야, 이 똥물에 튀겨 죽일 자식아! 네놈 때문에 상한 사람이 한둘인 줄 아느냐! 휴우~ 너한테 이런 얘기 하는 내가 병신이지. 아무튼 알려 줄 건 알려줘야겠다. 네가 건드리려던 그 소저가 누군지 아느냐?"

"검각 얘기 하려고 하는 거야?"

오필도는 입을 딱 벌리고는 새끼손가락으로 제 콧구멍을 파는 진금 행의 모습을 멍하니 쳐다보고 있었다.

살이 찐 탓인지 진금행의 콧구멍은 두툼한 콧방울 때문에 보통 사람 보다는 작았다. 거기에 새끼손가락이라고 해도 남들의 중지만큼이나 두둑한 진금행이었는데 그런 새끼손가락으로 조그마한 콧구멍을 잘도 후벼대니, 사부에게 전수받았던 '천수변(千手變)' 의 재간보다 한 수 위의 재간처럼 보일 정도였다.

'아니지, 아니야. 지금 그런 생각 할 때가 아니지!'

진금행의 전혀 의외의 대답에 명해져 '거참, 콧구멍을 시원하게도 파내는구나' 하고 생각했던 자신의 상념을 털어내며 막 어떻게 알았냐는 질문을 하려 할 때 위층에서 누군가 내려오는 소리가 들렸다.

"또련님, 잠깐 더 돔 봅디다요. 내가 물어볼 말이 있뜹니다요."

오필도로 하여금 '총관'과 '통관'을 헷갈리게 만들었던 마 총관이 분명했다.

'아, 마 총관이 그 소녀를 데려갔으니 검각 출신이라는 것쯤은 미리 알았겠구나!'

오필도가 그제야 눈치를 채고 자신의 생각이 짧음을 한탄하는 순간, 기름지고 듣기 좋은 목소리가 마 총관의 말에 화답하는 것이 들렸다.

"무슨 일이 있는가?"

"예, 당듀님. 또금 확인해 볼 것이 있뜹니다요."

마 총관이 축 처진 눈을 들어 진금행을 바라보며 웃고 있었다.

분명 검귀의 딸을 얼러 들은 얘기와 진규행의 얘기가 다르니 앞뒤를 맞춰봐야겠다는 얘기인데, 듣는 진금행으로서는 좋은 기회를 틈타 자신을 엿먹여 보겠다는 얘기로밖에 들리지 않았다.

"뭐? 구잔양(具殘陽)이 다 죽게 생겼다고? 그게 무슨 얘기야? 어떻게 된 얘기냐고!?"

진금행이 갑자기 두 눈을 동그랗게 뜨고는 큰 소리로 오필도에게 물었다.

'엥? 잘있는 구잔양은 왜 들먹거리지? 그리고 잔양이가 어쨌다고?'

오필도는 영문을 몰라 입을 열어 웬 개 풀 뜯어 먹는 소리인가 물으려 할 때였다.

"그게 무슨 말… 캑!"

진금행이 너무나 엄청난 소리를 들었다는 듯 오필도의 어깨를 잡아 앞뒤로 흔들어대며 다시 물었다.

"아니, 잔양이가! 그 천사 같은 잔양이가 어찌 숨이 다 넘어가는 지경에 처하게 된 거야! 네가 그러고도 구잔양의 친구라 할 수 있는 게냐! 우리의 우정이 그렇게 값싼 것은 아니지 않느냐!"

진금행은 알 수 없는 소리를 내지르며 계속 붙잡은 오필도의 어깨를 흔들어대는데 그 중간에 술수를 부려 어깨를 잡은 네 손가락 외에 엄지손가락으로 오필도의 울대를 눌러 '무슨 개소리냐?' 라고 외치고 싶은 오필도의 숨통을 죄었다.

오필도는 울대가 눌려 캑캑대면서도 '옳아! 이 자식이 또 한 번 황제의 수염을 뽑으려 사기를 치는구나!' 하고 생각했다.

이런 진금행의 모습에 속지 않을 사람이 누구겠는가?

누가 저 미련한 몸매에 멍해 보이는 눈동자를 지닌 진금행이 세상 모든 사기꾼을 쪄 먹을 만한 교활한 대가리의 주인이라고 생각할 수 있겠는가!

"거, 무슨 일이더냐?"

놀란 진충덕의 물음에 벌게진 얼굴의 진금행이 뒤돌아서는데 두 눈이 촉촉히 젖어 있었다.

간신히 진금행의 마수(?)에서 놓여진 오필도는 연신 기침을 해대면서도 탄복할 수밖에 없었다.

'이야! 이미 하늘까지 가 닿은 교활한 대가리야 더 높아질 리 없겠지만 저 연기력은 하루가 멀다 하고 완벽해지는구나!'

진금행은 울먹이며 어느덧 비장한 목소리로 진충덕에게 외쳤다.

"아버님, 제 친구가 위험에 처했다고 합니다. 평소 아버님이 제게 일러주시길 돈 안 들이고 돈 만드는 법에는 세 치 혀를 잘 놀리는 것이 최고이고, 돈 버는 것보다 윗길은 사람의 마음을 사는 것이다라고 말씀하시지 않으셨습니까! 세상에서 돈으로 살 수 없는 것이 사람의 마음이라면서요. 또 가장 좋은 투자는 사람에게 하는 것이라며 평소 교우관계에 힘써 안면과 줄을 넓히라고 말씀해 주셨지요?"

진충덕은 눈이 동그래졌다. 그래 봐야 살풋 자국만 남은 눈이긴 했지만 말이다.

'아니, 저렇게 기특할 수가! 평소 공부하기는 죽어라 싫어하더니만 그래도 아비라고 아비 말은 철석같이 마음에 새기고 있었구나!'

"그, 그랬느니라! 내 분명히 그리 말한 바 있느니라."

감격에 겨웠는지 진충덕의 윤기나는 목소리가 떨렸다.

"그런데 제 친구가 어려움에 빠졌다고 합니다. 어찌 친구로서 외면한 채 두고 볼 수만 있겠습니까! 아버님의 이번 행차가 서둘러야 한다는 것은 알지만 사람의 목숨, 그것도 친구의 목숨을 돌볼 수 있다면 나중에 그 친구가 살았을 때 목숨을 걸고 저를 도와줄 것이니 그 이문이 얼마나 남겠습니까! 이번 일은 제가 꼭 가봐야 할 것 같습니다. 아니, '견리분신(見利焚身)', 즉 '이익을 보게 되면 온몸을 불살라라'라고 일러주신 아버님의 말을 따르자면 가장 위험한 일이 가장 많은 이문이 남게 되니 소자 잔양이를 돌보러 가야겠습니다."

진충덕으로서는 진금행의 갑작스럽게 어르고 뺨 치는 얘기에 홀리고, 그 미련한 머리로 아비 말을 항상 가슴에 담아두고 있었다는 것도 놀라웠다.

또한 '우정'이나 '협의' 따위는 뒷간의 똥만큼도 귀하게 여기지 않았지만 '이익'과 '투자'라는 말에는 사정없이 마음이 흔들렸다.

'사람의 마음을 산다', '어려울 때 도우면 나중에 죽음으로 나에게 보답한다'는 얘기는 지금 자신의 수하인 마불통, 즉 마 총관과 세상에 나오지 못하고 숨은 채 자신의 뒤를 닦아주는 일에 매진하고 있는 문 추룡만 보더라도 확실하지 않은가?

진충덕은 크게 기꺼워 턱살과 뱃살을 사정없이 흔들며 저도 모르게 고개를 끄덕였다.

"그럼 소자는 얼른 가보겠습니다. 곧 되돌아올 수 있도록 노력하겠지만 내일까지 소자가 보이지 않으면 아버님 먼저 떠나십시오. 후딱 해치우고 늦지 않게 무림맹에 도착할 것임을 아버님께 약속드리겠습니다!"

"무림맹?"

오필도가 의아해서 물어보았다. 검각만 해도 머리에 쥐가 날 일인데 왠 난데없는 무림맹 얘기인가?

하지만 그런 오필도의 멱살을 잡아끌다시피 객잔 아래로 내려서는 진금행이었다.

"땀깐만, 땀깐만! 도련님의 틴구 분이 위험에 터했따믄 뎌도 가서 돕겠뜹니다요!"

진충덕이야 사랑스러운 아들의 말이니 사정없이 믿었지만 진금행을 밉살스럽게 쳐다보던 마 총관으로서는 그냥 넘길 수 없는 일이었다.

이번 일만 잘 엮으면 양 볼살에 파묻혀 얼마 높지 않는 진금행의 콧대를 사정없이 꺾을 수 있는 기회인데 이렇게 허무하게 놓칠 수는 없는 일 아닌가!

마 총관은 마음이 급해졌다.

"마 총관, 마 총관은 3층에서 할 일이 있지 않습니까!"

"그래, 맞아. 마 총관은 3층의 물건(?)을 지켜야 하지 않겠는가. 금행이를 돌보는 것은 내가 알아서 하겠네."

진금행이 뒤로 흘리고 간 얘기에 진충덕이 정신이 번쩍 들어 마 총관을 말리고 나서자 마 총관은 또 한 번 입술을 축이느라 제 코를 핥아 대는 도리밖에 없었다.

저 교활한 진금행에게 자신의 주인이 놀아나니 답답하고 울화통이 터질 지경이었다.

'아, 띠발! 미티겠네!'

진금행은 오필도의 먹살을 잡고는 미친 듯이 시전으로 달려갔다.

아니, 정확히는 시전의 한 귀퉁이, 즉 거지들과 왈패들이 모여 사는 곳으로 치달리고 있었다.

"힉헉, 금행아, 너 진짜 구잔양… 헉헉… 에게로 가는 것……."

"잔말 말고 따라와!"

오필도는 무공을 익힌 자신보다도 더 빠른 진금행의 달음박질을 보면서 뭔지 모르지만 진금행의 똥구녁에 불을 지를 만한 일이 생겼다는 것을 알 수 있었다.

그런 급한 일이 아니라면 평소 게으르기가 한량없고 움직이기를 싫어하는 진금행이 이렇듯 급히 서둘 일이 없지 않는가!

하지만 오필도는 다른 급한 일보다도 더 급한 일을 생각해 내고는 일러줘야겠다고 생각했다.

"금행아, 헉헉, 지금 다른 게 급한 게 아니다. 헉헉, 지금 니 뒤를……."

오필도는 경신술을 익히고 있긴 했지만 내력을 움직여 경신술을 펼치면서 말할 수 있는 경지에는 오르지 못했다.

그러니 자연 말을 하기 위해서는 보통 사람처럼 죽어라 뛰어가는 수밖에는 없었으니 숨이 턱까지 차 올랐다.

"알아! 검각에서 개를 풀었단 말이지?"

진금행의 말에 오필도는 순간 어리둥절해졌다.

'개를 풀어? 그럼 그 무서운 검객이 개였나?'

내력을 운용하지 않고 간만에 뛰는 것이라 피가 머리에 몰려 헤롱헤롱대는 오필도 머리에선 당치 않은 생각만 이어졌다.

"주인집에 무슨 일이 생기면 제일 먼저 개가 짖지 않더냐! 그 계집애가 검귀의 대라검을 지니고 있으니 보통 신분이 아닐 것이다. 그러니 검각에서는 개 중에서도 사나운 개를 풀었음이 분명하지!"

'아, 그 개가 아니고 그 개!'

오필도는 아까 봤던 그 검객이 꼬리를 흔들며 '왈왈' 짖어대는 웃기지도 않는 상상을 하다가 진금행의 말이 무슨 뜻이었는지 이제야 알아차릴 수 있었다.

그나저나 저런 뚱보의 몸으로 바람을 가르며 앞으로 나가는 것을 보자니 오필도는 신기하기 짝이 없었다.

'저 자식 몸뚱어리엔 공기만 가득 찼나 보다. 그러니 굴러 먹던 나보다 더 빠르게 달릴 수 있지!'

진금행이 이미 검각에서 '무서운 개'를 풀었다는 사실을 알고 있다면 그리 걱정할 일도 아니었다.

적어도 오필도가 겪어온 바에 의하면 진금행이 '알고 있는 것'은 더 이상 진금행에게 '무서운 것'이 될 수 없었다.

　도리어 '그것'이 멋도 모르고 달려들다가 '죽사발'이 나지 않으면 '그것'은 '삼 대에 걸친 조상의 은덕'에 힘입은 것을 '아주 고맙게' 생각해야 할 것이다.

　자신은 이미 겪었고, 지금 찾아가는 사람도 뼈저리게 느낀 사실이었다.

　오필도의 스승인 홍규동도 모르고 있는 사실이지만 오필도는 매달 보름달이 뜨면 정안수 한 그릇을 올리고 조상의 음덕이 깊어 진금행에게서 살아 나왔다는 고마움에 꼬박꼬박 치성을 드리고 있었다.

　하지만 오필도가 모르는 사실이 한 가지 있었다.

　오필도가 치성을 드리는 반대 편에서 홍규동도 치성을 드리고 있었음을.

　쿠왕~

　안 그래도 허름한 문짝이 진금행의 발길질에 박살이 나버렸다.

　"어느 개자식… 흐읍~"

　욕설을 퍼붓다가 진금행임을 알아본 사내는 숨을 들이키며 기절할 정도로 놀랐다.

　"여기 숨어 있을지 내 알아보았다!"

　진금행이 가쁜 숨을 고르며 말했다.

　"숨, 숨긴 내가 왜 숨… 숨어. 그런데 여긴 웬, 웬일이냐? 네가 나타난 걸 알았다면 내가 반갑게 마중 나갔을 텐데."

　어두운 방 안이지만 새파랗게 질린 구잔양의 얼굴이 보였다.

　오필도는 아예 진금행에게 모든 것을 포기하고 죽으라면 죽는시늉까지 할 수 있기에 홍매패를 돌리는 곳에서 진금행을 봐도 그리 놀라지 않았다.

하지만 구잔양의 새파랗게 질렸던 얼굴이 점점 제정신을 차리면서 누렇게 뜨는 것을 보니 그래도 구잔양은 어쨌거나 아직은 진금행에 대해 조금의 '반항심'을 숨기고 있었구나 하고 생각을 하며 구잔양이 왠지 기특해 보이면서도 불쌍해 보였다.

어디 진금행을 피해 숨는다고 숨어지겠는가? 구잔양은 그 사실을 아직 깨닫지 못했으니 아직 진금행에게 몇 번은 더 당해보아야 정신을 차릴 수 있을 거라 오필도는 내심 생각했다.

"잔말 말고 애들 모아!"

"애들?"

구잔양이 의아한 듯 다시 한 번 확인을 했다.

"웅! 아버님과 마 총관을 구해야겠어!"

"아버님과 마 총관?"

이번엔 오필도가 물었다.

검객이 뒤쫓아오는데 웬 아버님과 마 총관을 구해야 한단 말인가?

진금행이 한심하다는 듯 오필도를 보며 말했다.

"이 자식아, 보물을 도둑맞은 주인은 먼저 보물을 이상없이 되찾길 원하지 훔친 범인 족치는 건 둘째 문제란 말이다! 그러니 보물을 가지고 있는 아버님과 마 총관이 위험하지 훔친 우리들은 아직까지 안전하단 말이야! 그리고 그 보물은 누가 뭐래도 내 꺼거든! 내 손에 들어온 보물을 난 남의 손에 넘긴 적이 한 번도 없단 말이다!"

오필도는 진금행의 말에 연신 고개를 끄덕여 동의한다는 뜻을 나타내고 있긴 했지만 그것은 주인을 본 개가 꼬리를 흔들듯 무의식 중에 나오는 행동이었고 머리 속에는 다른 생각이 흘러가고 있었다.

'물건? 물건이야 그 계집일 거고, 우리? 우리라고? 훔친 게 우리라 니? 난 그냥 손가락만 빨면서 구경만 했는데?

"아, 된당! 어떠케 되는 일이 하나도 없냐!"

마불통, 아니, 진전장의 마 총관은 침상 위에 누워 있는 검귀의 딸 화소접(華小蝶)을 보면서 한숨을 내쉬었다.

진금행을 구석으로 몰아넣을 수 있는 좋은 기회였는데 이토록 허무 하게 날려 버리니 억울하기 짝이 없었다.

진충덕이 진금행의 안위는 자신이 알아서 하겠다고 했지만 강호에 서 이르길 사방 벽에 사람의 눈과 귀가 있다고 했으니 진충덕이 직접 나서서 진금행을 돌보기는 어려울 것이 분명했다.

그렇다면 진충덕은 철혈방과 더불어 이 지역을 양분하고 있는 웅천 보(應天堡)에 가서 진금행의 안위를 부탁할 것은 뻔한 일이었다.

하지만 철혈방도 진금행의 두 손아귀에서 놀아났는데 웅천보라고 진금행의 수중에 들어가기지 않았겠는가?

그렇다면 진금행은 이 커다란 짓을 저질러 놓고도 웅천보주의 극진 한 보살핌(?) 속에 기녀들을 양 옆구리에 끼고 놀아날 것이 분명했다.

그리고 나중에 웅천보의 주인인 늙고 교활한 도밀현이 진충덕에게 보고하길 '진금행 소장주께는 별다른 일이 없었습니다. 참으로 후덕하 시고 아랫사람을 잘 챙겨주셨습니다. 아마도 진장주 어른의 아드님이 시니 뭐가 달라도 다르십디다. 인중지룡(人中之龍)이란 말이 헛된 것이 아님을 장주 어르신의 아드님이신 진금행 소장주를 보고야 깨달았습니 다' 라는 웃기지도 않는 아부를 해댈 것이 분명하지 않던가?

그렇다면 다른 일에는 찔러도—물론 찌를 곳이야 많은 뚱뚱한 몸이지만—피 한 방울 나오지 않는 진충덕이지만 제 아들 일에 대해서는 눈 멀고, 귀 멀고, 머리까지 휑까닥 돌아버린 진충덕으로서는 응천보의 보 주인 도밀현에게 빌려준 오만 냥에 대해 이자를 가뿐하게 없애줄 것은 분명한 일이었다.

그렇게 된다면 문추룡에게 전해줄 은자는 어디서 마련한단 말인가?

돈을 전달받지 못한 그 빌어먹을 문추룡은 진전장의 총관인 자신에 게 긴 혓바닥을 잡아 빼겠다며 지랄을 해댈 것이고, 탕감된 이자는 보 지 않아도 응천보의 빌어먹을 도밀현과 진금행이 나눠 가질 것은 뻔한 이치였다.

누구는 말 몇 마디로 뒷돈을 챙기고 누구는 생돈이 날아간 후 긴 혀 를 잡아 뽑히게 생겼으니 아무리 생각해도 속이 뒤집어질 일이었다.

"아! 띠발! 개때끼들!"

암만 생각해도 주리를 틀 놈들이 분명했다.

누구는 긴 혓바닥이 말라가도록 고생하고—돈과 어음을 세려면 혀에 침을 발라야 했기 때문에—누구는 거시기가 문들어지도록 재미만 보다니 백 번 천 번 생각해 봐도 억울하기 짝이 없었다.

문득 마 총관의 안색이 굳어졌다.

길게 빠져나온 혀가 파르르 떨렸다.

마 총관은 오른손을 쥐락펴락하며 간만에 느껴보는 긴장감에 온몸 이 젖었다. 그 긴장감이 묘한 쾌감으로 변해가며 짜르르 온몸에 퍼졌 다.

간만에 느껴보는 살기.

상대는 자신을 부르고 있었다.

어서 밖으로 나오라고, 그래서 자신의 칼을 목젖에, 아니, 심장 한가운데로 느껴보라고 유혹하고 있었다.

"틸틸~"

마 총관은 기분이 좋아져 킬킬대며 웃기까지 했다.

이처럼 대놓고 살기를 뿜어대다니, 그 말은 곧 마 총관이 화소접을 인질로 삼는 일쯤은 염두에 두지 않는다는 행동 아닌가?

한 팔로 화소접의 목을 부둥켜안으면 그 팔을 잘라줄 것이고, 다른 팔로 단검을 쥐고 화소접의 목에 가져다 댄다면 그 어깨부터 잘라낼 수 있다는 자신이 있지 않고서야 이처럼 노골적으로 살기를 뿜어대지는 않을 것이다.

"괜탄은 개군. 암, 이빨이 데법 날카로운 개야!"

마 총관은 검귀의 딸인 화소접을 지키려 드디어 검각의 검객이 나타났음을 알아차렸다.

검각은 예로부터 쾌검(快劍)으로 유명한 문파.

마 총관은 안 그래도 진덕충으로부터 '뼈가 물렀다'는 둥 '20년만 젊었어도 검귀를 죽이러 보내겠다'는 둥 심사를 편치 못하게 하는 말을 들었는데 저토록 기본이 충실히 되어 있는 놈이라면 울화를 풀 수 있는 적당한 상대라 여겨졌다.

마 총관은 천천히 의자에서 몸을 일으켰다.

그리고는 허리를 꺾어 몸을 좌우로 움직였다.

뿌드덕, 떨그럭.

마 총관의 뼈가 무르긴 물렀나 보다. 가볍게 좌우로 몸을 돌려 몸의 긴장을 푸는데 온몸에서 기절할 듯 뼈마디들이 고함을 질러댔다.

"된당! 어떤디 됴그마한 데딥애 칼에도 어깨에 상텨를 입었따 했떠니!"

확실히 몸이 예전 같진 않았다.

꾸뜨뜨득!

참으로 괴상한 소리가 마 총관의 온몸에서 터져 나왔다.

단순히 뼈마디를 맞추는 것에서 시작해 근육까지 제 자리를 잡아가려니 듣도 보지도 못한 괴상한 소리들이 튀어나온 것이다.

몇 년 만인가? 온몸이 얼추 정돈되자 이제야 예전 한창때의 모습으로 돌아온 것 같아 마 총관은 기분이 좋았다.

이윽고, 안 그래도 길쭉하고 마른 마 총관의 신형이 더 길어지는 듯싶다가 창문으로 사라져 버렸다.

"킬킬, 귀엽게 탱겼구나."

도영(道影)은 멍해졌다.

그리고 저도 모르게 왼손을 들어—오른손은 검병(劍柄), 즉 검의 손잡이를 잡고 있었기에—제 뺨을 훑어보았다.

'귀엽다니?'

검에 미친 사람들이 모여 사는 검각에서조차 자신의 인상과 기도를 보면 질려 하곤 했었는데 저 괴상한 노인네는 흡사 '메롱~' 하고 놀리듯 혀를 빼서 낼름거리며 '귀엽다' 라고 하니 어안이 벙벙했다.

도영은 피식 웃었다.

스물일곱 해 중 웃어본 기억이 별로 나지 않는 도영이었다.

하지만 앞에 서 있는 늙은 노인네는 정말이지 간만에 자신을 웃게 만들고 있었다.

'새로운 도발법이군. 하지만 그 정도의 도발에 평정심을 잃을 거라 생각했나? 어쨌든 간만에 웃게 해 주었으니 편안하게 단칼에 끝내줘야 예의겠지?'

도영은 내심 마음을 다잡았다.

그리고 온몸의 신경을 손가락 끝에 집중했다.

도영은 검과 자신의 체온이 같아짐을 느꼈다.

그것은 검이 뜨거워진 것이 아니라 자신의 체온이 내려갔기 때문이었고, 그 사실이 도영의 마음을 편안하게 만들었다.

"니가 하쿠 싶은 대로 해봐. 난 검각의 대듀를 보지 못했거든. 이 기회에 그 대듀를 한번 봐야 되겠어."

'대듀? 대듀가 뭐지? 내가 아는 검각의 검법 중 대듀는 못 봤는데?'

도영은 간신히 긴장한 온몸이 풀어지는 것을 느꼈다.

'저 사람은 무엇을 대듀라 지칭한 거지? 역대 검각주의 재주 중에 대듀란 초식이 있었나?'

분명 마 총관의 외모는 낫살이나 처먹은 것은 분명했고, 자신이 쏘아 보내는 기파(氣波)에 진히 흔들림이 없으니 무공 또한 얕진 않은 것이 틀림없었다. 아니, 얕기는커녕 엄청나다는 것을 본능적으로 알 수 있었다.

그런 사람이 '대듀'라고 새로운 초식을 말하니 분명 검각의 무공이 분명한 일인데 자신은 그런 초식은 사부로부터 들은 적이 없었다.

이번엔 마 총관이 멍해질 차례였다.

앞에 서 있는 검객은 잘 벼려진 날카로운 검을 보는 듯했다.

저 정도의 성취를 이루려면 얼마나 어려운 것인지는 마 총관 스스로도 능히 짐작할 수 있었다.

그런데 마음껏 가진 재주를 펼쳐 보라고 말하자 큰 고민에 휩싸인 것처럼 고개를 갸우뚱거리다니…….

온몸에서 시퍼런 기도를 내뿜으며 달려들듯 했던 사람이 미간을 찌푸리며 고민하는 듯싶자 마 총관은 그 영문을 알지 못해 답답할 뿐이었다.

간만에, 정말이지 간만에 제대로 몸 좀 풀어보나 싶었더니 이게 무슨 개 같은 경우인가?

"왜? 댜띤이 없나?"

마 총관은 검객이 혹시 자신이 서지 않아 그러는 거냐고 물어보는데 그 말이 더욱 도영을 헷갈리게 만들었다.

'댜띤? 그건 또 뭐지? 대뉴를 펼치는 데 꼭 필요한 것인가? 아니면 대뉴라는 초식을 펼치자면 얻어야 하는 명검의 이름인가? 분명 새외(塞外)의 말이 분명해서 알아듣지 못하는 게 분명한데……. 정말 이상하군! 검각의 본 류는 새외의 무공과 인연이 없다고 들었는데… 역대 검각도 모두 중화인이 분명하고.'

도영은 어쩌면 검각의 잃어버린 원류를 되찾을 수 있는 절호의 기회일지 모르겠다고 생각했다.

그 잃어버린 초식을 찾는 일은 단순히 일 개인의 딸을 찾는 일보다 더욱 중요한 일이 분명했다.

검과 검법, 그리고 차가운 마음, 이 세 가지 외에는 검각에서 중요한 것이 없었다. 아무리 검각을 이끄는 각주의 외동딸이라 하더라도 말이다.

검각에서 잃어버린 검술을 알고 있는 자!

함부로 죽일 수는 없었다. 검각에 돌아가 각주에게 상의한 다음 일을 처리하는 것이 옳을 것 같았다.

도영의 몸이 스르르 뒤로 물러났다.

무릎을 굽히지도 않은 채, 아니, 도영의 모습은 그대로 있고 주위의 경물이 앞으로 나가는 것처럼 보일 정도였다.

'올티! 이제야 시닥하려나 보구나!'

마불통이 내력을 일주천시키며 온몸을 긴장시켰다.

저대로 뒤로 물러섰다가 폭풍처럼 다가오리라.

그런데……

이게 웬일인가?

일각의 시간이 흘러도 상대가 짓쳐 들어오려는 기색이 보이지 않는 것이 아닌가?

'요놈이 내가 방심한 틈을 타서 공격하려고!'

별 어줍지도 않은 수를 쓴다고 생각하며 마 총관의 얼굴엔 도리어 조롱의 미소기 매달렸다.

하지만 일각이 지나고 반 시진이 지나도록 도통 소식이 없는 것이 아닌가?

"어이, 개때끼야~ 어디로 꺼졌니? 개때끼야~"

손을 모아 입에 가져다 댄 뒤 크게 외쳐 보아도 돌아오는 건 '개때끼야~ 때끼야~ 끼야~ 야~' 하는 메아리밖에 없었다.

'아차, 화소딥! 고년을 태갔구나!'

자신을 불러내고 화소접을 데려갔다는 데 정신이 미치자 마 총관의 신형은 바람을 갈랐다.

"아, 띠발!"

없었다. 침상 위에 곱게 잠들어 있어야 할 검귀의 딸이 사라지고 없었다.

"아, 큰일 났넹!"

화소접이 되돌아간 뒤 자신의 무공을 말해 줘봐야 자신의 신분이 탄로나지는 않을 것이었다.

그런 '됴그만 데딥애'를 잡는 데 자신의 독문 무공을 사용할 필요성을 느끼지는 않았기에 그저 평범한 장법과 금나수로 화소접을 사로잡았기 때문이었다.

하지만 점혈수법은?

화소접의 혼수혈을 짚었던 점혈법은 강호를 샅샅이 뒤져 봐도 자신만이 사용할 수 있는 무공이었다.

그 사실이 밝혀진다면 강호가 훼까닥 돌아버릴 것은 분명했고, 진충덕에게 맞아 죽기 전에 문추룡의 도에 몸이 양단될 것이 뻔했다.

"아! 일딴 주인께 먼저 아뢰야겠구나!"

마 총관은 응천보로 향했을 진충덕을 향해 급히 신형을 날렸다.

마 총관이 진충덕을 향해 미친 듯 경공을 펼칠 때 숨이 차도록 야산을 뛰어넘는 자가 있었다.

"헉헉, 아, 그 계집애 되게 무겁네!"

구잔양이었다. 그것도 혼자 몸이 아닌 화소접을 등 뒤에 업은 채로 말이다.

"헉헉, 이게 그 '보물'이냐? 이쁘긴 이쁘다만… 헉헉……."

구잔양의 물음에 진금행이 퉁명스럽게 답했다.

"입 닥치고 냅다 뛰어!"

진금행이 입을 닥치라면 닥쳐야 했고, 숨을 쉬지 말라면 아예 숨이 막혀 죽을지언정 그 말을 거역할 생각이 전혀 없는 구잔양은 입을 악 다물고 코로 더운 바람을 내뿜으며 앞으로 내달렸다.

진금행과 오필도, 그리고 구잔양이 뛰어 넘어가는 언덕 뒤로 구잔양이 급히 모은 20여 명의 사내들이 뒤따르고 있었다.

얼추 산을 두 개쯤 넘었다 싶을 때 진금행의 입이 열렸다.

"여기서 일단 쉬었다 가자."

풀썩~

구잔양은 그 자리에 고꾸라졌다.

"하아악~ 하아악~"

오필도가 새된 목소리를 내는 구잔양을 보니 구잔양의 입가에는 이미 침이 하얀 거품으로 변해 말라붙어 달려 있고, 물기라곤 조금도 찾아볼 수 없는 목구멍으로는 숨을 들이키느라 괴상한 소리를 내고 있었다

"역시 염효(鹽梟)라 디르긴 다르군!"

진금행이 구잔양을 보고 비웃듯 말했다.

오필도가 보니 구잔양의 등 뒤는 이미 땀이 말라 허옇게 소금기로 범벅이 되어 있었다.

구잔양이 모아온 사내 중에 하나가 얼른 호로병을 구잔양의 입가에 가져다 대며 물을 먹게 도와주었다.

"개뼈다귀들이 그래도 제 주인은 잘 챙겨주는군!"

진금행의 입에서 또 한 번 조롱의 말이 튀어나왔다.

아마도 자신이 나타났다는 소식을 듣고 숨어버린 구잔양이 밉살스

러웠던 것이 분명했다.

'나는 절대 숨지 말아야지. 이게 무슨 개 같은 경우냐!'

오필도는 거의 죽어가는 구잔양을 보면서 내심 다짐했다.

구잔양에게 물을 먹이던 사내가 진금행을 쏘아보았다.

"어라? 개뼈다귀에도 눈이 달렸네?"

진금행이 투실투실 웃으며 비웃는 말을 날려도 사내는 웬일인지 고개를 푹 숙이고는 묵묵히 구잔양에게 물을 먹일 뿐이었다.

'개뼈다귀들.'

맞다. 구잔양은 염효였으며 염효 중에서도 두목이었다.

그런 구잔양이 사천 땅에 세운 문파가 '구골문(狗骨門)' 이니 곧 '개뼈다귀들의 문파' 란 뜻도 되었다.

하지만 '구골(狗骨)', 즉 '개뼈다귀' 는 염효들 사이에선 소금을 지칭하는 행화(行話:은어)였으니 '구골문' 이란 이름이 그리 이상한 것만은 아니었다.

국가 전매품인 소금을 몰래 밀매하는 것은 이문이 엄청 남는 장사였으며 보통 이문이 많이 남는 장사가 으레 그렇듯 목숨을 걸어야 하는 장사였다.

그러니 그런 비밀스런 장사에 뛰어든 염효들의 흉악함은 녹림도들이나 장강을 휘어잡는 수적들보다 한 수 윗길이었다.

그런 염효들의 두목을, 그것도 세력이 커져 '구골문' 이란 일문을 세운 문주인 구잔양을 저토록 개 부리듯 하는 진금행은 도대체 누구란 말인가?

오필도는 거친 염효, 그것도 마음에 들지 않으면 사람을 소금 속에 파묻어 저며내어 깡마른 목내이—미이라—로 만들어 버린다는 염효들을 휘어잡는 구잔양을 집에서 키우는 개만큼도 취급 안 하는 진금행을 보면서 도대체 구잔양이 어떻게 진금행의 마수에 떨어졌는지 속내를 짐작하기 어려웠다.

하지만 영원히 구잔양에게 그 내막을 듣는 것은 불가능한 일이었다.

그것을 알려면 오필도 자신이 어떻게 진금행 손아귀에 떨어졌는지 그 치부부터 얘기해 줘야 하기 때문이었다.

결코 그 얘기는 오필도가 절대 밝히지 못할 이야기였다.

그날만 생각하면……

그날만 생각한다면 정말 온몸이 부르르 떨리는 오필도였다.

"어이, 니들 개뼈다귀들은 무림맹에 닿은 끈이 없나?"

구잔양에게 물을 먹이던 사내가 고개를 갸우뚱하며 생각했다.

자신의 문주를 정말로 '개뼈다귀'만도 못한 신세로 만든 저 '무섭게 뚱뚱한데다가 실제론 더 무서운 사내'가 묻는 질문이라면 설령 답이 없으면 만들이서라도 가져다 바쳐야만 했다.

하지만 눈만 뜨면 '무림정의(武林正義)!', 입만 열면 '마교척결(魔敎剔抉)!', 숨 쉴 때마다 '협행지로(俠行之路)'를 외쳐 대는 무림맹과 밤이슬 맞아가며 소금을 밀매하는 하오문(下午門) 중에서도 하오문인 자신의 '구골문'이 맺을 연이 과연 있을 수나 있는가 하고 반문해 보는 사내였다.

하지만 저 '무섭게 뚱뚱한데다가 실제론 더 무서운 사내'가 물었으니 자신은 대답을 해야만 했다.

"저기 청로(靑老) 애들에게 물어보면……"

"차엽방(茶葉幇) 말이냐?"

"예, 다행히 걔네들이 차를 기르는 아미파 여승들과 안면이 넓으니……."

"흐음, 청로들이라… 걔네들은 어디 있지?"

"아, 예! 산 세 개만 더 넘으면 됩니다요!"

사내는 신이 났다.

청로 패거리와 구골문은 다루는 물목이 차와 소금으로 서로 달라서 커다란 알력은 없었지만 그 청로패 중에 교룡도(蛟龍刀)라 불리는 놈과 자신과는 아주 알력이 많은 사이였다.

그런데 저 '무섭게 뚱뚱한데다가 실제론 더 무서운 사내'가 나서서 청로 애들을 패대기친다면 교룡도의 품속에 거의 들어갔던 향월이는 자신의 차지가 될 확률이 그만큼 높아지는 것 아닌가!

신이 난 사내가 엉덩이를 들썩이며 앞장을 서려는데 구잔양이 손가락을 까딱이며 자신을 부르는 것이 보였다.

얼른 사내가 구잔양의 입가에 자신의 귀를 가져다 대었다.

"너 나중에 나 좀 보자. 하아악~ 산을 세 개나 더 넘자고? 하아악~ 나중에 돌아가서, 하아악~ 커다란 항아리에 소금을 잔뜩 집어 넣어 놓도록! 하아악~"

사내의 온몸이 벌벌 떨렸다.

이젠 향월이 생각도 나지 않았다.

항아리 속 소금에 저며진 사람이 가장 먼저 쪼그라드는 곳이 사내의 양물이라는 것은 많이 저며본(?) 자신이 가장 잘 알고 있었다.

사내는 양손으로 제 사타구니를 움켜쥔 채 그저 벌벌 떨고만 있었다.

"제가 잘 알아서 모시도록 하겠습니다. 아니, 모신다는 말은 가당찮은 일이군요. 도리어 제가 진 공자님 곁에 있으면 배우는 점이 많답니다. 제가 고맙다는 말씀을 드려야 마땅한 일인데……."

도밀현은 그저 굽신굽신해 대며 진충덕에게 아부하느라 정신이 없었다.

진충덕은 웅천보에 자신의 아들의 안위를 부탁하러 왔다가 도리어 웅천보의 늙은 주인 도밀현에게 자신의 아들이 이렇게 높은 평가를 받자 기분이 마냥 들떴다.

"웅천보의 도 보주께서 이렇게 말씀해 주시니 감사합니다. 솔직히 내 아들놈이 그리 머리가 좋은 편은 아닌데다가 게으른 게 단점일 뿐 그 외에 탓할 만한 것은 없는 편이긴 하지요."

"아이고, 무슨 말씀을 그리 하십니까! 사내대장부가 어디 머리로써 이루어지는 것입니까? 의기로움과 사내다움을 통헤 이루어지는 것이지요! 그런 먼에서 진 소장주께서 이 아둔한 놈에게 깨우쳐 주시는 바가 많습니다! 정말이지, 많이 배운… 끄르륵~"

도밀현은 목 안에서 가래가 끓는 것을 느꼈다.

'아, 나도 이젠 다 됐는가?'

도밀현은 내심 자책했다.

예전엔 눈도 깜짝 안 하고 아부와 거짓으로 일관했는데 요즘은 거짓말을 하려 하면 목 안에서 자꾸 가래가 들끓어서 미칠 지경이었다.

아마도 저승 갈 날이 머지않은 나이가 돼서인지 왠지 뒤가 자꾸 캥기는 것은 숨길 수가 없었다.

자신의 웅천보와 자웅을 겨루는 철혈방의 호동은 무공과 거친 삶으로 철혈방을 일궈냈지만 자신은 그저 손바닥을 비비고 이러저리 혀를 놀려 웅천보를 일구어내었다.

또한 그 웅천보를 배경 삼아 평생 호의호식을 잘했다고 볼 수 있는데 이제 '죽어서 과연 극락에 갈 수 있을까' 하고 생각해 보는 날이 많아지면서 그에 비례해 가래침이 끓어오르는 횟수가 점점 많아지고 있었다.

도밀현은 껄끄러운 목을 가다듬으며 최대한 공손하게 말을 건넸다.

"흠흠, 당장 애들을 풀어 그 개자식을… 애고, 죄송합니다. 요즘 몸이 허해져서… 아무튼 귀하신 진 소장주님을 보필하는 데 힘쓰겠습니다."

도밀현이 정말 저승 갈 날이 머지않았나 보다.

이런 대실수를 하다니!

속마음과 겉 말을 잘 분리해 말하는 것에 대해 이날 이때껏 실수해 본 적이 없거늘!

속으로 '개자식' 하고 외치면 말로는 '어르신' 이 자동으로 튀어나오는 재간을 장기로 삼아 여기까지 왔는데 처음으로 '개자식' 이란 본심이 튀어나오다니!

다행히 진충덕은 검버섯이 피어난 도밀현의 얼굴을 보며 그저 약간의 '노망끼' 로 인한 '단순한 실수' 로 받아들이고 있었다.

'얼른 오만 냥을 받아내야겠군!'

진충덕은 겉으로는 웃으며 속으로 다짐했다.

노망 걸린 노인네에게 빌려준 오만 냥을, 그것도 계산이 복잡한 복리까지 얹어 받으려면 머리와 속이 함께 터질 일이 분명하기 때문이었다.

도밀현은 내심 안도의 한숨을 길게 내쉬는데 이상하게 가슴이 편안해졌다.

요 몇 년간은 한 번도 경험해 보지 못한 쾌청함이 가슴을 휘돌자 그것이 '진금행' 하면 자동으로 떠올려지는 '개자식'이란 본디 생각을 입에 올린 쾌감 때문이라는 걸 깨닫고는 화들짝 놀라고 말았다.

'내가 죽을 날이 머지않은 게야! 안 하던 짓을 하기 시작하면 곧 죽는다는데 큰일이로세!'

진충덕과 도밀현이 서로의 복잡한(?) 생각으로 묵묵히 앉아 있는 중간에 밖에서 이상한 소리가 들려왔다.

"당듀님~ 아이, 당듀님~"

발음이 조금(?) 짧다는 것을 제외하면 그렇게 나긋나긋하고 사근사근할 수가 없는 음성이고 어조였다.

한 번 들으면 잊혀지지 않는, 그래서 누구도 의심할 수 없는 마 총관의 목소리였다.

마 총관의 말이 보동 때보다 더 짧아질 때는 화가 났을 때와 큰 잘못을 저질렀을 때라는 것을 잘 알고 있는 진충덕이었다.

또 마 총관이 화가 났을 때와 큰 잘못을 저질러 잘 보여야 할 때를 가리는 방법은 그 어조의 부드러움과 상냥함에 달려 있음을 잘 아는 진충덕은 양 눈 위의 눈썹이 하나로 모아졌다(그래 봐야 찐 살들 때문에 아직 한참의 거리가 남아 있지만).

"마 총관이오?"

"예, 떠예요, 당듀님~"

오죽하면 도밀현의 검버섯 핀 온몸에 소름이 돋을까.

아무리 굴러먹다 물러앉은 기방의 늙은 퇴기도 저런 콧소리를 동반한 괴상한 나긋거리는 음성은 내지 못할 것이 분명했다.

진충덕의 양 눈썹은 아까보다도 더 가운데로 몰렸다(그래 봐야 아직도 한참이나 많이 남아 있긴 하지만).

보통 큰 잘못을 저질렀을 때의 마 총관은 감히 진충덕의 눈앞에 나타나지는 못하고 나긋나긋한 목소리로 자신의 죄(?)를 전음으로 토설한 후 냅다 튀어 달아나는 것이 상례였다.

하지만 지금은 감히 달아날 생각도, 또 전음으로만 짤막하게 전할 생각도 못하고 있는 것을 보니 잘못을 저질러도 이만저만한 잘못이 아닌 게 분명했다.

"들게."

진충덕이 조심스럽게 말했다.

마 총관이 들어오라고 했을 때 들어온다면 정말 큰일을 저지른 것이었다.

감히 튀어 달아나 며칠 숨어 지내서는 결코 해결되지 않는 잘못임이 분명했다.

진충덕의 생각에 그런 범주의 드는 큰일이라면 마 총관이 술을 진탕 먹고 사방팔방 진충덕의 진정한 신분(?)을 떠벌리는 잘못 외에는 아무리 생각해도 별로 찾아볼 수 없었기에 내심 제발 튀어주길, 튀어서 해결할 수 있는 잘못이길 빌고 또 빌었다.

하지만 하늘도 무심하게 방문이 드르륵 열리고 방문 사이로 마 총관의 추레한 면상이 빼꼼이 비집고 나왔다.

"당듀님, 바쁘딴가 봐요……?"

"아니, 안 바쁘네!"

"아잉, 암만 봐도 바쁘딴 거 가튼데…….."

"안 바쁘데도!"

마 총관의 목이 찔끔하는 것이 보였다.

"그럼 땀띠만 얘기 돔 해도 될까요?"

"그럼세!"

눈치로 평생을 늙은 도밀현이 어찌 이 정반대로 생겨먹은 주종 사이에 흐르는 기묘한 분위기를 못 느끼겠는가.

"아이고, 저는 그럼 진 소장주님을 보필하러 갈 터이니 그냥 여기서 말씀 나누시지요. 이 방이 주위가 한산해서 얘기 나누기에는 참 좋습니다."

듣는 귀는 없으니 편안하게 얘기하라는 뜻을 밝힌 후 도밀현이 자리를 떴다.

"불통! 무슨 일이냐?"

진충덕의 입에서 마 총관의 이름이 튀어나왔다.

신분을 속이고 산 이후에 '마불통' 세 글자가 진충덕의 입에서 터져 나올 때는 심기가 극히 불편할 때를 제외하고는 없는 일이기에 마 총관의 등은 촉촉히 젖어들었다.

'기냥 틸까?'

마 총관은 내심 극렬한 갈등에 휩싸였다.

하지만 이미 진충덕의 눈앞에 서 있는 몸이고, 저 뚱뚱한 몸이 얼마나 빠른지를 안 본 사람은 믿지 않는, 아니, 본다는 것 자체가 불가능한 일임을 마불통, 즉 마 총관은 너무도 잘 알고 있었다.

"그딘까요, 그게 어터케 된 일이냐 하믄요……."

마 총관의 깡마르고 긴 손가락이 벌벌 떨렸다.

"무슨 일이냐니까!"

넉넉한 뱃살만큼 참을성이 깊은 진충덕이 이처럼 소리칠 때는 서둘러 이실직고해야만 했다.

"그딘까요, 화됴덥을 놓텼뜹니다요!"

두 눈을 질끈 감고는 얼른 말을 뱉어버렸다.

"흐음, 어쩌다가?"

진충덕의 얇디얇은, 거의 흔적만 남은 두 눈이 깊이 가라앉았다.

마 총관이 그것을 알아볼 수 있는 것도 수십 년을 곁에서 모셨기 때문이고 보통 사람은 깊어진 눈을 찾는 것도 힘거울 정도였다.

"그딘까요… 그게요… 뎨가 검각에서 나온 개때끼를 막으러 나갔꺼등요? 근데요, 그사이를 뜸타서요… 화됴덥을 태잤꺼등요……."

"그 여아의 이름이 화소접인가?"

"예, 화됴덥 맞뜹니다요."

누구도 제대로 알아듣지 못할, 그래서 불통(不通)이란 이름에 걸맞은 마 총관의 얘기를 진충덕이 잘도 알아듣는 것을 보면 확실히 이 상반된 주종이 어울려 다닌 것은 짧은 해가 아니었으리라.

진충덕의 양 눈썹이 약간 멀어졌다.

그 멀어진 공간만큼 자신에게 떨어질 불호령이 작아진다는 것을 알고 있는 마 총관은 내심 안도감이 들었다.

"설마 그 애를 사로잡을 때 본 문의 무공을 쓴 건 아니겠지?"

"안 떴뜹니다요. 절 때 안 떴띠요!"

"흐음, 그럼 어렵지만 해결해 볼 수 있는 실마리는 남아 있는 게로 군. 그냥 진전장에서 총관으로 있는 자가 약간의 무공을 알고 있는 것으로 하면 되겠군. 애당초 우리가 조심해 왔던 것을 생각하면 아깝고 안타깝지만 어쩌겠나. 검각에게도 아예 그렇게 설명을 하고 죄를 청한다 말하면 될 것이고, 정 안 되면 진전장을 접고 다른 곳으로 숨어들 수밖에 없겠지. 내 자네가 익혔다고 둘러댈 만한 무공을 찾아 넘겨줄 터이니 죗값이다 생각하고 한 달 동안 익히도록 하게."

예상외로 수월하게 풀려간다 생각한 마 총관이 조심스럽게 말을 꺼냈다.

"그던데요… 그게요… 따로 땁을 때는 본 문의 무공을 안 떴는데요… 덤혈을 할 때요… 그게요……."

마 총관은 순간적으로 진충덕의 양 눈썹이 붙었다 떨어지는 것을 보았다(그럴 리야 있겠는가? 그 사이의 공간이 그토록 넓은데).

"본 문의 독문심법을 사용했단 말인가?"

"끄… 끄던까요… 끄께요… 넵……. 글케 됐네여……."

놀라 더욱 짧아진 발음으로 떠듬거리다 기이고 실토를 했다.

"네, 네놈이 죽으려고 실성을 한 게로구나!"

마 총관은 오늘 참 이상한 것을 많이 본다고 생각했다.

언뜻 보기에 진충덕의 눈동자, 그것도 온전한 모양으로 동그란 모양을 본 것이 아닌가!

얇게 째진 눈에서 커다란 눈동자가 모두 보였다는 것은 설령 진충덕이 아무리 크게 두 눈을 부릅뜬다 해도 있을 수가 없는 일이었다.

진충덕의 투실투실한 온몸이 떨리자 온몸의 살들이 요동 치기 시작했다.

마 총관은 그 요동을 보면서 왜 전에 마차를 타고 오면서 진금행이 그토록 토악질을 해댔는지 이해가 될 것도 같았다.

마 총관은 두 눈을 질끈 감았다.

이제 자신은 그야말로 '듀근 목뜸'이었다.

'에이! 띠발! 엿됐네!'

제 4 장

우문하 —진금행 우문하를 만나고, 우문하 잘린 손가락을 보다

우문하

우문하(禹紊遐)는 재미있다는 듯 앞선 사내를 보았다.

'흐음, 재미있는 자로군. 아니, 재미있게 생긴 자라고 말해야 옳겠군.'

보통 사내들의 나이, 그것도 웬만큼 성년이 된 사내의 나이를 짐작하는 것은 힘든 일이 아니었다.

골격을 이루는 뼈대의 생김생김을 보면 대강은 알 수 있었다.

허리가 곧고 어깨가 떡 벌어졌다면 한참 자라는 시기를 넘어선 성인은 된 것이고, 코 밑과 턱 밑의 수염, 그리고 손목과 손의 생김새를 보면 거기에 몇 살을 더할 것인지 대강의 해법이 나오기 때문이다.

하지만 이자의 뼈대는 많은 살들에 가려 도대체 살피기가 곤란할 정도였고 딱 벌어진 어깨보다는 떡 벌어진 뱃살에 더욱 시선이 가는 사내였다.

그래도 피부는 때깔이 좋은 것으로 보아서는 간신히 제 몸에 붙은 살들을 유지할 만큼의 돈은 굴리는 자라는 것을 알 수 있었다.

그게 누구겠는가?

바로 진금행이었다.

"그래, 무슨 일이신지?"

우문하가 재미있게 생긴(?) 진금행에게 물었다.

"당신보다 끗발 좋은 사람 중에 누가 있지?"

진금행이 헤실거리며 물었다.

"끗발? 킬킬~"

우문하는 반문하는 중간에도 킥킥대며 웃었다.

정말 재미있는 자였다.

생긴 것뿐만 아니라 처음 몸을 드러내 나타냈을 때부터 우문하를 웃게 만든 자였다.

환장하게 이쁜 여자애와 함께 세상에 구골문의 문주랍시고 목에 힘주고 다니던 구잔양을 소금에 절여오다니!

온몸에 소금으로 칠갑을 한 채 입에도 소금을 쳐 집어넣었는지 입가까지 허옇게 변한 구잔양을 보자 우문하는 내심 통쾌한 마음이 들어 웃지 않을 수 없었다.

하지만 구잔양의 몸에 붙은 소금기는 그것이 산을 다섯 개 넘어온, 그것도 등에는 여자 하나를 업고서 단 한 번만 쉰 채 넘어오느라 땀이 말라붙은 소금기라는 것은 알아보지 못했다.

또 입가의 허연 소금(?)도 입에 물었던 거품이 말라붙은 거라는 것은 상상조차 하지 못했다.

그저 염효니까, 그것도 구골문을 세운 문주 구잔양이니 모든 것을 소금과 연관시켜 대강 때려 맞춰보는 우문하였다.

'끗발? 끗발이라고?'

우문하는 진금행이 정말 재미있는 사내라고 생각하며 키득거렸다.

'저 자식이 염효 하나를 때려잡았다고 시위하는가 본데 세상을 잘 모르는 놈이로군! 염효는 잔인하기만 하면 할 수 있지만 차엽방 일은 뚝심이 없으면 불가능한 일이라는 것을 아직 모르는 게로군!'

염효는 감시하고 막는 얼치기 관부만 상대하지만 차엽방은 무림인과 손을 섞어야 하는 일이었다.

그렇기에 그 수준이 다르다고 언제나 자부심을 가지고 있는 우문하였다.

일단 구잔양의 콧대를 내려앉힌 '뚱뚱하고도 재미있는 놈' 이라 봐주고 있지만 자신의 콧대까지 건드린다면 그 '뚱뚱하고도 재미있는 놈' 을 찻잎과 함께 삶아줄 거라 생각하며 말했다.

"끗발? 킥킥, 무슨 끗발?"

"니 개대가리 위의 끗발!"

진금행이 우문하가 킥킥대는 만큼 헤실헤실 웃으며 말했다.

'오호! 뚱뚱한 줄민 알았더니 입담도 건 놈이로구나! 킥킥~ 역시 재미있어!'

우문하는 더욱 크게 키득거리며 말했다.

"킬킬, 내 대가리 위에는 반삼역 어른이 계시긴 하지."

"반삼역? 못 들어본 개대가리군! 그 개대가리 위에는 누가 있지?"

"크하하! 정말 재미있군! 반삼역 어른의 위에는 안홍 어른이 계시지!"

"안홍이란 개대가린 또 뭐야? 시덥잖은 개대가리 다 빼고 제일 이빨

날카로운 개대가리 한 놈만 불러!'

'이 자식이?

우문하의 웃음이 그쳤다. 하지만 아직 얼굴에 미소 정도를 띨 수 있는 여유는 가지고 있었다.

'아직 하나도 모르고 지껄이는 거 아니야? 반삼역 어른이나 안홍 어른의 이름도 못 들어본 놈이 여기서 주인 행세를 하겠다고 지랄을 친단 말이지!'

우문하는 큰 오해를 하고 있었다.

뒷골목 세력 다툼에서 신진 세력이 기존 세력을 몰아내려고 작정하고 달려드는 것으로 단단히 오해를 하고 있었다.

'이 더러운 곳에 깃발을 꽂겠다는 놈이면 대강 앞뒤는 맞춰보고 와야 할 것인데… 좋아, 그럼 나도 두 번밖에 못 뵌 어르신의 머리까지도 너에겐 개대가리가 되는지 알아봐야겠구나!'

"킥~ 좋아좋아! 제일 이가 단단하신 어르신은 강구의 어르신이지!"

"아, 강구의! 그 개대가리가 이런 일까지 벌려놨을 줄 내 미처 몰랐구나!'

알겠다고 투실투실한 목살을 흔들어대는 진금행을 보면서 우문하는 진금행이 강구의를 실제 알고 있으리라고는 믿지 않았다.

그저 짐짓 아는 척 의뭉을 떨어 자신의 콧대를 미리 꺾어놓으려는 수작임이 분명했다.

"네가 그 어르신을 알긴 아는 거냐?"

"알다마다! 근데 그 개대가리는 요즘 비 오면 손가락 두 개가 쑤실 텐데……. 아, 물론 없어진 손가락 말이다."

"어라?"

우문하는 저도 모르게 큰 소리를 냈다.

강구의 어른의 손가락 두 개가 일 년 전 사라진 사건을 알고 있는 자라면 이 세계 깊은 곳까지 알고 있는 것이 분명했다.

자신도 겨우 어르신들 수발을 들면서 얻어들은 귀동냥으로 강구의가 손가락 두 개를 잃어버렸다는 사실을 알고 있었는데 저자가 어떻게 알고 있단 말인가?

우문하는 내심 진금행에 대한 평가, 즉 '뚱뚱하고도 재미있는 놈' 이란 평가에 몇 글자를 더하기로 결심했다.

'뚱뚱하고도 재미있는, 하지만 묘한 구석도 가지고 있는 놈' 이라고……

진금행은 이젠 웃음을 머금은 얼굴이 바뀌어 멍한 얼굴로 바라보는 우문하를 찬찬히 바라보다가 제 옷 속에 손을 집어넣어 무언가를 한참 찾았다.

한참 이리저리 씰룩이며 찾는데 쉽게 찾아지지 않는지 콧등에 땀까지 번져 있는 게 보였다.

오필도는 '구곤문' 에 들어 있는 염효들만 헤도 무서운데 거기에 차엽방에 속해 있는 청로들까지 흉악한 얼굴로 늘어서 있는 한가운데 처해 있다는 것이 두렵기만 했다.

그래도 진금행이 옆에 있다는 것이 큰 힘이 되어주고 있지만 뭔가를 꺼내 들려는 진금행이 한참을 제 품속을 뒤적거리기만 하니 불안하기 짝이 없어 슬며시 물어봤다.

"왜 그래? 찾는 게 뭔데?"

"작은 곽."

"그게 없어졌어? 뛰다가 떨어뜨린 것 아니야?"

"아니, 있는 건 분명한데… 집어보면 내 뱃살이고, 다른 걸 집어보면 또 내 뱃살이고… 이거 분간이 안 가니… 아, 여기 있군!"

진금행이 활짝 웃는 얼굴을 보니 내심 불안했던 오필도도 근심을 털어버릴 수 있었다.

진금행이 꺼낸 것은 거무튀튀한 조그마한 상자였는데 그것을 우문하가 거만하게 앉아 있는 책상 위로 던졌다.

떽떼구르.

우문하가 굴러 제 앞으로 와 멈춘 상자를 멍하니 보다가 고개를 들어 진금행을 쳐다보았다.

"열어봐."

진금행이 턱으로 상자를 가리키며 말하자 우문하가 내심 생각했다.

'저 자식이 혹시 독을 사용하려는 건 아닌가?'

하오문들이 뭉친 곳에서는 상대를 없애는 방법 중에 독쯤이야 상식으로 들어 있었다.

아무래도 걱정이 된 우문하가 옆에 있는 청로 한 명을 쳐다보고는 진금행처럼 턱으로 상자를 가리켜 대신 열어보라는 눈치를 줬다.

수하가 조심스럽게 상자를 집어 들어 천천히 열어보고는 우문하에게 말했다.

"말라비틀어진 손가락 두 개인데요?"

"응?"

우문하가 자리를 박차고 일어나 그 상자 안을 쳐다보았다.

저 '뚱뚱하고도 재미있는, 하지만 묘한 구석도 가지고 있는 놈'과 나눈 얘기대로라면 저것이 강구의의 잃어버린 손가락 두 개임이 분명한 일이었다.

우문하는 설마 저 두 개의 손가락이 강구의의 것일 리 있겠는가 하고 부정하고 싶었다.

사람마다 달려 있는 것이 손가락인데다가 병신이 아닌 다음에야 10개임이 분명했고, 아무나 붙잡아 손가락을 냉큼 잘라낸 뒤에 손가락이 한 백여 개쯤 널려 있는 틈 사이로 던져 놓고는 '니 꺼 찾아봐' 하면 자신있게 찾을 인간이 그리 흔하겠는가?

그런 것이 손가락인데 제대로 쳐다보지도 못한 남의 손가락 두 개를 내밀다니…….

하지만 우문하는 그 검게 말라비틀어진 손가락 두 개가 강구의의 것임을 한눈에 알아볼 수 있었다.

아니, 손가락을 보고 안 것이 아니라 두 개의 손가락 중 하나의 손가락에 껴 있는 반지를 보고 안 것이었다.

강구의의 표식!

그 반지에 인주를 묻혀 찍은 서찰이 날아오면 그 적힌 내용은 무슨 일이 있어도 쫓아 행해야만 했고, 그 반지로 인부를 삼은 사람이 나타나면 설령 그 사람이 백 일도 채 지나지 않은 갓난아이라도 고개를 숙여야 하는 게 바로 자신 우문하였다.

어쩐지 요 일 년 전부터는 인부가 바뀌었다는 소식에 그래도 땅 하나씩은 차지한 사람은 모두 모여야 했고, 그 가운데서 얻어들은 소식이 바로 강구의가 손가락과 함께 반지를 잃어버렸기에 다시 인부와 표식을 바꾸어야 한다는 말이었으니, 우문하가 아무리 부정하고 싶어도 몇 년 동안 신물나게 보아왔던 강구의의 반지가 분명했다.

우문하는 환장할 지경이었다.

저 뚱뚱한 놈이 바로 '뚱뚱하고도 재미있는, 하지만 묘한 구석도 가지고 있는… 줄 알았더니 알고 보니 무섭기가 한량없는 놈' 이였단 말인가!

우문하는 벌벌 떨리는 손으로 책상을 짚어 간신히 폭싹 주저앉는 추태는 보이지 않을 수 있었다.

구잔양 저놈!

비록 소금에 저며지긴(?) 했어도 목숨의 구제를 받은 것이 대단해 보였다.

우문하 자신은 아무리 생각해도 차엽방만의 독특한 징계를 받아 찻잎과 몸이 함께 삶기다가 구제를 받아도 이미 화상을 입어 죽은 몸이 아닌가!

그저 덜 삶겨졌다와 푹 삶겨졌다의 차이가 있을 뿐 삶아지다가 폴짝 뛰어나와 살 수 있는 방법이란 없어 보였다.

갑자기 염효들의 생활이 부럽게만 보이는 우문하였다.

"저, 저기… 무슨 일로 여기까지… 아참!"

우문하는 말을 하다 말고 땅바닥에 고꾸라지듯 머리를 처박으며 최대한의 공경을 나타내는 절을 했다.

진금행은 새끼손가락으로 귀를 후비며—오필도에겐 진금행이 콧구멍을 후비던 것을 본 것만큼 충격적인 장면이었다. 그 작은 귓구멍에 저 큰 손가락이 들어가다니—귀찮다는 듯 말했다.

"으응… 다른 게 아니고, 너 대가리를 벌거벗은 족속들과 친하다면서?"

"벌거벗은 족속이라굽쇼?"

우문하는 영문을 모르겠다는 듯 두 눈을 껌뻑였다.

"아미파의 땡중들 말이다! 암컷 땡중!"

진금행이 답답하다는 듯 소리치자 우문하의 고개가 자동으로 푹 수그러들며 생각했다.

'아, 아미파 여승들이 대가리를 벌거벗고 다니는 족속들이었구나! 처음 알았네! 음란한 것들 같으니라구!'

*   *   *

'아! 띠발! 띠발! 띠발!'

마 총관은 내심 욕설을 퍼붓고 있었다.

그런데 그 상대가 마 총관 스스로에 대한 것도 아니었고, '화됴덥'이란 '됴그마한 뎨딥애'를 다시 되빼내어 간 검각의 정체를 모를 검객도 아니었다.

그저 머리 속에 떠오르는 인물은 오직 하나, 진금행이었다.

'막돼먹은 개때끼!'

마 총관은 고개를 들어 지그시 눈을 감고 있는—확실한가?—진충덕을 바라보았다.

'따딕때끼에 정띤이 도라버린 미틴 듀인 따딕!'

이젠 욕설의 상대가 진금행에서 진금행의 진실된 모습(?)을 모르고 있는 '자식새끼에 정신이 돌아버린 미친 주인 자식'인 진충덕에게로 향했다.

숨어 지낸 것이 어디 진충덕 하나뿐인가? 어찌 보면 죄없고 불쌍한(?) 마불통 본인과 문추룡까지도 몇십 년을 숨어 지냈지 않은가!

자신들의 보상은 어디서 받는가?

아니, 보상은 둘째 치고 이처럼 버려지만도 못한 대접(?)과 학대(?)를 받을 이유가 있던가?

"휴우우~"

진충덕이 한숨을 내쉬는데 배가 튀어나와 들어간 공기가 많아서인지 한참을 내쉬고야 간신히 끝이 났다.

"튜우우~"

마 총관도 뾰족한 수가 생각나지 않아서 한숨을 내쉬는데 한숨 소리마저 짧디짧았다.

이젠 밤이 늦어 켜둔 불꽃이 두 사람의 괴로운 심사를 말해 주듯 미친 듯 몸을 떨어대고 있었다.

"걍 검각을 뒤딥어놓을까요?"

마 총관이 빈말 삼아 꺼내보았다.

"그것도 한 방편이겠지. 정 안 되면 그 수라도 써야……."

마 총관이 놀랐다.

보통 이런 일이 벌어지면 최악의 경우 모든 재산과 터전을 헌신짝 버리듯 버리고는 다른 곳으로 옮겨 가는 것이 진충덕의 방법이었다.

하지만 검각을 쓸어버릴 수도 있다는 과격한(?) 방법까지 고려하는 것을 보면 얼마만큼 심각하게 생각하는지 알 수가 있었다.

거기엔 화소접을 점혈할 때 숨길 수 없는 독문 표식을 남겨서이기도 하지만 진충덕이 염려하는 것은 진금행의 안위가 불안해졌기 때문이라는 것을 알 수 있었다.

'개때끼!'

마 총관은 내심 또 한 번 진금행에게 욕을 퍼부었다.

아니, 이번에 '개때끼'는 그저 자식만 싸고도는 진충덕에게로 향한 것인지도 몰랐다.

아무튼 그 '개때끼'의 성이 진씨라는 것은 확실했다.

"일단 몸을 피할 겸 무림맹으로 향하기로 하고 그 중간에 문추룡에게 연락해야겠군. 만약을 위해서라도 말이야."

"튜룡이를요?"

"어쩌겠나?"

"튜룡이가 디랄을 할 텐데요."

"어쩔 수 없지 않은가? 나중에 이 사실을 알게 되면 더 발작을 해댈 텐데 미리 알리는 게 나중을 위해서도 좋고……."

"그래도 튜룡이의 디랄이 보통 디랄이 아닌데……."

"휴우우우~"

이번 진충덕의 한숨은 아까보다도 더 오랜 시간 동안 지속되었다.

"일단 응천보의 도밀현이 금행이를 잘 지켜주어야 할 텐데……."

마 총관은 진충덕이 참으로 한심하고 답답하게 보였다.

'띠랄! 금행이에게 화가 닥틸 때라면 떼땅 따람들이 다 듀근 후가 될 꺼요, 당듀!'

                    *   *   *

"아가씨는?"

도영의 고개가 보일 듯 말 듯하게 좌우로 흔들렸다.

"흔적도 없나?"

"보았습니다."

"보았다고?"

"똑똑히."

"그런데 모셔오지 못했단 말이군."

이번에는 도영이 고개를 흔들 필요도, 그렇다고 끄덕여 동의를 나타낼 필요도 없었다.

"으흠, 고수였나?"

도영의 앞에 있는 사내의 판단력은 무서울 정도였다.

화소접을 강제로(?)라도 데려올 수 있는 사람을 찾으라면 도영 하나였다.

일단 도영의 눈에 띄었다면 아가씨는 자신 앞에 있어야만 했다.

하지만 아가씨를 보았다는 도영은 혼자 몸이었으니 그 전후 상황은 묻지 않아도 알 수가 있었다.

도영은 이번에는 고개를 끄덕였다. 구태여 끄덕일 필요는 없었지만 깊숙이 위아래로 크게, 그것도 천천히 끄덕였다.

그 깡마른 노인네의 무공 수위를 나타내려면 그저 '고수'란 말로는 부족했기 때문이다.

자신이 본 각주보다도 어쩌면 몇 수 위 경지에서 노니는 사람같이 느껴졌기 때문이다.

그리고 그런 고수가 뜻 모를 이야기를 남겼다.

검각의 잃어버린 초식, 그리고 그 초식을 펼치는 데 필요한 그 무엇인가를……

"대듀란 초식을 아십니까?"

"대듀?"

도영의 고개가 이번에도 크게, 그리고 확실히 끄덕였다.

사내는 도영의 이런 행동이 자주 있는 것이 아니라는 것을 알고 있었다.

도영이 나름대로는 힘들게(?) 표현한 '엄청난 고수'만 해도 머리를 지끈거리게 하는데 거기에 더해 '엄청난 의미'를 지닌 것이 분명해 보이는 '대뮤'라니?

"흠, 모르겠는데? 각주에게 전혀 들은 바 없어."

"그럼 댜띤은?"

"댜띤? 새외 변방에 있는 이민족 말인가?"

사내의 혼잣말에 도영은 가만히 서 있을 뿐이었다.

그걸로 충분했다.

사내에게 그 두 가지의 '엄청난 사실'을 말했다면 그걸로 족했다.

저 냉철한 사내의 머리 속에 그 '대뮤'와 '댜띤'이 들어가는 데까지가 자신의 몫이었다.

"검각과 관련이 있는 것들인가?"

사내가 도영에게 물었다.

바로 그 질문이었다.

역시 사내의 냉철함은 도영의 기대를 저버리지 않은 것이 분명했다.

도영의 고개가 이번에는 앞서 두 번의 끄덕임보다 더욱 크게 끄덕여졌다.

하지만 그걸로도 충분하지가 않았다.

그래서 도영은 입술을 열었다.

"아주 많이!"

사내는 직감적으로 결코 가벼운 일이 아님을 알아차렸다.

사내도 검각의 인물.

검과 검법과 차가운 마음만이 존재하는 곳!

이미 그들의 머리 속과 마음에는 화소접의 흔적조차 찾아볼 수가 없었다.

"각주께 가자!"

사내가 내뱉듯이 말을 하고는 몸을 휙 돌려 앞서 갔다.

그 뒤를 도영의 신형이 유령처럼 따랐다.

도영의 신색은 말할 수 없이 편안해 보였다.

자신을 숨 막히게 했던 커다란 임무를 아주 훌륭히 끝마쳤기 때문이었다.

'대듀'와 '따띤'으로 대표되는 '엄청난 사실'이 정작 마 총관 자신에게는 '엄떵난 따딸'로 왜곡되어진다는 것도 모른 채 말이다.

제 5 장

불연 –우문하 거닐고, 진금행 불연을 만나다

불연

"그런데 애는 왜 병든 닭 모양 꾸뻑꾸뻑 졸기만 하지 깨어날 줄은 모르는 거야?"

진금행이 답답하다는 듯 오필도를 바라보며 물었다.

오필도는 또 한 번 진금행의 놀라운 재간―진금행은 코를 파고 있었다―에 놀라면서도 자신이 알고 있는 바를 말했다.

"점혈당했나 본데? 그것도 혼수혈을 짚어서 그런 것 같아."

"혼수혈? 점혈은 들어본 것 같지만……."

진금행이 들어보았다고 말하면 틀림없이 들어본 일일 것이다.

하지만 진금행이 들었다는 사실과 그렇기에 진금행이 알고 있다라는 사실 사이에는 진금행이 천 명은 너끈히 빠질 수 있을 만큼의 공간이 자리 잡고 있다는 것 또한 오필도는 알고 있었다.

그리고 그런 진금행을 보고서야 오필도는 돈을 주고도 얻을 수 없는 정보, 즉 '교활한 대가리'와 '영리한 대가리', 혹은 '공부 잘하는 대가리' 사이에는 엄연한 질적인 차이가 있다는 사실 또한 알 수가 있었다.

진금행의 머리 속에 들어 있는 사실이나 단어는 분명 '돈'과 '먹을 것', 그리고 '여자' 중 한 가지와 필히 관련이 있었다.

그 외의 다른 모든 것들은 진금행에게 그저 '잡스러운 일'이거나 '쓰레기 같은 일'에 지나지 않았다.

아니나 다를까, 분명 '들어본 것 같다'는 점혈에 대해 설명을 요구하는 진금행의 눈빛을 보면서 내심 알고 있는 점혈에 대해 설명을 해나갔다.

"그러니까 사람들의 체내에는 정(精)과 기(氣), 그리고 신(神)이 통하는 경로가 따로 있거든. 그 각각의 통로가 모두 다르다고 주장하는 사람들도 있고 모두 같다고 주장하는 사람들도 있긴 하지. 하지만 대부분의 의가(醫家)나 무가(武家)에서는 약간 다른 곳도 있긴 있지만 대부분 같다고 보고 있어. 그 경로에 대한 이해와 철학, 그리고 직접 느끼고 부딪치면서 연구해 나가는 갈래가 다르고, 또한 나름대로 내공을 이해하는 폭도 다르고, 속해 있는 유파에 따라 다른 방법으로 내공을 닦기에 강호에는 각기 다른 내공 심법이 매우 많아……."

"짧게!"

말도 짧았고 내용도 짧았다.

오필도는 찔끔 놀라 온몸을 움츠리면서 방금 자신이 말한 내용 중 '돈'과 '먹을 것', 그리고 '여자'에 대한 내용이 하나도 없음이 기억났다.

"흠흠, 거 왜 상인들이 일반인과 다른 것이 바로 어디를 찔러야 돈이 나오는지 알고 있다는 거잖아……."

"그렇지!"

진금행의 눈에서 광채가 뻗어 나왔다.

"그리고 여자들의 어느 부위를 공략해야 어떤 반응이 나오는지 경험 많은 남자라면 대강 알 수 있지 않겠어?"

"그렇지!"

진금행의 조그마한 콧구멍이 벌렁거렸다.

"그리고 같은 재료라도 숙수의 손길이 어떻게 발휘되느냐에 따라 맛도 달라지지 않겠어?"

"당연하지!"

진금행의 입술이 축축해졌다.

"대강 그런 거야. 사람을 찔러 내공을 불어내 기혈을 막히게 하면 뻣뻣하게 굳어진다거나 정신없이 웃는다거나, 심하면 죽는다거나 그렇거든……."

진금행의 정말이지 오랜만에 보는 관심이 사그러들기 전에 얼른 할 말을 끝내야 하는 오필도는 정신없이 빠르게 말을 이었다.

"그런데 그 찌르는 부위가 정해진 곳, 또는 기가 머무는 곳을 혈도라고 하는데 그 혈도 중엔 사람을 잠들게 하는 혈도가 있는데 말이야……."

오필도의 머리 속에서 요란하게 경종이 울리기 시작했다.

진금행의 눈에선 광채가 사라진 지 오래요, 벌렁거렸던 콧구멍은 잔떨림을 멈추고 있었다.

이제 저 입술의 윤기까지 말라 버린다면 자신의 앞날은 감히 상상하기조차 싫었다.

"저 계집애는 그 혈도를 짚여 잠든 거야!"

아슬아슬했다.

하지만 진금행이 호기심으로 인해서 정말이지 오랜만에 자신의 머리통을 열어젖히는 것을 보았고, 또 빠르게 닫히기 전에 대강(?)의 말을 성공적으로 끝낼 수 있었다.

이제 저 '교활한 대가리' 속에 든 점혈에 대한 정보는 진금행이 살아 있는 한 영원히 갈 것이다. 비록 엉성한 정보이긴 했지만 말이다.

하지만 그것이 절대 자신의 탓은 아니라고 오필도는 내심 생각했다.

"그래서 저년이 내처 퍼자고 있단 말이로군!"

진금행이 심드렁한 태도로 잠들어 있는 '환장하게 귀엽게 생긴' 여자를 보면서 말했다.

"그런 거 같어……."

오필도는 조심스럽게 말했다.

"그런데 왜 온몸이 나무토막같이 뻣뻣하게 굳었지? 손가락 하나도 움직일 수 없으니, 제기랄!"

오필도는 진금행의 불만이 어디서 온 것인지 비로소 알 수 있었다.

환장하게 예쁜 여자애가 죽은 듯이 잠들어 있는 아주 좋은 기회(?)를, 나무토막같이 뻣뻣해져 손가락 하나도 움직일 수 없는 개 같은 경우(?)를 만나 마음대로 처분(?)할 수 없게 되자 저렇듯 개만도 못한 성질(!)을 부리고 있는 것이었다.

"글쎄? 그건 모르겠는데? 보통 마혈을 짚어야 저렇게 되는데……. 그렇다면 혼수혈과 마혈을 동시에 짚었다는 말이 되는데 그게 가능한가? 잘못하면 피시술자의 경락이 꼬일 염려가 있는 일인데 말이야. 뭔가 다른 점혈법이 분명해. 보통의 점혈법 같으면 대강 풀릴 만한 시간이 지났는데도 경직이 계속되고 있는 것을 보면 틀림없어! 저렇게 오랫동안 굳어 있으면 생명까지도 위험한데 말이야. 아마 내 사부조차도 보지 못한 경우……."

오필도는 말하다 말고 문득 진금행의 얇은 시선—작은 눈에서 나왔으니까—을 느끼고는 곧 자신의 혀를 잘라내고 싶었다.

진금행의 관심에 상대가 되는 것은 매우 어려운 일이었지만—솔직히 어려운 일도 아니었다. 돈과 먹을 것, 그리고 여자 얘기만 꺼내면 됐으니까—대신 화풀이 상대가 되는 것은 정말이지 쉬운 일이었다(솔직히 어렵다면 어려웠다. 그게 자신에게 달린 일이 아니라 오로지 진금행의 심기가 어떻게 돌아가느냐에 따른 일이었으니까).

자신이 진금행 울화통에 자신이 손수 불을 붙였다는 생각, 아니, 보다 정확히는 불을 붙였다는 억울한 누명을 씌울 수 있는 좋은 기회를 제공했다는 생각 때문에 오필도는 마른침을 꿀꺽 삼켰다.

"그런데 누가 점혈을 한 거지?"

오필도는 때마침 나서서 말한 구잔양이 너무도 고마웠다.

그 눈치없음이 너무나 한심했고, 머리 나쁨에 아낌없는 동정을 보냈다.

"넌 알아?"

오필도를 가리켰던 진금행의 화살이 옆으로 빗겨 나가 구잔양을 노렸다.

"그걸 내가 어떻게 알아?"

아직도 정신을 차리지 못한 채 영문을 모르겠다는 듯 눈까지 동그랗게 뜨고 있는 구잔양을 보면서 오필도는 이번 달에 드리는 치성에는 정안수와 함께 먹음 직한 양고기라도 올려놔야겠다고 내심 다짐했다.

"오호~ 모른단 말이지?"

진금행의 느물거리는 말에 구잔양의 머리 속은 갑자기 복잡해졌다.

'내가 알아야만 하는 일이었나? 음, 아마도 나와 관계있는 놈이 저지른 일인가 보구먼! 어느 시러벌 놈이 또 사고를 쳤어! 이거 참, 환장하겠구나!'

구잔양의 염통은 차갑게 얼어붙었다.

어떻게 된 일인지, 저 여자애는 누군지, 또 어느 놈이 그랬기에 자신에게 책임을 묻는 것인지 따져 볼 냉철한 이성은 이미 구잔양의 머리 속에서 사라진 지 오래였다.

단지 진금행에게 된통 당할 내용이 무엇이 될 것인가만이 구잔양의 머리 속을 가득 채우고 있었다.

'저 여자애를 업고 산 다섯 개를 다시 넘으라면 넘겠지만 진금행 너를 업고 산 다섯 개를 넘으라면 여기서 너 죽고 나 죽는다!'

구잔양은 내심 칼을 갈았다. 왜 칼을 갈아야 하는지도 모르면서…….

"우리가 모르는 고수가 아닐까요?"

오필도는 '어라? 여기 덜떨어진 놈이 또 하나 있었구나' 하고 생각했다.

아마 이번 달부터 구잔양은 치성을 드릴 것이 분명했고, 그 감사함의 대상 중에 하나는 우문하가 될 것이 분명했다.

오필도를 노렸었고, 방금 전까지 구잔양을 노렸던 화살이 우문하에게 천천히 향하고 있었다.

진금행의 짜증이 가득 담긴 그 보이지 않는 활시위가 팽팽하게 당겨졌음을 오필도만은 알아볼 수 있었다.

"고수? 어느 개대가리를 가리켜 고수라고 한 것이냐?"

"어라? 그 고수가 생긴 것이 개대가리처럼 생겼나 보지요?"

'쯧쯧.'

오필도는 멍청한 얼굴로 묻는 우문하를 지켜보며 내심 혀를 찼다.

'그래도 처음에 봤을 때는 한가락 충분히 할 것으로 봤었는데… 우문하가 저토록 멍청한 인간이었다니.'

한가락 하던 인물들이 세상모르고 휘젓던 때와 보름달을 향해 치성을 드릴 때 사이에는 말 못할 극심한 고통이 자리 잡고 있었고, 그 모든 고통의 근원은 오로지 진금행을 만났다는 데서 시작되었다.

이제부터 한가락 하며 세상 속 귀퉁이 땅을 쥐락펴락하던 우문하도 다음달 보름부터는 치성을 드리는 신세가 될 것임은 너무도 분명해 보였다.

우문하는 손가락 하나를 세운 채 '엄청나게 귀여운 여자'를 쳐다보고 있었다.

하지만 우문하에게 그 여자는 더 이상 '엄청나게 귀여운 여자'가 아니었다.

그저 '지랄맞은 점혈에 당한 덜떨어진 계집년'에 시나지 않았다.

한줄기 땀이 우문하의 이마에서 굴러내려 왼쪽 눈알로 들어갔다.

하지만 우문하는 눈도 꿈쩍하지 않았다.

눈알에 땀이 들어간 시큼한 고통쯤은 우문하를 꿈쩍거리게끔 만드는 데는 거리가 멀었다.

'앞으로 세 번, 세 번 남았다!'

우문하의 시선이 '지랄맞은 점혈에 당한 덜떨어진 계집년'에서 그 옆에 놓여진 어린아이 팔뚝만한 말뚝에 가 닿았다.

말뚝은 세 개. 원래 네 개였던 것이 세 개로 줄었다.

남은 세 개를 다 쓰기 이전에, 아니, 그중 하나만 더 쓸 일이 생긴다면 자신은 죽은 목숨이었다.

이미 사용한 네 개 중 한 개는 바로 자신의 항문에 들어박혀 있었다.

우문하는 단지 계집 애 몸에 손가락 한 번을 찔러 넣었을 뿐인데, 또한 그 찔러 넣은 한 번도 여자를 희롱하기 위함이 아니라 점혈을 풀기 위해서인데 난데없는 자신의 항문엔 말뚝이 들어박혀 있는 것이다.

"니가 그런 고수, 우리도 모르는 고수를 알고 있었어? 이야, 대단하네! 그럼 우문하 네놈은 그걸 풀 수 있는 재주도 분명 알겠구먼? 그럼 얼른 손가락을 찔러서 저년 좀 깨어나게 해봐. 뭐? 모른다고? 그런데 왜 나섰어? 괜찮아, 괜찮아. 대강 네 번 정도 여기저기 찔러보면 깨어나겠지 뭐. 뭐라구? 네 실력 가지고 실험해 보려면 한 수백 번 찔러봐야겠다구? 아이~안 돼지. 내가 우문하 자네를 얼마나 아끼는데⋯⋯. 수십 번만 찔러도 우리 우문하 어르신의 똥구녁이 거덜날 텐데 그런 꼴 난 못 보지! 응? 왜 잘 있는 똥구녁이 거덜나냐구? 응⋯ 왜 그런가 내가 찬찬히 알려줄게⋯⋯."

지옥에서 울려 퍼지는 듯했던 진금행의 친절한 목소리⋯⋯.

잔인하게 한쪽으로 치켜 올려진 입꼬리에 달려 있던 죽음의 미소⋯⋯.

왜 저놈에겐 가벼운 형벌(?)을 내리느냐는 듯한 억울함에 가득 차 있던 구잔양과 오필도의 불만에 찬 표정⋯⋯.

그 모든 것이 꿈만 같았다.

그 뒤 여자애 몸에 손가락 한번 푹 찔러본 후 자신의 항문에는 사정없이 말뚝이 박혀들었다.

네 개의 말뚝 중 하나.

조금 전의 기억들을 상기하자 우문하의 항문이 움찔거렸다.

"크허헉~"

무릎을 꿇고 선 채—퍼질러 앉으면 말뚝이 더 항문에 밀려들 것 아닌가—앞으로 엎어져 온몸을 부들부들 떨고 있었다.

우문하는 강구의가 왜 자신의 신표와 함께 손가락 두 개를 흔쾌히(?) 베어냈는지 이해가 갔다.

강구의도 손가락을 베어내기 전에 분명 아기 손목만한 말뚝 네 개를 보았음이 분명했다.

우문하는 극심한 고통—느껴본 사람이 정말이지 몇 안 되는—에 온몸을 부들부들 떨면서 핏발 선 눈으로 진금행을 노려보았다.

'저걸 죽이고 나도 콱 죽어버릴까?

하지만 이미 너무 늦은 생각이었다.

항문에 말뚝이 틀어박히기 전이라면 몰랐지만 이런 꼴이 되고 나서는 너무 늦은 결심이 분명했다.

진금행이 기다리기 귀찮다는 듯 귓구멍을 파고 있던 손가락을 빼내고는 그 끝을 신경질적으로 훅 불어내었다.

그 모습을 보자 우문하는 이빨을 꽉 깨물며 천천히 몸을 일으키고는 손가락 하나를 치켜 올려 세웠다.

'한 번만, 단 한 번만!'

이번에 찌를 혈도가 점혈을 풀어낼 해혈점이 분명하기를 내심 수천 번은 더 넘게 빌면서 온몸을 덜덜 떨어댔다.

하지만 그것이 가망없는 일이라는 것은 우문하가 더 확실히 알고 있었다.

무인들이 익히는 내공이 각기 다른 만큼 점혈법도 각기 달랐으니 자신이 배운 삼류 점혈법으로 눈앞에 보이는 초절정의 점혈법이 풀리리라고는 전혀 생각할 수가 없었다.

우문하가 한쪽 귀퉁이에서 온몸을 부들부들 떨며 네 번 남은, 아니, 한 번은 이미 우문하 자신의 항문으로 때웠고, 단 세 번 남은 기회를 날리지 않기 위해, 또한 자신의 항문도 같이 날리지 않기 위해 온 신경을 곤두세우고 있는 동안 오필도가 조심스럽게 진금행에게 물었다.

"그런데 네 아버님과 마 통관, 아니, 마 총관을 구하는 방법이란 것이 저 딱딱한 계집애를 데려오는 일이었냐?"

"응, 왜?"

진금행의 말이 짧아진 게 아무래도 심기가 불편한 것 같았다.

"아니, 그냥……."

"왜? 겁나?"

"약간은……. 상대가 상대니까."

"너두 봤잖아. 여자도 내팽개치고, 또 나까지도 내팽개치고 도망가 버린 마 총관과 아버지, 우리가 갔을 때는 흔적조차 찾아보지 못했잖아? 저 계집은 누구에게 당했는지 저렇게 뻣뻣하게 누워만 있었고 말이야. 어차피 내가 저지른 일이니까 내가 책임져야지 뭐……."

'책임?'

진금행에게서 낯선, 정말 낯선 단어가 튀어나오자 오필도가 깜짝 놀랐다.

'아항, 그렇구나!'

하지만 놀란 속도만큼 빠르게 일을 이해했다.

진금행의 책임이란 제가 저지른 잘못을 바로잡는다든가, 아니면 혹시 화가 미칠지도 모를 아버님에 대한 효심이라든가 하는 것 하고는 거리가 멀었다.

단지 그 '책임'이라는 것이 저 '환장하게 예쁜 계집애'와 관련이 없다면 절대로 지지 않을 '책임'이었다.

"그래도 마교까지 끌어들이는 건……."

오필도가 내심 걱정된다는 듯이 말을 꺼냈다.

"그럼 어떻게 하냐? 아버님께 들으니 검각보다 센 곳이 소림과 화산, 그리고 마교인 것 같은데 소림 땡중과 화산 말코도사가 여자애를 납치할 리는 없으니 마교를 끌어들일 수밖에……."

"그래도 벽에다 커다랗게 '먹음직스런 계집애는 우리가 데려간다! 우리는 마교다!'라고 써놓은 것은 너무했다 싶은데……."

아뿔싸! 침상 맞은편에 진금행이 삐뚤빼뚤 써놓은 '먹음직스런 계집애는 우리가 데려간다! 우리는 마교다!'란 문구를 마 총관은 미처 보지 못했다.

그저 빈 침상만 보고는 놀라 냅다 긴 혀를 허공에 휘날리며 진충덕에게 달려갔을 뿐 맞은편 벽에 써진 문구는 전혀 보지 못한 것이다.

"뭐가 너무해?"

"응, 사실 마교는 스스로를 칭할 때 명교(明敎)라고 하거든. 아니면 일월신교(日月神敎)라고 하든가. 하지만 절대 마교라는 말은 쓰지 않지. 그러니 누가 봐도 저 계집애를 뺏어간 게 마교라고는 생각하지 않을 거 아니냐."

"도리어 잘됐네 뭐. 마교도 아니고, 소림도 아니고, 화산도 아니라면 검각이 얼마나 헷갈리겠어?"

뒷걱정은 전혀 하지 않은 채 그저 얼른 계집애의 몸을 야들야들하게 만들어 어떻게든 거사(?)를 치르는 데만 온 관심이 가 있는 진금행을 보면서 오필도는 한숨을 내쉬었다.

"검각이라고요!"

터질 듯한 비명이 들려왔다.

내심 억울함이 꽉꽉 눌러담은 비명성이었다.

놀라 고개를 돌려보니 손가락 하나를 치켜든 채 온몸을 부들부들 떨고 있는 우문하였다.

"검각이라니?"

정말이지, 피곤한 방법으로 산을 넘어서인지 옆에서 꾸뻑꾸뻑 졸고 있던 구잔양까지 벌떡 일어섰다.

검각이란 두 글자는 사람들로 하여금 그 정도의 반응을 이끌어낼 만한 위력이 있었다.

"아니, 검각의 인물이 점혈한 여자애를 저보고 풀라고 하셨단 말입니까?"

"쉿! 애들이 듣네!"

오필도가 얼른 손가락을 치켜 올려 입술에 가져다 대며 주의를 주었다.

지금 이 방 안에는 진금행과 오필도, 그리고 구잔양과 우문하만 있을 뿐 나머지 잡것(?)들은 모두 물러나 이 방을 지키게 만들었다.

만약 검각이란 말이 밖으로 퍼져 나간다면 밑에 애들이 얼마나 우왕좌왕할지 안 봐도 뻔한 일이었다.

서둘러 입조심을 시키는데 이제는 눈곱을 떼내며 구잔양이 물었다.

"그럼 금행이 네가 건드린 게 검각이란 말이냐?"

"아무리 봐도 그런 거 같어……."

심드렁한 표정으로 진금행이 대답하자 구잔양이 할 말을 잃었다는 듯 멍하니 입을 벌리고 있었다.

"아니, 왜? 크허헉!"

우문하가 벌떡 일어서려다 비명과 함께 제 엉덩이를 부여잡고 쓰러졌다.

하지만 기필코 하려던 말은 마저 해야겠다는 듯 엄청난 고통을 참으며 말을 이어 나갔다.

"왜 아무런 상관 없는 우리들을, 지금이라도 난 손을 뗄… 크허헉!"

"왜 아무런 상관이 없어?"

진금행이 내내 심드렁하게 말했다.

"구잔양 너는 저 계집에와 살이 닿은 채 야산을 넘나들었지? 그것도 업은 저 계집애 엉덩이에 네 두 손바닥을 처억 가져다 댄 채 말이다. 산에서 나올 때는 무슨 일이 있었는지 아예 다리까지 후들거리고 있었으니 깊은 산속에서 무슨 일이 있었다고 검각에서 생각할까? 또 우문하 네놈은 손가락으로 저 계집애 몸을 이리저리 찔러보며 알 수 없는 신음성을 잘도 토해내더구나. 검각에서 이 이야기를 들으면 참으로 좋아할걸?"

"우리가 언제!"

"내가 언제!"

구잔양과 우문하가 동시에 외쳤다.

정말이지, 억울하기 짝이 없었다.

구잔양이 산속에서 언제 그런 재미(?)를 느껴본 적이 있던가?

나무토막같이 뻣뻣한 계집애를 업고 산 다섯 개를 넘느라 재미는커녕 죽다 살아나지 않았던가!

다리가 후들거린 진실된 이유가 그것 때문인데 어디다가 이상한 곳에 가져다 붙이는지 환장할 지경이었다.

우문하는 더욱 억울했다.

여자 몸을 여기저기 찔러댔다니?

단 한 번, 그것도 점혈을 풀기 위해, 그것도 손가락만으로 쿡 찔러봤을 뿐이다.

그것이 단 한 번뿐이었다는 것은 제 엉덩이에 꽂힌 말뚝을 세어봐도 명명백백한 일이었고, 자신이 신음성을 토해낸 이유는 항문에서 느껴지는 고통 때문이었지 절대 손가락 끝에서 느껴지는 야릇한 쾌감 때문이 아니지 않는가!

"다행히 나는 아무런 연관이 없군……."

오필도가 다행이라는 듯 가슴을 쓸어 내리며 말했다.

"어라? 무슨 얘기야? 내가 저년을 고르니까 참 탁월한 선택이라고 박수까지 치면서 기뻐했잖아? 기꺼이 도와주겠다고 내 등까지 쳐주면서 말이야."

'잉? 뭔 얘기야? 내가 박수를 쳤다고? 그리고 등을 치다니? 지금까지 진금행이 내 등을 쳐먹고 살았는데?

오필도는 멍하니 제 손바닥을 이리저리 살펴보며 '내가 정말 박수를 치긴 쳤던가?' 하고 곰곰이 기억을 헤아려 보고 있었다.

*　　　　*　　　　*

정암은 불연을 바라보았다.

'참으로 곱게 생긴 것이… 쯧쯧.'

불연의 날카로운 콧대, 그래서 너무나도 도드라져 보이는 불연의 콧대 위에는 땀방울이 솟아 새벽 햇살에 반짝이고 있었다.

그것이 힘든 수련이나 노동 때문이 아니라 가벼운 흥분으로 인해 생긴 것이라는 것을 정암은 알 수 있었다.

또 긴 속눈썹은 하늘로 치켜 올라가―눈을 커다랗게 떴으니까―주위를 정신없이 두리번거리며 살펴보는 것이 들뜬 불연의 기분을 잘 나타내 주고 있었다.

'아미산에서 원숭이만 데리고 놀다가 이렇듯 속세로 오랜만에 나오니 신이 나기도 하겠지. 아니, 속세가 처음인가, 이 아이에겐?'

정암은 불연이 짐을 나르는 인부에게 쪼르르 달려가 '아이, 그러시면 되겠어요? 찻잎은 정(靜)한 물건이니 그렇게 흔들리면 향(香)을 잃어버린다구요' 하고 조잘조잘 따지는 것을 보면서 반은 안타까움에, 반은 귀여워 죽겠다는 듯한 눈빛을 던졌다.

'참으로 고운 아이가… 쯧쯧.'

불연 정도라면 속세의 어떤 처녀들보다 예쁜 아이였다.

아니, 속세의 처녀들이 긴 머리를 다듬고 얼굴엔 분칠을 해대고 온몸에 장신구를 달아 그 아름다움을 더하려 하는, 그래서 정암이 보기엔 역하기 짝이 없는 아름다움이라면 불연의 아름다움은 그것과는 달랐다.

파스라이 깎은 민머리 하며 아무것도 꾸미지 않은, 그저 발갛게 익은 양볼만이 눈에 들어오는 청초한 얼굴, 그리고 온몸을 잿빛 가사로

감쌌어도 그 모든 것이 묘한 아름다움으로 다가오는 아이였다.

"어머, 제가 그러기에 미리 측간에 다녀오시라고 말씀드렸잖아요! 아무리 급하셔도 그렇지요. 어찌 길가에서, 그것도 정결해야 할 차를 운반하면서 오줌을 내갈기시다니요! 대아미파의 차 맛은 지린내가 난다는 말이 돌면 내가 아저씨를 가만두지 않을 거예요! 아잉~ 아미타불!"

차를 운반하는 수레 옆에서 한 장정이 볼일을 보자 거기로 쪼르르 달려가 한참을 따지는 불연이었다.

'마음에 한 점 티끌이 없으니 남녀 간의 유별마저도 꺼리는 마음이 없구나. 참으로 곱고도 깨끗한 마음이로고.'

한참 물건을 꺼내놓고 시원하게 볼일을 보고 있는데 옆에 아리따운 여승이 다가와 조잘대며 따지니, 도리어 강호에서 굴러먹던 장한이 당황하여 어쩔 줄 모르는 것을 보면서 정암은 얼굴에 미소를 띠었다.

불연은 어릴 때부터 그랬다.

사람을, 아니, 동물까지도 제 품속에 거두고 아껴(?)주는 것을 너무나도 좋아하는 아이였다.

'어머, 이 소사미 언니가 예뻐해 줄게. 이리온~'

이미 계를 받은 몸이거늘 어릴 때부터 불리웠던 '소사미'라는 말이 튀어나오면 그 순간부터 그 '예뻐해 줄 대상'이 바싹 말라가는 것을 한두 번 본 것이 아니었다.

하기는 그렇기 때문에 이토록 빠르게 찻잎을 거둘 수도 있었긴 했지만……

"불연아~"

정암이 불연을 부드러운 음성으로 불렀다.

"네에~"

불연이 쪼르르 달려왔다.

"불연이가 왔네요~"

긴 속눈썹을 들고는 왜 불렀냐고 바라보는 예쁜 불연의 눈동자를 보면서 정암은 그 안에 온 우주가 담겨 있다고 생각했다.

맑고 깨끗한 두 눈동자.

아무리 성불한 부처라도 그 정결한 공간에는 감히 몸을 디밀 수 없을 거라고 생각하며 정암이 또 한 번 미소를 떠었다.

"그 사람들은 그 나름대로의 방법이 있으니 너무 네 방식을 고집하지는 말거라. 운송이나 운반에 네가 표국의 사람들보다 더 재주가 뛰어나다고 생각하느냐? 아미산을 내려온 제천대성은 더 이상 근두운의 재주를 피우지 못한단다."

"아잉~"

'제천대성', 그것은 아미의 여승들이 불연을 지칭하여 쓰는 말이었다.

보통 놀려주기 위해서가 반, 또 칭찬하기 위해서가 반이었지만 이제는 '아미산의 제천대성', 즉 '아미산의 손오공'이 불연을 지칭하는 별호가 되어버렸다.

물론 그 별호가 불연의 생김새 때문에 생긴 말은 아니었다.

아무리 예쁜 원숭이를 뽑아 분단장을 시켜도 달빛 아래 반딧불에 지나지 않음은 불연을 본 사람이라면 누구든 금방 알 수 있는 일이기 때문이다(물론 그 원숭이보다 못한 여자들도 많이 있다. 환장할 일이다).

"그러고 보니 '백장군'이 보고 싶네요. 아잉~"

아미산을 내려온 지 얼마나 됐다고 벌써 백장군이 보고 싶단 말인가? 정작 '아미산의 백장군'은 절대 '너무나 살뜰히 아껴주는 불연'을 보고 싶어하지 않을 것이 분명한데 말이다.

불연의 재주.

그것을 처음 보고는 얼마나 놀랐던가.

불연이 길을 잃거나 다친 동물들을 데리고 와서 밥을 거둬 먹이고 치료해 주기를 좋아한다는 건 어릴 때부터 흔한 일이었다.

그렇게 거둬들인 동물들이 다친 상처보다는 불연의 '너무나 뜨거운 사랑과 애정' 때문에 바싹 말라 픽픽 쓰러져 죽는 꼴을 보면서 그저 마음이 따뜻한 아이라고만 느꼈다.

하지만 열두세 살쯤 되었을 때인가?

아미산의 유명한 원숭이, 그것도 험한 아미산을 헤쳐 겨우겨우 당도해 주는 얼마 안 되는, 너무도 고마운 향화객을 괴롭히는 것으로 유명한 원숭이들의 두목—그놈이 '백장군'이었다—을 붙잡아 온 것은 이미 아미산의 여승들 사이에서 전설이 된 일이었다.

원숭이들 때문에 향화객이 줄어들어 시주가 들어오지 않는다면서 징징대던 사제 정허가 자신에게 그 못된 놈들을 붙잡아달라고 했을 때 '원숭이들 눈으로 보면 우리가 그 아이들 터전을 빼앗은 못된 여승들로 보일 것이 아닌가. 그저 어울려 사세'라고 말했었다. 물론 정허에게 말한 내용대로 정암 스스로 생각하기도 했지만 자신이 아무리 경공술을 펼친다 해도 그 재빠르기 짝이 없고 흉악하기 그지없는 원숭이 두목—다시 한 번 말한다. 이놈이 백장군이다—을 잡는다는 건 힘들게 보였기 때문에 슬쩍 발을 빼기 위해 그리 말한 면이 아주 없지는 않았다.

하지만 불연이 그 원숭이 두목을 붙잡아 왔을 때 정암은 세 번 놀래야 했다.

그중 첫 번째는 머리털 나고―표현이 적절치 못하다 정암은 민둥머리 여승이다―아니, 정말이지 세상에 태어나서 처음 '쌍코피 터진 원숭이'를 보았기 때문이었다.

그 원숭이 두목은 양 콧구멍에서 쌍코피를 줄줄 흘려대면서 세상을 등진 것처럼 체념의 눈물을 흘리고 있었다.

두 번째 놀란 것은 바로 불연의 옷차림 때문이었다.

원숭이만 아니었다면 혹시 못된 향화객에게 몹쓸 짓을 당한 것이 아닌가 여겼을 만큼 온몸이 찢겨지고 한쪽 눈엔 멍까지 들었다.

평소 승방에 조그마한 티끌이라도 떨어져 있을라 치면 '아잉~ 정결해야 할 비구니 방이 이렇게 지저분하면 어떻게 되겠어요. 조금만 몸을 놀리면 깨끗해질 텐데, 다 공짜로 밥 먹으려고 불문에 든 사람들 같아요. 아잉~' 해가며 치우던 '결벽증 환자'가 저처럼 지저분하기 짝이 없는 모습으로 나타나다니!

그 '결벽증'으로 인해 불연의 관심을 받는 모든 것―사람과 동물 모두―들을 바짝바짝 날라가게 하던 아이가 아니던가!

하지만 앞선 두 가지는 세 번째 놀람에 비하면 새 발의 피였다.

눈에 멍든 불연이 '차렷, 경롓!' 하니까 쌍코피 줄줄 흘리던 원숭이 두목이 벌떡 허리를 세운 채 한쪽 손을 펴 제 오른 눈썹 위에 '처억' 가져다 붙이는 것이 아닌가(이 경례법 가지고 딴지 걸지 마라).

불연이 어릴 때 군졸이었던, 그래서 끝내 전쟁터에서 목숨을 잃어야 했던 아버지를 따라다니다가 본 모양인데 아직도 기억하고 있을 줄은 몰랐다.

또 그것을 원숭이에게 시킬 줄은, 아니, 그게 가능한 것일 줄은 정암에게는 전혀 상상조차 하지 못했던 일이다.

아주 맘에 든다는 듯 씨익 미소를 지으며 의기양양해하던 불연의 모습이 몇 해가 지난 지금도 뚜렷하게 기억에 새겨져 잊혀지지가 않았다.

그 후로 사람 손이 많이 가는 찻잎 따는 일을 원숭이에게 시킨다며 정암이 보기에도 '너무나 과도한 애정과 사랑'을 원숭이들에게 퍼붓더니 끝내 올해 성공적으로 이루고야 말았다(물론 몇 년 동안 도리어 차밭을 망쳤고, 그 즉시 '백장군'은 쌍코피를 뿜어내야 했지만).

그 공로(?)를 인정받아 이렇게 찻잎 나르는 표행길에 따라나선 불연이었다.

보통 차를 거둬가는 사람들이 아미산을 찾아와 가져가기에 애당초 계획에 없던 표행이었지만 날씨도 좋았고 워낙 '백장군 휘하의 원숭이'들이 '개 떼'같이 엉겨붙은 탓에 수확이 며칠이나 빨랐기에 속가제자들도 살펴볼 겸 표행을 부탁해 내려온 것이었다.

"백장군은 네가 산을 내려가는 것을 매우 신나하는 것 같던데?"

"아잉~ 그럴 리야 있겠어요? 제가 얼마나 사랑을 베풀어주었는데 그렇게 배신하면 안 되지요. 아잉~ 스승님은 배웅하는 백장군 눈에 눈물이 어린 걸 못 보셨나 봐요."

백장군 눈물에 대한 해석은 불연과 아미파 전체 여승들 사이에 의견이 갈릴 것이 분명했다.

정암 자신이 보기에도 그 눈물은 희열의 눈물이 분명했었다.

하지만 그렇게 말하다간 불연의 '과도한 관심과 애정'이 자신에게 옮겨올까 봐 감히 입 밖으로 꺼내지 못했다.

'백장군 사건' 이후로 '아미산의 제천대성'으로 불리는 불연을 보면서 정암은 그저 담담한 미소를 띠고 있었다.

"그런데 우리는 어디로 가는 거예요?"

"우문하란 사람을 찾아가는 중이란다. 이제 산 하나만 더 넘으면 우문하의 거처지."

"어머, 이 많은 찻잎이 한 사람에게 가는 거라구요?"

"응, 그렇단다."

"그 사람은 찻잎만 먹고 사는가 봐요?"

"후훗, 그럴 리야 있겠느냐. 그냥 그 사람 손을 통해 찻잎이 상점으로 퍼져 나가기 때문에 차가 많이 필요한 것이란다."

"그럼 우문하가 우리 '백장군'과 그 '졸자'들이 고생해서 수확한 찻잎을 통해 '손도 안 대고 코를 풀려는 수작'을 피운단 말이에요? 아잉~ 아무 일도 안 하고 그저 가운데서 이문만 먹으려는 사람은 상대하지 말고 상점마다 우리가 값싸게 나눠 주도록 해요. 예?"

정암은 상점을 모두 돌아서 세상 구경 할 시간을 오랫동안 가지려는 불연의 속셈을 모르는 바는 아니었지만 그 말 가운데에는 '놀고 먹는, 거기에 게을러 지저분한 사람'은 절대 보지 못하는 불연의 '정의감'을 보았기에 그저 웃어넘길 수밖에 없었다.

"그 우문하도 그저 공돈만을 중간에서 채가는 것은 아니란다. 차의 공급과 수급을 조절해서 찻 값의 변동을 막는 아주 어려운 일을 하고 있단다. 우문하 같은 사람이 없다면 우리가 해마다 달라지는 찻 값에 신경 써서 차 밭의 운영을 달리해야 하기 때문에 차 밭을 짓기 이전에 그 이해 득실로 인해 감히 차 밭을 가꿀 엄두조차 못 낼 것이다. 결국 우리는 아무 걱정 없이 차에만 신경 쓰고 대신 그 복잡한 이문 계산이나 널뛰려는 찻 값을 안정시키는 노력은 우문하 같은 사람이 대신해 주는 것이다."

"아웅~ 그런 복잡한 일을 하면서 먹고 사는 사람도 있네요."

"그래도 승복 입은 커다란 원숭이가 작은 원숭이들을 훈련시키는 일 보다는 덜 복잡할 것이다."

"몰라요. 불연이는 삐칠 거예요! 흥!"

쉴 새 없이 쫑알대는 불연이 덕분에 여정이 즐겁다는 생각을 하면서 다음에 산문을 내려올 일이 있다면 불연이를 데리고 와야겠다는 생각을 해보는 정암이었다.

*   *   *

우문하는 극심한 공포에 휩싸였다.

뒤에서 쫓아오는 검은 장포의 사나이!

그 사내가 검각에서 나온 사람이라는 것은 사내의 오른손에서 번쩍이는, 그래서 어둠을 가르고 있는 하얗게 빛나는 검만 보아도 알 수 있는 일이었다.

사내는 자신을 장난감으로 여기는 듯했다.

아예 빨리 다가와 자신의 목을 쳐주면 도리어 고맙겠는데 더도 덜도 아니고 딱 3장여 공간만을 남겨두고 자신의 뒤를 쫓고 있었다.

우문하는 입 밖으로 제 염통이 튀어나올 것 같았다.

"헉헉."

아무리 숨을 몰아쉬어도 가슴이 편안해지지 않았다.

'빌어먹을 자식!'

우문하는 끊임없이 욕설을 해댔다.

그 상대는 지금 자신의 뒤를 쫓고 있는 검각의 고수를 향한 것이 아니라 '뚱뚱하고도 재미있는, 하지만 묘한 구석도 가지고 있는… 줄 알았더니 알고 보니 남의 똥구녁을 노리는 무섭기가 한량없는 놈'을 향한 것이었다.

'번쩍!'

마른 밤하늘에 번개가 쳤다.

그 번개가 일순간 밝혀준 앞의 둔덕을 힘껏 뛰어넘었다.

"크흐흑~"

내장을 찢어놓을 듯한 고통이 밀려들었다.

어디에서? 바로 항문에서.

아무리 숨 막히게 조여오는 검각의 고수라 하더라도 이런 고통 앞에서는 더 이상 뛸 수가 없었다.

그 자리에 푹 엎어졌다.

우문하가 쓰러진 땅이 검게 젖는 것이 보였다.

우문하는 사신의 피눈물로 젖어든 땅속에 다섯 손가락을 박아 넣고는 아래로 긁어 내렸다.

손톱이 젖혀지고 손가락 뼈가 허옇게 드러났다.

하지만 그런 고통보다 더 큰 것이 내장을 찢어놓는, 아니, 이젠 아예 온몸을 쪼개가는 듯한 고통에 비하면 별것 아니었다.

'번쩍!'

또 한 번 밤하늘을 하얗게 수놓으며 마른 번개가 쳤다.

그 짧은 빛이 비치는 사이로 우문하는 쓰러진 자신의 옆에 기다란 그림자가 뉘여져 있다는 것을 알 수 있었다.

검객의 그림자!

자신을 쫓아오던 검각의 인물은 자신이 쓰러지자 그저 뒤에서 가만히 멈춰 서 있었다. 검을 빼어 든 채!

'이제 난 죽는구나!'

하지만 우문하가 고통에 몸부림치는 것을 즐기려는지 검객은 그저 고요히 자신을 내려다볼 뿐이었다.

가만히 서 있다는 것, 바로 그것이 더 우문하의 숨통을 조여왔다.

뽀로롱~ 툭~

머리맡에서 이상한 소리가 들렸다.

묘한 곳으로부터 시작하여 온몸을 저며놓는 고통에 몸을 떨던 우문하가 고개를 들어보니 머리맡 일 장여 앞에 커다란 새가 날아와 앉아 있는 것이 아닌가?

새가 말했다.

"어머? 이 사람은 왜 여기에 이러고 있는 거지요?"

사람 말을 하는 새라니!

그런 새가 정말 있단 말인가?

아니다! 아마도 지금은 사라진, 아니, 마교에 흡수된 배교의 술법자들이 숲 속에서 장난치는 것이 분명했다.

검각의 인물만 해도 미칠 지경인데 배교의 술법자들까지 나타나다니!

늑대를 피하려다 호랑이를 만났다고 우문하는 피눈물을 뿌리며 생각했다.

그때 자신을 쫓아오면서도 한마디도 하지 않았던 검각의 인물이 입을 열었다.

"항문에 말뚝을 박아서 그렇습니다."

검각의 인물은 과연 안목이 남달랐다.

검각의 인물이 아니라면 어찌 자신의 지금 처지를 그렇게 금방 알아볼 수가 있겠는가?

새가 말했다.

"아잉~ 말뚝을 왜 거기에 박았죠?"

새의 음색 치고는 참으로 청아한 목소리라고 생각했다.

"음, 저자는 남색(男色: 동성연애)을 즐기는 인물입니다. 그러니 자위 방법이 남다르지 않겠습니까?"

검각의 검객이 대답했다.

'남색? 남색이라니? 내가 남자를 밝히는 놈이란 말인가?'

우문하는 온몸이 찢어지는 듯한―실제로 찢어진 부분도 있다―고통 속에서도 억울하다는 생각을 잠깐 했다.

새가 말했다.

"어머? 자위라니요?"

청아한 새의 목소리.

"모르셨습니까? 다음에 제가 자세히 알려 드리지요."

검각의 인물치고는 느끼한 목소리. 그것도 어디선가 들어봤던, 틀림없이 들어봤던 바로 그 목소리!

"예, 꼭 알려주셔야 해요! 아잉~그런데 왜 저 사람은 아직 잠에서 깨지 못하고 있지요?"

청아한 새의 목소리.

"쾌감에 절어서 여운을 즐기고 있나 봅니다."

느끼한 목소리?

느끼한 목소리!

잊을 수 없는 느끼한 목소리!

잊을 수 없는 권태감에 절은 느끼한 목소리!

그래, 바로 진금행의 목소리였다.

'그럼 진금행이 검각의 인물이었단 말인가?'

우문하가 놀라 찢어진 똥구녁을 꼬물거리고 있는데 뭔가 자신의 **뺨**을 호되게 치는 것이 느껴졌다.

"어이, 우문하. 손님이 오셨는데?"

밤하늘이 뿌옇게 밝아오는 듯하다 땅바닥이 보였다.

'어라? 이건 내 방바닥과 똑같이 생겼네?'

"어이~ 우문하. 아무리 기분이 좋아도 그렇지, 얼른 깨!"

머리 속이 부웅 울리는 것 같았다.

우문하가 벌떡 몸을 일으키는데 항문에서 극심한 고통이 밀려들었다.

"크허헉!"

벌떡 일으켰던 우문하의 몸이 풀썩 꺼지며 비명을 질러댔다.

"어머? 저게 쾌감의 목소리인가요?"

새의 청아한 목소리가 아직까지 들렸다.

"예, 오죽 좋으면 저러겠습니까?"

'진금행, 이놈!'

우문하는 비로소 이때까지 악몽에 시달렸다는 것을 깨달았다.

아니, 도리어 단잠이었고 눈을 뜨는 그 순간부터가 진짜 악몽이란 생각을 했다.

진금행이 곁에 있는 한 이 악몽에서 영원히 도망가지 못하리라!

이빨을 깨물며 고통을 참아내는데 눈에 잿빛 인영이 들어왔다.

'참으로 예쁘게 생긴 머리를 벌거벗고 다니는 음탕한 암컷 땡중이구나.'

우문하는 극심한 고통 속에서도 택도 없는 생각을 하며 두 눈을 질끈 감았다.

"그런데 여승께서 여기는 웬일로⋯⋯."

퉁명한 목소리, 구잔양의 목소리.

"스승님 따라왔어요."

청아한 꾀꼬리 목소리.

"아미산에서 오셨습니까?"

나긋한 목소리, 오필도의 목소리.

"예, 아미파 제자 불연이 인사드려요."

청아한 꾀꼬리 목소리.

'음, 저 암컷 땡중이 꿈속의 새였구나.'

꿈속에 봤던 새보다 몇백 배는 더 예쁜 암컷 땡중이리고 생각하며 우문하가 천천히 눈을 떴다.

방 안의 풍경은 어젯밤과 달라진 건 없었다.

단지 '무지무지 예쁜 암컷 땡중' 하나가 더 늘었다는 것 외에는⋯⋯.

"어머? 저기 예쁜 여자 시주께서도 아직 잠들어 계시네요."

"아, 그건 제가 나무로 조각한 목각 인형입니다. 색을 칠하고 옷을 입히니 감쪽같지요?"

느끼한 진금행의 목소리가 뜻하는 바가 무엇인지는 이제 하룻밤만

같이 보낸 우문하라도 금방 알 수 있었다.

진금행, 저 색마는 목표를 나무토막 같은 '환장하게 예쁜 계집애'에서 '무지무지 예쁜 암컷 땡중'으로 바꾼 것이 분명했다.

"어머! 전 진짜 사람으로 알았어요."

"하하, 제 실력이 그 정도입니다. 보실래요?"

진금행은 나무토막—화소접이다—에게 다가가 번쩍 안아 들었다.

빳빳하게 굳어 있는 나무토막을 거꾸로 들고는 땅바닥에 사정없이 내려꽂았다.

쿵쿵!

우문하는 온몸이 떨렸다.

어젯밤까지만 해도 어떻게 해보질 못해 안달이었던 상대를 새로운 상대가 나타나자마자 바닥에 머리를 찧는 장난감으로 변하다니!

'예쁜 암컷'들을 상대함에도 저런데 냄새 나는 사내인 자신의 효용이 없어지면 어떻게 대하겠는가?

"어머! 어머! 정말 신기하네요. 그런데 정말 잘 만드셨네요. 눈꺼풀도 껌뻑거리게 만드셨다니! 어머어머! 나무 인형이 눈물도 흘려요!"

"예?"

진금행이 놀라 '환장하게 예쁜 계집애'를 바로 세운 후 보니 정말 그 '살아 있는 나무토막'이 눈을 껌뻑이며 눈물을 흘리고 있는 것이 아닌가!

무슨 일이 벌어졌는지 모르지만 다행히(?) 눈만 정상으로 돌아왔지 온몸은 그대로인 것을 보고는 진금행이 슬며시 '딱딱한 나무토막'을 제 등 뒤로 보내 숨겼다.

"그거 저 주세요. 사제들이 무공 연습이나 더 어린 소사미들의 인형

놀이에 쓰면 참 좋겠네요. 예? 저 주세요. 아잉~"

"저… 이건 예약이 되어 있는 물건이라서……. 그건 그렇고, 혼자 오셨습니까?"

"아잉~ 저 줘요. 그럼 제가 귀여운 새끼 원숭이 다섯 마리 드릴게요. 예?"

진금행이 오필도와 구잔양을 가리키며 말했다.

"귀엽진 않지만 사람 말 할 줄 아는 원숭이 두 마리는 이미 키우고 있습니다. 잘하면 남색을 즐기는 원숭이 한 마리도 생길 참이구요. 그건 그렇고, 혼자 오셨습니까?"

불연은 눈을 깜빡이며 진금행 말에 잔뜩 인상이 구겨져 있는 두 마리의 원숭이—오필도와 구잔양이다—를 바라보았다.

그러다 진금행 말이 농짓거리였음을 뒤늦게 알아차리고는 살풋 웃었다.

"풋, 불연이는 또 무슨 말인가 했네요. 사부님은 조금 있다 오실 거예요. 불연이는 먼저 폴짝폴짝 뛰어서 여기 왔네요."

진금행의 얼굴이 떫은 감을 씹은 듯 찌푸려졌다.

"스님의 사부란 분이 고수십니까?"

"에? 예! 불연이의 사부님은 정암이라 하시는 분이네요. 아미삼검 중 한 분이시지요."

"젠장!"

진금행의 얼굴이 이번엔 아예 떫은 감처럼 변했다.

'무지무지 예쁜 암컷 땡중'을 어떻게 해볼 좋은 기회라 생각했는데 아미파, 구대문파 중 당당히 한자리를 차지하고 있는 아미파의 고수라면 검각만큼 머리 아픈 존재가 아니던가!

"가만? 고수라고?"

진금행이 제 퉁퉁한 머리통을 감싸 쥐었던 손을 풀며 외쳤다.

고수!

한 번의 호흡으로 장강(長江)을 뛰어넘고 손짓 한 번에 태산(泰山)을 무너뜨리는 자들!

그 빌어먹을 고수 때문에 지금 이 지경이 된 것이 아닌가!

'이이제이(以夷制夷)!'

고수란 빌어먹을 종자들은 다른 고수란 싸가지없는 종자와 흥정을 붙여야 마땅했다.

흥정하면 또 누군가! 진전장의 소장주인 진금행 본인밖에 없었다.

고수, 그중에 아미파의 고수라면 무림맹 일 때문이라도 한 번은 만나 담판(?)을 지어야 할 상대가 아닌가!

진금행의 두 눈동자가 좌우로 몇 번 왕복했다.

그 움직이는 제 몸집만큼이나 퉁퉁한 눈동자―에이, 설마―를 보면서 오필도는 오한이 들었다.

저 눈동자가 몇 번 왕복한다는 것은 바로 황제의 수염을 잡아 뽑을 수작을 '교활한 대가리'로 궁리하는 것임을 오필도는 이미 매우 잘 알고 있었고, 구잔양은 대강 알고 있을 것이며 우문하는 앞으로 잘 알아야만 하는 일이었다.

진금행의 눈동자가 가운데 딱 멈춰 섰다.

그리고는 천천히 두툼한 입술이 열렸다.

"예쁜 스님, 스님께선 자비로우신 부처님을 믿는 분이시니 불쌍한 중생을 구해주셔야겠지요?"

"아잉~ 아미타불, 당연한 말씀을……."

예쁜 손을 모아 합장하는 '암컷 땡중'을 보면서 오필도는 왠지 늑대
의 아가리에 들어가 있는 양을 보는 것 같았다.

'아미타불~'

오필도는 그런 불연을 위해 진심으로 외치고 또 외쳤다.

'아미타불, 불쌍한 비구니에게 부디 자비가 함께하기를~'

제 6 장

현통 — 현통 할 일이 늘고, 강구의 현통과 손잡다

현통

우거진 수풀 사이로 한 사내가 불쑥 튀어나왔다.

그리고는 땅 아래를 이리저리 살피다 무언가를 찾아낸 듯 고개를 뒤로 돌려 일행을 불렀다.

"여기로 가셨는뎁쇼."

그러자 낯짝이 무섭게 생긴 대여섯 명의 상정이 수풀 사이에서 빠져나왔다.

"분명하냐?"

앞서 땅을 살펴보았던 철(鐵)씨 성(姓)을 쓰는 사내가 고개를 끄덕이며 툭 내뱉었다.

"당연하지!"

철가의 평대가 기분 나쁘다는 듯 인상을 찌푸리던 장정이 철가에게 짐짓 겁이라도 주려는 듯 등에 멘 칼을 흔들어 찔렁찔렁 소리를 내었다.

하지만 철가의 표정을 보아하니 그리 약발(?)이 받는 것 같지 않자 한숨을 내쉬며 자신도 뒤를 돌아보고는 외쳤다.

"조심해서 오십시오. 길이 험합니다."

그러자 근육이 부풀어 오른 묵적인—흑인—둘이 끄는 가마에 검버섯으로 얼굴을 처바른 웅천보의 보주 도밀현이 오똑하니 앉아서 섭선을 부치고 있었다.

"케헴, 염효들은 이렇게 험한 길로만 다니나?"

그 대답은 철가가 아닌 도밀현의 뒤에서 나왔다.

"험한 곳일수록 관부의 눈알이 없기 때문인 게지요."

홍규동이었다.

하나는 진금행을 찾기 위해, 또 다른 하나는 자신과 명호가 같은, 아니, 문파 자체도 이름이 같은 '기천사지(欺天詐地)'란 명호를 가진 오필도를 찾기 위해 길을 나선 것이었다.

"왜? 그 아무나 물어대는 개자식이 구골문의 구 문주를 찾아간 게지?"

"18대 조상의 부랄을 홀러덩 까버려도 모자랄 잡놈 속을 우리가 어찌 알겠습니까?"

도밀현이 묻고 홍규동이 답했다.

아무나 물어대는—정말 물긴 잘 문다—개자식과 난데없는 18대 조상들의 불알이 남아나지 않게 생긴 잡놈이란 바로 진금행을 가리키는 말이었다.

도밀현은 평소 가지고 있던 진금행에 대한 감정을 얘기할 때마다 속병이 점점 치유되는 것을 느꼈고 홍규동 역시 진금행에 대한 욕설을 퍼부으면서 10년 먹은 울화와 체증이 내려가는 것을 느꼈다.

"그런데 이놈이 향하는 곳이 어디지?"

도밀현이 철가에게 물었다.

철가가 제 눈 위로 손바닥을 가져다 붙이고는 여기저기를 한참 살펴 대더니 자신있게 돌아서서 말했다.

"모르겠는뎁쇼!"

어젯밤 진금행이 구골문의 구잔양 소굴의 방문을 걷어차고 들어갔다는 정보를 입수하고는 그 뒤의 행적을 쫓아 험하고도 비탈진 산들을 정말이지 너무나 힘들게 넘어—이 산을 구잔양은 화소접을 업고서 냅다 뛰었다는 것을 잊지 말자—여기까지 왔는데 여기서 행적을 잃어버리다니!

일행은 앞으로 가자니 저 길잡이로 세운 멍청한 구골문의 염효는 모르겠다고만 말하고, 또 뒤돌아서 가자니 막막하기 짝이 없어 하늘에 떠가는 구름만 쳐다보고 있었다.

바로 그때!

멀리서 챙 하는 소리가 나더니 커다란 그림자가 일행이 모인 공터로 뚝 떨어졌다.

"엥?"

안 그래도 늙어서 심장병까지 앓고 있는 도밀현이 놀란 단말마를 토해냈다.

철퍼덕 떨어진 채 엎드려 있는 것의 정체가 싸구려 호피 무늬 옷을 입은 건장한 40대 장한이 아닌가.

도밀현의 수하이자 응천보의 다섯 기둥인 '오행도수(五行刀手)' 중 '금도(金刀)'가 얼른 그 엎어져 죽은 사내에게 다가가 목의 맥을 짚었다.

그러더니 일어서서 고개를 좌우로 흔들었다.

"즉사했습니다요!"

"제기랄 놈! 별스럽게도 죽는구먼……."

도밀현이 가쁜 가슴을 움켜쥐고는 헉헉대며 말했다.

"그런데 어디서 날아온 거지?"

홍규동이 놀라 주위를 두리번거리는데 부시럭거리는 소리와 함께 수풀 사이에서 검은빛의 도복을 걸친 젊은 도사 하나가 튀어나왔다.

"무량수불~"

일행이 멍하니 서 있는 것을 본 그 젊은 도사가 진언을 외며 고개를 숙였다.

머리는 곤원모(昆元帽:도사들의 머리쓰개)로 대강 얽어매어 산발한 채였고, 얼굴은 얼마나 씻지 않았는지 지저분하기 짝이 없었다.

"여러분들께서는 저놈과 한패이십니까?"

"아니네. 그저 산길을 살펴 지나는 중이었네……."

"아, 예. 그렇군요. 하기는 차리신 형색을 보아하니 저놈과 일행은 아닌 듯싶습니다."

도사의 시선이 일행 하나하나에 가 닿았다.

특히 오행도수들과 염효인 철가에게는 시선이 한참이 멎어 있다가 떨어졌다.

그 시선이라는 것이 얼마나 매섭고 가슴 떨리게 하는 것인지 젊은 도사의 시선을 받은 사람은 제자리에 꼼짝도 못하고 서서 숨도 쉬지 못할 지경이었다.

사람들의 몸을 하나하나 훑어가던 도사의 시선이 '날아 떨어져 별스럽게 엎어져 죽은 재수없는 놈'에게 가서 닿았다.

"네 이놈, 서가야! 네놈이 아무리 죽은 척하더라도 소용없단다! 얼른 여기 와서 장인(掌印)을 찍고 나면 내 편안히 저 세상으로 보내줄 것이야!"

호통을 쳐대는 목소리에 공기가 웅웅거리며 울리는 것을 보니 여간해서는 쌓기 힘든 내공이라는 것을 뱃속에 가득 채운 무시 못할 도사였다.

젊은 나이에 저 정도의 성취를 쌓았다니!

홍규동은 내력을 알 수 없는 이 도사를 향해 조심스럽게 말을 건넸다.

"저놈이 도사께 무슨 죄를 지었는지 모르겠으나 이미 죽은 건 확실하다오."

"엥? 죽다니요? 그럴 리가요?"

뒤에 걸머진 바랑에서 뭔가를 주섬주섬 꺼내던 도사가 놀라 소리쳤다.

그 모습이 조금 전까지 보여줬던 냉막하고도 멋들어졌던 태도와는 전혀 다른 모습이라 홍규동이 도리어 놀랄 정도였다.

도사가 정말이지 보기 힘들 성도의 멋들어진 경공술을 발휘해 '날아 떨어져 별스럽게 엎어져 죽은 재수없는 놈' 곁에 가서 섰다.

그리고는 벌벌 떨리는 손으로 맥을 짚어보더니 절명했다는 사실을 알아차리고는 제자리에 철퍼덕 주저앉았다.

"에이, 씨부럴! 벌써 몇 번째냐!"

짐짓 '무량수불'이란 진언까지 겂잖게 외치던 모습에서 갑자기 땅바닥에 주저앉아 쌍욕을 내뱉는 젊고 거기에 무공까지 높은 정체 모를 도사의 모습에 일행은 모두 어안이 벙벙해졌다.

도사는 한동안 멍하니 있다가 갑자기 눈빛을 초롱초롱 빛냈다.

곧 신형이 흐려진다 싶더니 도사의 손에 아까 서 있던 장소에 놓아 두었던 바랑이 들려 있었다.

홍규동은 저 도사가 어떻게 미쳤는지는 잘 모르겠지만 일단 무공이 높다는 것은 잘 알 수가 있었다.

그 짧은 시간 동안 육 장여 거리, 왕복 십이 장 거리를 순간적으로 이동해 바랑을 가져오다니!

도사는 콧노래까지 부르며 바랑에서 책자 하나와 붓을 꺼내 들었다.

그러더니 바랑에서 꺼낸 조그마한 자기 병을 열어 붓을 푸욱 담갔다 꺼내자 그 붓이 붉게 변했다.

도사는 그 붓으로 책자에 서필추라고 세 글자를 적더니 곧 죽은 사내의 손바닥에 붓을 놀려 쓰윽쓰윽 문질러 칠한 후 서필추라고 적은 아래에 죽은 사내의 손을 가져다 대고는 꾸욱 눌러 장인을 찍었다.

아마도 주사(朱砂)를 갠 먹을 가지고 다니다 사람을 죽여놓고 저런 괴상한 일을 행한 것이 한두 번이 아닌지 그 행동이 아주 능숙하기 짝이 없었다.

도사는 혼잣소리처럼 중얼거렸다.

"네 이놈, 서필추! 원래 네 죄를 토설케 한 후 장인을 찍어야 하지만 솔직히 죽은 네놈 손바닥과 살아 있을 때의 손바닥이 뭐가 다르겠느냐! 아마 본산에서도 그리 신경 쓰지 않을 것이다. 그런 정당한(?) 절차를 밟지 못한 것은 미안하지만 그러길래 기와 굽는 조씨 댁 셋째 딸과 순박한 오 노인의 첫째 딸을 간살하라고 누가 시켰더냐? 다 네 악행에 대한 응보로 알고 죽기 전에, 아니, 죽은 후에라도 이처럼 남을 돕는 좋은 일을 한 번은 했으니 염라전 앞에서 할 말이 생겨서 너도 좋고 이 빈도도 좋고……."

홍얼홍얼 콧노래에 맞추어 주절거리는 도사의 말에 염효 철가가 불쑥 끼어들었다.

"작년 삼월에 죽은 조씨 댁 말씀이십니까? 또 작년 구월에 죽은 오 노인 첫째 딸에 대해 말씀하시는 겁니까요?"

"응?"

정신없이 이상한 작업을 하던 도사가 고개를 들어 철가를 쳐다보았다.

"아! 맞아요, 맞어! 당신도 알고 있을 정도로 극악한 짓을 행한 놈이 바로 이놈이오!"

철가는 신난다는 듯 대꾸를 하는 도사의 얼굴을 의아하니 바라보았다.

"그리고 제가 알기로 이놈은 서필추란 놈인뎁쇼?"

"아! 맞아요, 맞어! 당신 정말 많이 알고 계시구랴! 이놈이 그 흉악한 짓을 저지른 색마라오!"

"이놈이 제가 알고 있는 서필추라면 그럴 리가 없는뎁쇼?"

"아, 맞아요, 마… 엥? 그게 무슨 말이오? 이놈이 그 색마가 분명한데 무슨 말을 하시는 게요?"

"이놈은 분명 내가 잘 아는 '덜 자란 서가' 놈인뎁쇼? 그저 좀도둑질이나 하는 그런 놈인데? 거기에 왜 '덜 자란 서가'라고 했냐면 이놈이 태어날 때부터 고자라 우리가 그리 부르곤 했읍죠! 이놈 바지춤을 까보면 아시겠지만 이놈은 아무리 발버둥 쳐도 여자를 가까이할 수 없는 놈입니다요."

도사가 별 이상한 소리를 다 들어본다는 듯 죽은 사람의 바지춤을 까 내려보았다.

있었다. 아니, 없었다.

사내라면 당연히 달려야 할 양물(陽物)이 보이지 않았다.

그저 살점이 약간 늘어진 듯해 보이는 것 외에는 남자라면 당연히 달려 있어야 할 그것(?)이 보이지 않았다.

모인 사람 모두가 보아도 그 살점이 늘어진 듯한 것으로는 콧구멍도 제대로 쑤시지 못할 것이 분명하니, 여자의 옥문(玉門)은 언감생심 꿈도 꿀 수 없는 몸이 분명했다.

"이게 무슨 귀신의 조화란 말인가?"

도사가 비명성을 토해냈다.

철가의 이어진 다음 말이 도사의 가슴에 마지막 비수를 꽂았다.

"그리고 처녀들을 간살하고 다녔던 '소필충'은 작년 겨울에 붙잡혀 죽었는뎁쇼? 그것도 다름 아닌 제 친구 여동생을 건드리려다가 붙잡혀 죽었기 때문에 제가 잘 알고 있읍죠."

"소필충? 서필추가 아니고?"

도사의 반문하는 목소리가 떨렸다.

"예, 틀림없이 소! 필! 충! 였읍죠, 서! 필! 추!가 아니고!"

철가가 한 자 한 자 또박또박 힘주어 발음했다.

그 비슷하지만 전혀 다른 글자들이 한 자 한 자 발음될 때마다 도사는 흡사 내상을 입는 듯 낯색이 허옇게 떠갔다.

"그, 그, 그럼… 또 백 명이 생겼구나……. 그럼 모두 합… 합하면… 도, 도대체 몇 명이냐……."

그제야 홍규동은 어떻게 된 일인지 대강 알 수 있었다.

"도사께선 청성(青城)에서 내려오셨군요."

"예? 아, 예. 청성 제자 현통이라고 합니다."

홍규동는 자신의 질문에 넋이 나간 듯 그저 입술만 벙긋거려 대답하는 현통을 보고는 웃음이 나올 것 같았다.

청성파는 독특한 방법으로 장문인을 뽑았다.

바로 차기 장문인감 5명을 골라내어 각기 산을 내려보내는데 그 내려간 장문인 내정자들 손에는 '살악포덕부(殺惡布德簿)' 란 장부가 하나씩 들려져 있는 것으로 유명했다.

'살화연행(殺化緣行)', 즉 승려들이 포시행(布施行)을 만행이라 부르듯 도사들의 포시행을 화연행이라 칭하는데 그 다섯 명의 살연화행은 바로 악하기 그지없는 자들을 골라 죽이고 그 죽인 열 명의 이름을 '살악포덕부'에 적어 오는 것을 뜻했다.

그리고 산에 돌아와 서로의 '살악포덕부' 속에 들어간 악당들 중 가장 질이 나쁜 열 명을 죽인 사람이 장문인으로 추대되었다.

몇십 년마다 한 번씩 청성파의 장문인이 노쇠하여 일을 못 볼 시경이 되었다는 소식이 들리면 상호의 악당들은 모두 몸을 숨기기 바빴을 정도였고, 그런 부작용(?)을 우려하여 청성파에서는 언제 '살화연행'이 이루어지는지 비밀에 붙이기까지 했다.

그 '살화연행' 이란 악당들에게도 공포스런 것이었지만 정작 행하여야 할 5명의 장문인 내정자들에게는 더욱더 힘든 일이었다.

강호에 자칭 '악당' 이라 자랑스럽게 내걸린 인물치고 무공이 약한 인물은 하나도 없었으니 장문인 내정자들은 '살화연행' 중 죽기 일쑤였고, 또 어떤 의욕에 넘치는 내정자는 마교 교주의 목을 따오겠다며 마교로 돌진하다 어이없이 죽어 나가기도 했으니, 어떤 때는 하나의 장문인을 뽑기 위해 모두 3차례의 '살화연행'이 펼쳐지기도 하였다.

결국 그때는 거의 15명 가까운 기재들의 목숨이 희생되었다는 소문이 퍼졌으니 청성이 휘청거릴 정도였다.

하지만 도가인 청성파에서 사람을 죽일 때 함부로 하지 않기 위해 엄격한 조건을 내걸었다.

먼저 악적으로부터 죄를 토설케 하고 뼛속 깊이 뉘우치게 하라는 것이 첫째였으니, 만약 흉적 하나를 뉘우치게 한 내정자에게는 흉적 둘을 죽인 것보다 더 높은 가치를 인정해 주었다.

만약 그래도 뉘우치지 않으면 살아 있을 때—아주 중요했다—그 죄를 인정하는 인장을 찍게 한 후 죽여도 좋다는 조건이 붙었다.

만약 사람을 잘못 죽인 것이 드러난다면 잘못 죽인 한 사람 당 '살악포덕부'에 올려질 이름이 백 명으로 늘어나게 된다는 조건을 붙였고—아주아주 중요했다—또 그 명부를 다 채우지 못하면 청성으로 돌아갈 수가 결코 없었다.

홍규동이 속으로 웃음을 참으며 물었다.

"현통 도사께서 적어야 할 이름이 앞으로 몇 명이나 남았소이까?"

명한 표정의 현통은 손가락으로 몇 번 꼽아보더니 거의 울 것 같은 목소리로 답했다.

"방금 전까지는 400명만 죽이면 됐는데……."

풀썩 주저앉아 울먹이던 현통이 갑자기 벌떡 일어서서 외쳤다.

"소필충도 나쁜 놈이지만 서필추는 더 나쁜 놈이다! 어찌 남의 물건을 탐내 훔쳐 내는 이루 말할 수 없는, 극악하기로는 그 짝을 찾아볼 수 없는, 유사 이래 감히 필설로는 형용할 수 없는, 저승의 염라대왕도 감히 얼굴을 마주하기 싫어할 만큼 치졸한, 도적들 사이에서도 인정을 받지 못하는, 세 살 먹은 아이도 울음을 뚝 그치게 만든다는, 정말이지, 정말이지, 정말이지, 극악무도한 좀도적질을 저지를 수 있단 말인가! 아아~ 정말 그 흉악하기 그지없는 좀도적질은 서른두 해를 살아온 나로서도 치를 떨게 만드는구나! 정말 한탄스럽고도 한탄스럽다! 세상이 뒤집히려는 망조가 들지 않고서야 어찌 이런 삿된 무리가 설치고 다닐 수가 있는가! 다행히 오늘 나 현통이 '살화연행' 중에 그같이 흉악한 놈을 죽이게 되었으니 얼마나 다행한 일이더냐!"

정신없이 떠들고는 일행을 쳐다보는데 그 눈빛이 애절하기 그지없었다.

단 한 명이라도, 더도 말고 덜도 말고 오직 단 한 명뿐이라도 자신의 그 말에 맞장구를 쳐준다면 자신이 죽여야 할 악적의 수가 500명에서 399명으로 팍 줄어들게 되니—400명-서필추 한 명=399명—애절할래야 더 이상 애절할 수 없는 눈빛으로 일행들의 동의를 구하고 있었다.

현통의 일에 초를 쳤던 철기가 그 눈빛이 부담스럽다는 듯 짐짓 헛기침을 하다 말했다.

"크흠, 흠. 한데 그 서필추의 도적질이란 게 말입니다……."

"응! 응! 말해 보시오. 정말이지, 극악하기 짝이 행동이 틀림없었지요? 분명 석 달 굶은 문둥병 환자의 입속에 든 만두까지 뺏어 먹을 정도로 극악한 놈이 틀림없을 게요! 내 말이 맞지요?"

지금 현통의 간절한 기원은 하늘에까지 가 닿았을 것이 분명했다.

하지만 하늘은 현통을 버린 것이 틀림없었다.

현통의 간절한 외침에 철가가 조심스럽게 말을 이었다.

"그 도적질이라는 것이 별것 아닌 것이라… 그냥 옆집에서 닭 잡아 먹고, 앞집 밭에서 채소를 서리해 먹고 하는 정도였읍죠! 또 동네 사람들도 모두 서가가 사내 구실도 못하는 '덜 자란 놈'이라는 것을 불쌍하게 여기고, 또 찢어지게 가난하게 살았던 것을 동정했기 때문에 설령 서가가 서리해 먹은 것을 알면서도 모르는 척해줬읍죠! 다행히 서가가 체면을 아는 놈이라 한 집에서만 해먹지 않고 골고루 돌아가면서 서리해 먹었기 때문에 그다지 큰 피해도 없었을 뿐더러… 캑!"

현통은 더는 못 듣겠다는 듯 철가의 멱살을 붙잡고는 사정없이 앞뒤로 흔들어대었다.

"이놈아! 이 개자식아! 니가 봤어? 응? 니가 봤냐구! 석 달 굶은 문둥병 환자 입속에 든 만두 훔쳐 먹는 거, 그거 니가 봤냐구! 그 꼴을 봤다면 네놈이 그런 말 못할 거야! 난 봤어! 내 두 눈으로 똑똑히 봤어! 그런데 네가 그런 거짓말을 해? 야, 이 개자식아! 네놈 한마디에 지금 사람 목숨 100개가 왔다 갔다 하고 있어! 니가 알아? 이런 썩어 문들어질 놈! 내 '살악포덕부'에 네놈 이름도 집어넣을 테다!"

지금 누가 거짓말을 하는지 몰라도 눈알까지 벌게진 현통이 철가의 목을 움켜쥐고는 고래고래 고함을 질러댔다.

홍규동은 현통의 거짓말과 협박, 그리고 폭행으로 이어지는 짓거리가 이해되지 않는 일도 아니었다.

하기는 강호에 이름 난 악적이라도 평생 죽인 사람이 500명이 된다는 것은 쉬운 일이 아니었으니 현통의 저런 행위는 어찌 보면 참으로 자연스럽다(?)고 볼 수 있었다.

하지만 정작 현통의 신분이 청성이란 높은 도관에 속해 있는 도사라는 것이 문제였고, 또 단순한 도사가 아니라 청성의 차기 장문인감으로 꼽히고 있는 아주아주 높은 신분이라는 것이 문제였다.

"니가 봤어?"

"캑, 캑!"

"니가 봤냐구, 이 개자식아!"

"캑, 캑!"

홍규동은 지금 눈앞에 벌어지고 있는 기묘하고도 일방적인 다툼을 말려야 할지 아니면 내버려 둬야 할지 고민에 휩싸였다.

하지만 그 순간에도 저 현통이란 도사가 누구와 참 닮았다는 생각이 떠올랐다.

'으음, 저 현통이란 도사 새끼는 청성파의 진금행이로구나!'

*   *   *

네 사람이 모여 있었다.

네 사람은 모두가 비슷해 보이면서도 그 사이에는 기묘한 차이가 있었다.

그 차이는 자세히 본다면 알 수 있었다.

한 사람의 절대자와 그 절대자를 닮으려는 다른 세 사람······.

절대 함부로 열리지 않을 것 같은 절대자의 입이 열렸다.

"그래서 소접이는······."

"······."

세 사람은 묵묵부답이었다.

자신을 하나의 검으로 화하는 데 성공한 절대자가 다시 입을 열었다.

"복잡하군."

추부동은 의미를 모르겠다는 눈빛을 자신의 주군에게 던졌다.

그 옆에 도영은 묵묵히 있었다.

자신은 지금 이 대화에 끼어들 이유도, 또 필요도 없었기 때문이다.

"대듀와 댜땐이라, 그리고 무림맹도 심상찮은 기운이 감돌고 있다고?"

검각의 각주 화무흔의 질문에 고위명이 답했다.

"예, 이유는 알 수 없지만."

검각은 자신들의 실력이나 평판보다 더 큰 세력을 얻는 것을 원하지는 않았다.

그저 검 한 자루만이 모든 것일 뿐 그 외 다른 무림 세력이 어떻게 얽혀 돌아가든 전혀 신경을 쓰지 않았다.

검과 검법과 차가운 마음만이 존재하는 곳.

그곳이 검각이었다.

하지만 이번에 검각주 화무흔은 머리가 지끈지끈 아파오는 것 같았다.

자신의 외동딸인 화소접만 해도 머리가 아픈데 도영과 추부동이 가져온 '대듀'와 '댜땐'은 자신의 차가운 심장을 얼어붙게 만들어 버렸다.

거기에 자신의 오른팔인 고위명은 무림맹이 심상치 않다니…….

소림이 설사 멸문지화(滅門之禍)를 당했다 해도 전혀 관심이 가지 않았다.

하지만 그 상대가 무림맹이라면 문제가 다르지 않는가.

그 커다란 덩어리가 무너져 내리기라도 한다면 그 폭풍에 검각까지

휘말려들지도 모를 일이었다.

화무흔은 미간을 찡그리며 생각했다.

이 얽혀든 문제들을 한꺼번에 해결해 줄 수 있는 곳.

그곳을 찾아가야 한다는 것이 심사가 편하지 않았다.

"찾아가야 하는가?"

화무흔이 혼잣소리처럼 읊조려 봤지만 아무리 생각해도 다른 방법이 없었다.

얽힌 세 가지 문제는 단 한 가지가 부족하기에 벌어진 일이었다.

그것은 바로 '정보'였고 검각은 다른 무림 세력처럼 중원 땅 곳곳에 자신의 세력을 심어놓는 짓은 하지 않았으니, 검을 휘두르는 일이라면 신선이라도 베겠지만 무림의 눈과 입에 달린 문제라면 세 살박이 아이만도 못한 곳이 검각이었다.

하지만 '정보', 그것도 때깔 좋은 싱싱한 '정보'라면 그곳을 찾아가는 수밖에 없었다.

더구나 무림맹과 화소접에 대한 것은 그나마 검각이 해결할 수 있는 것이었지만 남은 한 가지, 즉 잃어버린 초식은 그곳만이 해결해 줄 수 있었다.

'밀영각(密影閣).'

더러운 정보와 깨끗한 살인을 하는 곳. 그렇기에 신비와 저주가 함께 있는 곳. 그곳이라면 화무흔이 원하는 정보를 주리라.

"밀영각은 어떻게 찾아가지?"

화무흔의 물음에 고위명은 눈썹이 파르르 떨렸고, 추부동은 움찔거렸다.

하지만 도영은 그저 담담하게 서 있었다.

밀영각에게 한 번의 살인을 부탁하려면 밀영각이 부탁하는 세 번의 살인을 행하여야 하는 곳.

한 번의 정보를 사려면 세 가지의 정보를 제공해야 하는 곳.

검각이 밀영각에 정보를 요구한다면 밀영각에서 검각에게 요구하는 살인과 정보는 어떠한 것이 될 것인지 모를 일이었다.

하지만 각주가 원한다면 찾아가야 하리라.

아니, 없으면 만들어서라도 찾아가야만 할 세 사람은 그저 서로의 얼굴을 쳐다보며 어떻게 찾아가는지 서로가 물을 뿐이었다.

                    *   *   *

"그러니까 그놈이 갈아 마셔도 아깝지 않은⋯⋯."

"어디 갈아서 간단히 끝낼 놈이 아니네! 휴우~ 이미 그놈을 생각할 때마다 갈아버린 이빨이 한두 개가 아닐 것이네."

응천보의 보주인 도밀현이 이빨이 몇 안 남아 쪼그라든 입술로 우물 거리며 현통의 말에 맞장구를 쳤다.

오필도의 스승인 기천사지 홍규동이 한술 더 떠 온몸을 부르르 떨며 말했다.

"그놈 덩치는 능히 2인분이요, 악행은 20인분이니 살악포덕부에 22인으로 올려도 무방하네!"

현통이 지그시 눈을 감으며 안타깝다는 듯 고개를 좌우로 내저었다.

"아아! 그런 악인이 존재한다니, 이 몸이 안 들었으면 몰라도 어찌 듣고서 가만히 있을 수 있겠습니까."

현통의 지금 모습은 짐짓 그런 흉적을 잡아 죽여 민초들의 피폐(?)한 삶을 구제하려는 협기에 가득 찬 도사의 모습이었다.

하지만 그 입꼬리에 매달려 있는 묘한 웃음은 무슨 의미인지 알 수 없었다(정말?).

"진금행이라고 하셨지요?"

"그렇네. 진! 금! 행! 그 석 자를 이름으로 가진 놈이네."

"아, 불가 사람들은 '내가 아니면 누가 지옥에 가랴' 라고 잘도 떠들지만 이 몸은 도가에 든 도사의 신분으로 또다시 살인을 해야 하겠구나……."

현통은 누가 보더라도 비록 또 하나의 악적을 없애는 일이지만 살인을 정말 후회하고 꺼려하는 모습으로 보여, 아니, 잠깐만! 지그시 감았던 눈이 떠지는데 왜 저리 희번덕거릴까?

또 번질번질거리는 입술은 그저 혀를 축였기 때문일까?

왜 뿌듯하다는 듯 살악포덕부를 쓰다듬어 보는 걸까?

"그 진금행이란 흉적은 어디에 있습니까?"

현통이 낮은 목소리로 천천히 물었다. 하지만 왜 그 목소리가 흥분으로 떨리는 것처럼 들리는지 모를 일이다.

"저기… 아무래도 청로패들이 있는 저쪽……."

"후딱 가지요!"

현통의 말은 아직 홍규동 귀에 울리는데 현통의 몸은 이미 산등성이를 넘고 있었다.

'금행아~ 금행아~ 너는 이제 죽었다!'

홍규동과 도밀현은 신이 나 엉덩이까지 들썩거리며 앞서 가는 현통의 그림자를 냉큼 쫓았다.

　　　　　　*　　　　　*　　　　　*

쿠왕~

문이 박살나며 묵빛 인형이 뛰어들었다.

오필도는 '어마~ 깜딱이야~' 하고 놀랐지만—미안하다. 마통관으로 착각했다—곧 제정신을 차리고 상대를 바라보았다.

"여기 22인분, 흠흠, 아니, 진금행이 누구요?"

입은 옷은 분명 도사의 복장이요, 머리에 올린 곤원모도 도사의 머리쓰개가 분명한데 하는 짓은 난가호(攔街虎:깡패) 무리와 다르지 않았다.

"저, 전데요……."

오필도는 두 눈을 질끔 감으며 생각했다.

'저년은 분명 아미파에서 나온 여승일 텐데 어찌 복장과 인상이 저러할까?'

"엥? 필도야, 네가 왜 진금행이냐?"

이상한 아미파 여승(?) 뒤로 스승이 나타나자 이번엔 오필도가 깜짝 놀랐다.

"엥? 스승님은 왜 아미 암컷… 흠흠, 아미파의 여승과 함께?"

"아미파라니? 청성파가 아니고?"

"청성이라니요? 아미파가 아니에요?"

기천사지 사제 간에 오가는 대화가 이상하게 꼬여가자 옆에 누워 있던 우문하가 우물거리며 말했다.

"강구의 어르신이 보낸 사람이 아닌가 보지?"

묵인들의 가마 위에 올라앉아 이제 막 문을 들어서는 도밀현도 한마디 거들었다.

"절각도(折角刀) 강구의 말이냐? 강구의는 재수없게 왜 처불러?"

도밀현의 응천보와 호동의 철혈방이 작은 땅덩어리를 두고 다투게 된 이유가 바로 절각도 강구의 때문이었다.

호동의 담이 지금보다 2배로 커지고 도밀현이 자신의 혀에 기름을 담뿍 칠한다 해도 강구의를 상대로 감히 진출할 수 없었기 때문이다.

그러니 자연 도밀현이 강구의를 호칭함에 있어 퉁명스러워질 수밖에 없었다.

일이 이상하게 돌아가자 현통이 미간을 찡그리다 말을 뱉었다.

"강구의는 또 누구야? 그놈은 몇 인분이지?"

"내가 몇 인분인지 몰라도 네놈의 고기로 만두를 빚으면 능히 열 명은 먹겠구나!"

쪼개진 문 사이로 한 인영이 들어서며 싸늘히 대답했다.

하지만 그 말소리보다 거치도가 더 빨리 현통의 머리통 위로 쏟아져 내렸다.

그러나 처음부터 암습에 뜻을 둔 것이 아니라 그저 혼을 내주려는 뜻이었는지 공기를 부웅 울리는 위력에 비해 그 떨어져 내리는 기세가 날카롭지는 않았다.

그 거치도에 실린 뜻인 '내가 지금 공격하니 알아서 피하라'는 의도가 명백하게 현통에게 전해졌는지 현통의 한쪽 눈썹이 움찔거렸다.

하지만 몸을 돌려 상대하기에는 자존심이 상한다고 생각했는지 그저 왼손을 제 머리통 뒤로 돌려 거치도의 도신을 중지로 때렸다.

팅~

괴상한 소리가 터져 나오며 옆으로 몇 치가량 밀려난 거치도가 빙글

회전하는 듯싶더니 아까보다 배 이상 가까운 속도로 '쒸잉' 하는 소리
와 함께 현통의 옆구리를 파고들었다.

현통이 이번에는 그저 간단한 지법으로 격퇴하기에는 힘들다고 생
각했는지 청성의 유명한 재간인 구첩나장(九疊拏掌)으로 거치도의 옆
을 또 한 번 때렸다.

딱따그르르~

흡사 은쟁반에 쇠구슬이 떨어지는 듯한 요란한 소리가 현통의 손바
닥과 거치도 사이에서 터져 나왔다.

현통의 장이 거치도를 때린 것은 단 한 번뿐이었지만 귀가 밝은 사
람이라면 그 사이에서 터져 나오는 격타음은 정확히 9번이라는 것을
알 수 있었으니, 바로 구첩나장의 묘미가 거기에 있다고 할 것이다.

거치도를 든 어깨가 크게 실룩이더니 뒤에서 공격한 사람이 뒤로 한
걸음 크게 물러섰다.

그저 고개도 돌리지 않은 채 격퇴한 현통의 재주도 놀라웠지만 청성
파의 구첩나장을 맞받고도 그저 뒤로 한 걸음 물러나 해소해 버린 사
내의 재주도 놀라운 데가 있었다.

일행이 놀라 그 사람을 쳐다보는데 덩치가 보통 사람보다 어깨 하나
가 더 큰데다가 손에는 아직도 구첩나장의 여운으로 징징 울려대는 커
다란 거치도를 움켜쥔 털북숭이의 거구였다.

"강구의 어르신!"

우문하가 반색하며 소리쳤다.

"절각도 강구의!"

도밀현이 놀라 부르짖었다.

"옳아! 이놈은 10인분이로구나!"

현통이 제일 반가워하며 말했다.

순간 싸늘한 바람이 휘돌며 말없이 서로가 서로를 쳐다보았다.

이상한 변고에 알지 못할 말들이 서로 오가니 각자 멍해질 수밖에 없었다.

그래도 가장 머리가 잘 돌아가는—그래 봐야 사기 치는 분야지만—홍규동이 잔기침을 하며 어색한 분위기를 풀었다.

"흠흠, 절각도께서는 여기에 어인 행차신지……."

강구의는 험악한 인상을 구기며 대답했다.

"진금행이 불러서……. 그런데 댁들은?"

도밀현이 대답을 대신했다.

"진금행 젖을 담그려고 왔지요. 이번에 절각도 강 어르신께서 막으신다 해도 어쩔 수 없을 겁니다요."

나이가 어린 상대에게 감히 하대를 하지 못하는 것을 봐도 도밀현이 강구의를 평소 꺼리는 마음이 있음이 분명했다.

하지만 옆에 있는, 곧 살하면 청성파의 장문인이 될 무서운 고수를 생각하자 꺼리던 마음이 사라지고 없어 내용이 그리 곱진 못했다.

"젖을 담기 전에 손도장부터 받아야 합니다!"

현통이 볼멘 목소리로 살악포덕부를 흔들어 보이며 가장 중요한(?) 일이 있음을 상기시켰다.

강구의의 인상이 펴지며 비로소 얼굴에 미소가 어렸다.

"아, 난 또 뭐라고……. 걱정 마시게. 나도 그 개잡놈이 불러서 왔지만 나 또한 놈에게 받아낼 것이 있어서 온 것이라네."

싸늘한 냉풍이 불던 분위기가 돌변해 갑자기 훈훈한 온풍이 불었다.

일단 일의 전후 사정부터 알아보려는 홍규동이 오필도에게 물었다.

"한데 필도 너는 왜 스스로를 진금행이라고 했느냐?"

"금행이가 시켜서… 아미파 여승이 나타나면 뭘 좀 전해주라고 하면서……."

"못난 놈! 그렇게 진금행이 무섭단 말이냐!"

홍규동은 곁에 청성파의 고수와 유명한 절각도 강구의가 있어서인지 짐짓 호통을 치며 못난 체면을 돌보려 하는데 이 못난 제자 놈의 행동이 이상했다.

스승의 호통 속에서도 기묘하게 고개를 꺾으며 아래에 널브러져 있는 우문하를 보는 게 아닌가!

홍규동을 비롯한 일행이 바닥에서 꿈틀거리는 우문하를 보니 하의가 까 내려져 엉덩이를 내보이고 있는 모습이었다.

알지 못할 시커먼 그 무엇인가로 덕지덕지 처발라진 엉덩이를 내민 채 말이다.

"왜 저러고 있는 것이지?"

이때까지 가만히 있던 구잔양이 퉁명스럽게 대답했다.

"고약을 발랐습니다요. 분문(糞門)이 작살났으니까요."

홍규동의 고개가 구잔양에게로 향했다.

"항문을 말하는 것이냐? 항문이 왜?"

"쇳똥을 누는 항문이면 몰라도 말뚝으로 쑤셔대면 남아날 항문이 있겠습니까요?"

홍규동의 고개가 오필도에게 향했다.

"누가 말뚝으로 쑤셔댔느냐?"

"물론 금행이지요."

오필도의 대답에 홍규동이 머쓱해졌다.

그리고 우문하의 곁을 보니 기다란 말뚝 네 개가 굴러다니고 있는데 그중 하나는 피로 떡칠을 하고 있었다.

홍규동의 목소리가 가늘게 떨렸다.

"저걸로 금행이가 쑤, 쑤셨단 말이지?"

구잔양이 또 한 번 퉁명스럽게 말했다.

"솔직히 금행이가 쑤신 건 아니지요. 지가 좋아라 찔러댔지요…… . 금행이는 손가락 하나 까딱 안 했네요."

"스스로?"

듣고만 있던 도밀현이 놀랍다는 듯이 물었다.

구잔양은 귀찮다는 듯 귓구멍을 파내며 답했다.

"금행이 말로는 저놈이 남색을 즐긴다는뎁쇼?"

"내가 언제… 크허헉…… ."

우문하가 항변을 하려다 고약으로 떡칠한 제 엉덩이를 부여잡고 온 몸을 부르르 떨었다.

그 모습이 얼마나 소름 끼치던지 홍규동과 도밀현의 얼굴이 해쓱해졌나.

하지만 유일하게 진금행을 모르고 있는—알면 자신있게 문을 박차고 들어왔겠는가?—현통이 답답하다는 듯 물었다.

"그 22인분은 어디 있지?"

"튀었지!"

구잔양은 이놈은 또 어디서 굴러먹다 온 놈인가 생각하며 현통을 흘겨보면서 내나 짜증난다는 듯한 퉁명스런 목소리로 대답했다.

"튀어?"

강구의가 의아하다는 듯 말했다.

자신이 아는 진금행은 절대 도망갈 위인이 아니었기 때문이다. 태산이 무너져도 살아남을 놈이 뭐가 무서워서 도망을 간단 말인가?

자신만 해도 수하 200명을 대동하고서 큰마음을 먹고 여기에 자신의 손가락 2개와 잃어버린 인부를 찾으러 온 것이 아닌가!

물론 약간 이상한 기미만 보이면 언제든 되돌아 도망가겠다고 다짐하면서 말이다.

그런데 그런 놈이 도망을 가다니?

강구의의 도대체 이해가 가지 않는다는 듯한 얼굴을 보며 오필도가 말했다.

"여자 둘을 꿰차고 도망갔으니 멀리 못 갔을 겁니다. 쫓고 싶으면 지금이라도……."

"아항! 여자!"

강구의가 이제야 이해 간다는 듯 말했다.

먹을 것과 돈, 그리고 여자가 관계되었다면 어떤 짓이라도 할 위인이 진금행이기 때문이었다.

"옳구나! 부녀자 약취, 유인에 남의 집 처자 납치에 인신매매에 강간에… 이건 22인분이 아니라 40인분감이다!"

현통이 주절거리며 반색을 하며 살악포덕부를 넘겨 진금행이라고 써진 아래에 진금행의 악행을 적어 내려갔다.

"그런데 왜?"

홍규동이 물었다.

아무리 여자에 환장하는 진금행이지만 겨우(?) 여자 둘 때문에 튀어야 한다는 것은 조금 이상한 일이었기 때문이다.

구잔양이 귀를 파내던 손가락을 들어 훅 불어내며 말했다.

"그 꿰찬 여자가 아미파의 머리를 벌거벗은 암컷 땡중 하나와 무시무시한 검각의 여자니 문제가 아니겠습니까?"

"검각? 검각이라고?"

홍규동과 도밀현은 비명을 토해냈고, 현통은 이제야 인상이 겨우 구겨졌다.

구잔양은 귀찮다는 듯 이제는 눈까지 가늘게 감으며 말했다.

"검각에게는 마교가 그랬다 둘러댔다고 하드만… 내가 아는 일월신교라면 억울한 누명을 쓰고 가만히 있지는 않을 것이니……."

구잔양이 귀를 파던 손가락을 하나하나 꼽으며 말했다.

"가만 보자. 아미파, 검각, 마교……. 이번엔 금행이 머리가 좀 아프겠는걸?"

"마, 마… 마교라고?"

안 그래도 심장이 약한 도밀현이 고양이처럼 그르렁거렸다.

구잔양이 주위의 사람들을 훑어보며 싸늘하게 말했다.

"어이, 거기~ 도사 양반도 꽤 세 보이는데? 또 절각노의 위명도 이미 들은 바 오래고 …. 근데 상대는 진금행이야. 여기 모인 모든 사람들이 힘을 합한다 해도 진금행은 자신의 콧구멍 속의 코딱지만큼도 생각 안 할걸? 그러니 이 작은 구골문의 문주가 그 코딱지에 합세한다 해도 무게가 몇 근 더해질 리도 없고, 더더군다나 이 구잔양이는 전혀 그럴 생각이 없단 말이야! 그리고 말이야……."

구잔양이 현통을 보며 빈정거리며 말하다 뭔가 중요한 얘기가 있다는 듯 목소리를 낮추었다.

"그 엄청난 진금행이 무림맹과 얽힌 모양이야. 입으로 무림맹에 볼

일이 있다고 하는 걸 들었거든. 염효들이 가장 무서워하는 게 관리가 아니라 무림맹이거든. 그러니 방문좌도(傍門左道)와 사마외도(邪魔外道), 거기에 이름난 현문(玄門)과 백도(白道)들이 모두 힘을 합한 모양새가 분명한데……. 그래도 나 구잔양이는 진금행 쪽에 걸겠어. 당신 생각은 어때?"

이제는 노골적으로 비웃으며 현통을 보고 묻는데 어느덧 적어가던 붓 대롱을 떨어뜨린 현통의 얼굴이 미묘하게 굳어지며 어이가 없다는 듯 말했다.

"이, 이 물건은 적어도 백, 백 인분은 넘는 거 같은데?"

제 7 장

동곽 —마 총관 전음을 듣고, 동곽 마 총관을 말리다

동
곽

"어머? 좀 천천히 가요."

"헉헉, 천천히고 나발이고 따질 게재가 아니오!"

"그럼 그 나무토막 내가 업고 갈게요."

불연이 진금행 뒤에 업혀 있는 화소접을 들어 냉큼 제 등에 옮겨 업었다.

그제야 진금행이 긴 한숨과 함께 제자리에 멈춰 서서 큼직한 제 허벅지를 주물거렸다.

"그런데 소저의 스승은 어디쯤 있는 것이오?"

"아잉~ 불문에 든 사람보고 소저라니요. 아무튼 조금만 더 가면 되네요. 그런데 왜 제 스승님은?"

"아, 주인을 몰라보고 기어오르는 못된 원숭이가 몇 있어서요. 이번 기회에 작살을 내서 누가 주인인지 좀 알려주려구요."

"어머어머, 진 공자님에게도 그런 원숭이가 있었어요?"

불연은 진금행에게 묘한 동질감을 느끼며 말했다.

"그런 못된 놈들은 그저 양 콧구멍에서 쌍코피를 터뜨려 줘야 주제를 알더라구요. 그런데 아까 진 공자 친구 분께는 제 스승님을 피할 거라고 말씀하시지 않으셨나요?"

"똥은 똥이오. 몇 무더기 모아놓는다고 악취가 향기로 변할 리는 없지 않겠습니까. 제가 키우는 원숭이들을 가만 보아하니 못된 방귀를 뀌어 냄새를 피우려는 모양인데……."

진금행이 통통한 손을 움켜쥐어 흔들어 보이며 말했다.

"흥! 똥구녁을 막아 헛된 수작을 막아야 할 것 같아서 그렇습니다."

"아항! 그 원숭이도 또 친구 분들을 지칭하신 거로군요."

불연이 뒤늦게 깨달았다는 듯 말하다 킥 하고 웃었다.

"킥킥, 한데 그 남색을 즐기는 원숭이는 괜찮을지 몰라요. 제가 좀 더 보살펴 주어야 할 텐데요. 아잉~ 걱정이 되어서……."

"소저는 남색이 뭔지 아십니까?"

"아잉~ 말뚝으로 제 항문을 박는 별난 취향 아니에요?"

불연은 기다란 속눈썹의 예쁜 눈을 치켜뜨고 되려 되물었다.

진금행은 아미산의 이슬만 먹고 살아서인지 남녀 간의 일에는 도통 모르는 이 한심한(?) 여승을 안됐다는 눈빛으로 보면서 입맛을 다셨다 (왜 입맛을?).

"그런데 진 공자께서는 어찌 친구 분들이 나쁜 마음을 먹은 것을 아셨어요?"

"뭐 알고 말고 할 게 있겠소이까? 기어오르는 것은 벌레들의 책무요, 그것을 자근자근 짓밟아주는 것은 주인의 의무라오. 또 가장 좋은 주인은 아예 벌레들이 기어오를 생각을 버리게끔 만들어주는 것이니, 내이 책무를 어찌 무겁다고 버릴 수가 있겠소이까?"

진금행은 또 한 번 입맛을 다시며 말을 이었다.

"또 암컷은 발랑 뒤집어지는 게 책무요, 수컷은 그 위에 엎어지는 것이 의무니, 이것이 건곤(乾坤)이 만들어지는 이치요, 음과 양이 어우러짐에 대한 이치입니다. 내 한번 기회를 틈 타 자세히 일러주겠소이다."

불연이 진금행의 말에 이해를 못하겠다는 듯 눈을 깜빡거리고 있는데 저 멀리 무슨 소리가 들리는 것 같았다.

"어마! 제 스승님이 당도하신 모양이네요. 불연이는 인사를 드리러 가야 하네요."

불연이 생긋 웃으며 앞으로 폴짝 뛰어가는데 진금행의 눈길은 불연의 엉덩이에서 떨어질 줄을 몰랐다.

*   *   *

"개란 아가리 힘이 좋아야 한다! 아가리가 힘이 좋다는 것은 그 개가 힘이 좋다는 것을 뜻함이다. 힘이 좋다는 것은 잘 먹고 컸다는 것을 뜻함이니, 곧 발육 상태와 영양 상태, 그리고 그 살코기의 쫄깃함이 비길 데가 없다는 뜻이다."

추레한 몰골의 늙은 거지가 앞에 앉아 있는 어린 거지들을 바라보며 말했다.

그런데 가만 보니 그 늙은 거지의 앙상한 팔뚝을 커다란 개가 물고 좌우로 흔들고 있는 것이 아닌가.

으르릉! 크흐흥!

독이 바짝 올랐는지 앙칼지게 물고 늘어지는 개에게 태연히 팔뚝을 내주고 있는 늙은 거지는 아무렇지도 않다는 듯 말을 계속 이어가고 있었다.

"나는 괜찮지만 너희들이 개에게 물렸을 때는 피를 좀 흘릴지 모른다. 하지만 개방에 든 거지들이 어찌 피를 보았다 해서 먹을 것을 놓칠 수 있겠느냐! 피 몇 방울과 생채기 몇 개로 몇 근의 고기와 바꿀 수 있다면 이처럼 남는 장사가 없으며 바로 이것이 무림에서 말하는 '살을 주고 뼈를 발라내는 것'이다. 자자, 잘들 보거라."

늙은 거지가 고개를 돌려 제 팔뚝을 물고 늘어지는 개를 쳐다보았다.

그러자 갑자기 개의 꼬리가 내려가며 귀가 아래로 축 처졌다.

감히 늙은 거지와 시선을 못 마주치겠다는 듯 겁을 먹은 모양이었는데 도망갈 엄두를 못 내는지, 아니면 물고 있는 팔뚝을 놓으면 그 팔뚝으로 맞을 것임을 예감했는지 더 이상 으르렁거리는 소리도 내지 않았다.

늙은 거지는 제 팔뚝을 물고 있는 개의 입을 다른 한 손가락으로 열어젖혀 개의 이빨을 내보였다.

"자, 보거라. 무릇 무는 동물의 이빨이 그러하듯 이놈도 이렇게 생겼다. 즉, 이빨이 아래로 내려가면서 날카롭게 입 안쪽으로 휘어져 있다는 것이다. 이것은 한번 문 것이 빠져나가지 못하게 하려는 자연의 이치니라. 이럴 때 너희들은 분명 팔을 빼내려 하겠지?"

늙은 거지가 팔뚝을 밖으로 빼내려 하자 개의 머리통이 달려왔다.

개는 더 이상 조금 전처럼 무서운 개가 아니었다.

자신이 미친 듯이 물고 늘어졌던 인간이 어떤 인간인지 비로소 깨달

있는지 팔뚝에 달려오면서도 오줌을 지리고 있었다.

"이렇게 안쪽으로 날카롭게 이빨이 휘었기 때문에 한번 문 것은 절대 놓치지 않는다. 그래서 억지로 빼내려다가는 상처가 커지게 마련이고 맛있는 고기도 먹지 못하게 되는 것이지. 그럴 땐 어떻게 하느냐 하면 억지로 빼내려고 하지 말고 다른 팔로 일단 개의 뒷머리통을 잡는다."

늙은 거지의 왼팔이 제 팔뚝을 물고 있는 개의 뒷머리통을 감쌌다.

키이잉~

이미 빼도 박도 못하게 된 개가 불쌍한 눈을 두리번거리며 눈알을 불안한 듯 데굴데굴 굴리고 있었다.

"자자, 이렇게 꽉 잡고는 물린 팔뚝을 입 안으로 밀어넣는 것이다. 아주 힘껏! 그럼 들어간 만큼 개의 입이 벌어지게 되어 있다. 또 이빨이 안쪽으로 휘었기 때문에 들이밀 때는 상처도 그리 입지 않지."

늙은 노인의 팔뚝이 개의 입 안으로 들어가자 개의 입이 점점 커다랗게 벌어지며 뒤로 물러나는데 뒤통수를 감싼 왼팔로 바싹 안으로 당겨 안으니 개는 그저 '캑캑' 대며 버둥거리는 수밖에 없었다.

"자, 이렇게 크게 벌어졌다 싶을 때 뒤통수를 잡은 손으로는 개의 코 부분을 잡고 물렸던 다른 손으로는 아랫턱을 잡는다. 이제부터가 가장 중요한 때이다. 이렇게 양쪽으로 벌어진 입을 잡고는 힘껏 옆으로 벌리는 것이다! 이렇게!"

쭈아악~

개는 늙은 거지의 양손에서 양단이 되었다.

늙은 거지가 개를 반으로 찢는 중간에 두 손이 기묘하게 흔들리는가 싶더니 묘하게도 개의 가죽만 양손에 남고 벌건 김이 모락모락 나는 고깃덩어리만이 털썩 아래로 떨어졌다.

"우와아~"

옹기종기 모여 앉아 있던 꼬마 거지들의 입에서 탄성이 저절로 튀어나왔다.

"어떠냐! 바로 이것이 님도 보고 뽕도 따고, 도랑 치고 가재 잡고, 누이 좋고 매부 좋고, 개 잡고 가죽 얻는 일석이조의 방법이 아니더냐! 크하핫!"

감탄한 눈으로 쳐다보던 한 꼬마 아이가 슬그머니 손을 들어 올렸다.

늙은 거지는 한참 자신의 재주를 자랑하는데 코밑에 누런 코를 덕지덕지 고드름처럼 달고 있는 꼬마 거지가 질문이 있다고 하자 고개를 끄덕여 보였다.

꼬마 거지가 조심스레 주위 눈치를 살피다 작은 목소리로 말했다.

"저, 개 잡고 가죽 얻는 건 알겠는데 누이 좋고 매부 좋다니요? 그럼 누이 아가리를 찢고 매부 털가죽도 벗겨야 하나요?"

"엥?"

늙은 거지가 한심스럽다는 눈으로 꼬마를 쳐다보다가 난데없이 옆에 앉은 젊은 거지의 뒤통수를 후려쳤다.

따악!

"커허헉~"

젊은 청년 거지가 제 뒤통수를 부여 잡고는 눈물을 글썽이며 물었다.

"아이씨, 왜 때려요!"

"이놈아! 아무리 우리 개방(丐幫)에 인재가 없다고 해도 저런 놈들을 받아들이면 어떻게 하느냐! 덜떨어진 거지는 너 하나면 이미 차고 넘칠 지경인데!"

늙은 거지는 한참을 볼따구니가 부은 채 심통이 나 있는 청년 거지를 보다 고개를 들어 꼬마 거지들을 보며 말했다.

"이 초식은 원래 타구봉(打拘棒)으로 해야 하는 것이다. 하지만 이 몸과 같이 손에 무기가 필요없는 경지가 된 사람에게 무슨 타구봉이 필요하겠느냐. 이 두 팔과 두 다리가 타구봉이나 진배없는 일인데 말이다! 험험, 암튼 다음엔 타구봉으로 개 두드려 잡는 방법과 털을 어떻게 벗겨야 제 맛이 나고 가죽도 상하지 않는지에 대한 강의를 하겠다. 그리고 너!"

그리고는 아까 덜떨어진 질문을 하던 꼬마 거지를 바라보며 말했다.

"너는 저번 강의료도 내지 않았다면서? 이놈이 늙은 거지의 삶의 지혜를 날로 먹으려 들다니! 못된 놈 같으니라구! 다음 강의 때는 돈이 없다면 옆집 닭이라도 훔쳐 내와야 할 것이다! 고얀 놈 같으니라구!"

야단 맞은 덜떨어진 꼬마 거지가 실실 게걸음을 걸어 일행과 함께 나가자 늙은 거지가 아까 뒤통수를 때린 청년 거지를 쳐다보며 말했다.

"찾았어?"

"누구요?"

청년이 아직도 볼이 부어 퉁명스럽게 말했다.

"이놈의 아가리를 그냥 콱!"

늙은 거지가 두 손을 들어 올리며 말하자 곧 청년이 헤실거리며 굽신거렸다.

"헤헤, 육(陸)씨 꼬마 말이로군요."

늙은 거지는 들어 올렸던 손을 아래로 내려 아직도 더운 김을 내는 개의 알몸을—알몸도 이런 알몸이 없다—주섬주섬 걷어 올리더니 옆에 끓고 있던 솥에 집어넣으며 말했다.

"그래, 찾았냐?"

"찾았다고도 볼 수 있지요."

"볼 수 있다니?"

이번엔 개 가죽을 정성스럽게 말던 늙은 거지가 눈꼬리를 위로 올리며 쏘아보았다.

"힘들게 어디서 사는지 겨우 알아냈는데… 사라졌구만요."

"사라지다니? 개방의 후개(後丐)란 놈이 그리 말할 수 있는 것이냐?"

'제기럴, 후개라 해봐야 거지 아닌감? 거지가 뭘 어떻게 하라구!'

개방의 차기 방주로 점 찍혀 몇 년째 후개로서 착실한(?) 수업을 받던 주개육이 내심 투덜거리면서도 겉으론 헤실대며 말했다.

"아무리 저라도 그렇습니다요. 세상 아무도 모르게 비밀리에 일을 처리하려고 하니 어렵습니다요."

"이번에 네놈이 맡은 일이 가벼운 게 아니다."

늙은 거지, 아니, 천하제일방파인 개방의 방주 목사진은 아까의 경망스럽고 주책맞던 모습에서 진지한 모습으로 어느덧 돌아와 있었다.

"무림맹이 심상찮게 얽혀 돌아가는 것은 네놈도 알 것이다. 또 마교도 예전과 다르다는 얘기도 들리고 있고. 그러니 천하무림이 어떻게 될 것인지 지금 아무도 알 수 없단다. 육씨 꼬마가 과연 어떤 놈인지 모르겠지만 그 꼬마 어깨에 무림 평화가 달려 있을지 모를 일이야. 그러니 자연 비밀리에 처리해야 마땅하지 않겠느냐? 그래서 내가 아무에게도 알리지 말고 비밀리에 직접 알아보라고 특별히 너에게……."

목사진이 두 눈을 지그시 감고 무림 형세와 후개의 막중한 책임을 논하다 눈을 뜨고 보니 이 후개란 놈이 어느새 솥 옆에 가 아까 자신이 힘들게(?) 잡은 개의 코를 뜯어 먹고 있는 것이 아닌가!

"이놈의 거지 놈이 눈에 뵈는 게 없구나!"

솥 밖으로 삐져 나와 있는 발가벗은(?) 개의 눈알에 개방 방주 목사진이 후개 주개육을 그야말로 개 잡듯 잡아대는 모습이 비쳤다.

가죽도 벗겨진 채 반쯤 삶아진 개의 머리가 왠지 웃는 모습으로 보이는 것이 무슨 연유인지 아는 사람은 없으리라.

*　　　　*　　　　*

"3일 후면 무림맹이로군. 그래, 무림맹의 일은 대강 매듭 지어놓을 준비가 되어 있는가?"

진충덕이 물었다.

"예, 대강은 그러케 해뜹니다요. 남들이 보믄 그저 당샤꾼이 물품 몇 개를 무림맹에 납품하는 걸루다 알 껍니다요."

마 총관이 혀를 낼름거리며 납했다.

"근데 그분께던 왜 당듀님을 만나려고 하는 걸까요? 연을 끊고 디낸 디가 몇띱 년은 디났는데요. 거탐, 떱떱하넹……."

진충덕의 양쪽 눈썹이 가까워졌다.

마 총관은 그 가까워진, 하지만 아직은 먼 자리에 머물러 있는 양 눈썹을 보면서 내심 가슴을 쓸어 내렸다.

진충덕의 심기라 편치 않음은 이미 알고 있었지만 이번에는 그것이 자신의 잘못이 아님을 알고 있기 때문이었다.

"마 총관도 조심하게. 혹시 마 총관의 본모습을 아는 사람이 맹 안에 있을지도 모를 일 아닌가."

"걱떵 없뜹니다요. 날 아는 넘들은 대강 다 듀근 거 같뜹니다요."

"휴우~ 그래도 조심, 또 조심해야 할 것이야. 그러지 않았다간 몇십 년의 공든 탑이 한순간에 무너질 테니 말일세."

"그래야디요. 도띰하겠뜹니다요."

마 총관은 마지못해 맞장구를 치면서도 그 몇십 년간의 공든 탑이란 게 뒤룩뒤룩 살이 찐 얄미운 진금행이라는 것을 알아차리고는 자신의 주인을 향해 속으로 욕을 내뱉었다.

그런 마 총관의 속을 알지 못하는 진충덕은 마 총관의 인상이 구겨진 것이 그저 소주인의 안위를 걱정하는 충복(?)의 모습이라 생각하고는 내심 흡족했다.

'금행이가 인물은 인물이야. 저 무서운 마불통을 저처럼 충심으로 따르게 만들었으니 이 못난 아비보다는 크게 될 놈이 틀림없어!'

한결 말투가 나긋해지고 부드러워진 진충덕이 마 총관에게 다시 물었다.

"문추룡에겐 얘기를 전했는가?"

"던하긴 했뜹니다요. 걱떵 마떱디요. 튜룡이가 덩딜이 디랄맞긴 해도 일텨리는 깔끔하디 않뜹니까요."

두 상반된, 그것도 극과 극을 달리는 뚱뚱함과 비쩍 마른 두 주종이 조심스레 대화를 나누고 있는 사이로 점소이가 끼어들며 탁자를 소리나게 닦아대었다.

그리고는 그저 건성으로 물었다.

"저기, 합석하셔야겠습니다. 그래도 괜찮으시겠죠?"

점소이의 건방진 태도에 마 총관의 눈이 붉게 충혈되고 혀가 길게 튀어나오는 것을 진충덕이 짐짓 고개를 가로질러 제지하며 점소이에게 답했다.

"길 나서면 사해가 동포라 하지 않았는가. 괜찮네."

하지만 점소이는 진충덕의 말은 듣지도 않은 채 뒤를 돌아보며 말했다.

"여기로 앉으십시오."

진충덕이 자리에 와 앉는 사람을 보니 얼굴에 '나 고수다' 라고 쓰여 있는 듯한 선풍도골(仙風道骨)의 노인네와 노인의 손녀딸로 보이는 아리따운 소저였다.

"실례하겠소."

"예, 띨레하띱띠요."

노인의 사례로 건네는 말에 퉁명스레 받아넘기는 마 총관을 진충덕이 눈을 흘겨 떠─정말? 그 눈에?─쏘아보고는 '흠흠' 하고 겸연쩍어하며 자리에 앉는 노인과 여자에게 미소를 지어 보였다.

곧 노인과 소녀가 주문한 음식이 나오자 노인이 인자한 눈빛으로 여자를 보며 말을 건넸다.

"네가 무림맹의 천향각주(天香閣主) 눈에 들지는 몰랐다. 네 재주가 오라비보다는 한결 나은 바 있으니 무림맹에 너의 이름이 울려 퍼질 날만 할아비는 기대하고 있겠다."

"아이참, 할아버지두……."

여자가 귀엽게 코끝을 찡그리며 웃는데 그 모습이 아름다우면서도 깜찍했다.

진충덕이 그 모습을 멍하니 보다 마 총관에게 불쑥 물었다.

"금행이 나이가 어떻게 되지?"

"먹을 만큼은 먹었뜹니다요."

마 총관은 대답하면서도 속으로 생각했다.

'아무거나 처먹는 넘이 나이인들 안 처먹을라구! 먹고 돼디디만 않는다믄 똥도 처묵을 놈인데!'

"이제 금행이도 장가가야 할 텐데, 내 몸이 더 부실해지기 전에 손자 놈을 안아봐야 하지 않겠는가. 물론 금행이의 몸을 손보아야 하지만 말일세."

'부딸? 부딸이라고? 당듀가 부딸하믄 난 뭔가?'

진충덕의 거대한 엉덩이 아래서 아까부터 비명을 질러대는 의자를 멍하니 바라보며 마 총관은 대답할 말을 찾지 못했다.

그리고는 결혼한 진금행의 모습을 머리에 떠올려 봤다.

'큰 띤금행만 해도 골티 아픈데……. 또 부부는 닮는다는데 딘금행 달믄 띤금행 마누라, 그리고 둘 사이서 만들 따근 띤금행, 아니, 그 따 딕이 하는 띳거리를 보믄 따근 띤금행이 뚜띱 명은 될 거야. 그럼 띤금 행이 뚜띱 명으로 불어난다는 거 아니겠어? 후와~ 이 마 통관이 아예 디옥으로 데 발로 걸어가지 그 꼴은 도저히 못 본다.'

마 총관이 고개를 탁자에 박아 넣고는 혼자 미친 듯 중얼거리는 것에는 전혀 신경 쓰지 않은 채 진충덕은 그저 곁에 앉은 아리따운 처녀에게만 시선을 두고 있었다.

"소하야, 천향각(天香閣)에 들더라도 너는 가문을 잊으면 안 된다. 다행히 네 오라버니가 백호당(白虎堂)에서 맹활약을 하고 있어 이 할아비 마음이 편하지만 너까지 무림맹에 들었으니, 허허… 네 행동 하나

하나가 우리 가문을 대표하는 것이라는 것을 잊지 말고……."

다정스럽게 노인네가 예쁜 소녀에게 일러주는 가운데 웬 헌헌장부가 탁자 곁으로 와서 아는 척을 했다.

"응양문의 서 권사님이 아니십니까?"

"자네는?"

"저는 현무당의 유하라 합니다. 서 권사님의 손자 분과는 친구가 되지요."

"아! 그럼 군표의 친구가 되는구먼. 반갑네."

"도리어 제가 먼저 찾아뵙고 인사를 드려야 마땅한데 이렇게 무림맹으로 향하는 중간에 뵙게 되어 죄송할 따름입니다."

"아니네, 아니야! 강호동량들의 바쁨은 이미 알고 있다네. 그래, 우리 군표는 잘해가고 있는가?"

"예, 요즘 백호당에서 쏟아져 나오는 이름이 서군표 석 자라는 말이 있을 정도입니다."

"허허, 설마 그러기야 할려구. 아무튼 반갑네그려. 무림맹까지는 아직 3일 정도 남은 길이라 적적할 듯싶었는데 정말 잘됐구먼."

"예, 가는 길을 제가 모시겠습니다."

서로 인사와 덕담을 나누는 것을 보니 다가와 인사를 청한 젊은 사내는 검은색의 무복을 걸치고 왼쪽 가슴에는 '맹(盟)' 자라고 금박 입힌 글자를 새겨 넣었다.

무림에 무슨무슨 맹이란 이름이 붙은 방파가 한두 개가 아니지만 그저 맹이란 한 자로 통용될 수 있는 곳은 무림맹 하나뿐이었다.

유하란 사내가 응양문의 문주인 서청암에게 대강 인사를 하고 나서 서청암 앞에 앉은 서소하에게 시선을 건넸다.

"소저가 군표의 동생 되시는 소하 소저시군요. 군표가 어찌나 동생 자랑을 늘어놓는지 그 십 분의 일도 믿지 않았거늘 이제 보니 군표의 입심이 너무나 형편없는가 봅니다. 이렇게 아리따우신 분을 두고 겨우 경국지색 운운했으니(이 자식 아무래도 꾼인 거 같다)."

"별말씀을."

서소하가 양 뺨을 발그레 물들이며 눈을 아래로 내리깔았다.

"군표를 만나러 행차하신 모양이군요."

"음, 군표를 만나보기도 하겠지만 다른 용무가 있어 찾아가는 길이 네. 내 자랑 같지만 며칠 후부터는 무림맹의 천향각에서 서소하란 이 름 석 자가 쏟아질지도 모르겠네."

"아니, 그럼 서 소저께서 천향각에 드신단 말씀이십니까?"

"허허! 그렇다네."

"아이고, 이런. 앞으로는 세상에 모든 여자들이 눈물을 펑펑 흘리겠 습니다."

오라버니의 친구요, 헌헌장부인 유하를 보자 부끄러움에 고개를 숙 였던 서소하가 의아한 듯 고개를 들어 유하를 보았다.

"하늘이 공평하지 못해 누구는 미모가 있으면 재모가 부족하고, 또 머리가 그런대로 좋다 하면 미모가 달리는 법인데 서 노권사님의 손녀 분께서는 미모도 뛰어나신 데다가 천향각에서 청해 모실 정도라니, 세 상의 어느 여자가 원통한 눈물을 흘리지 않겠습니까(이 자식 분명 꾼이 다)."

생긴 것도 번듯한 데다 입에 기름을 칠했는지 느물거리는 말도 잘도 토해내니, 서소하가 부끄러움에 더욱 고개를 숙여도 그 눈빛은 기꺼운 빛이 역력하고 서청암의 웃음소리는 더욱 커져만 갔다.

'띠발, 달도 놀아나는구나!'

마 총관은 속으로 욕설을 퍼부었다.

누구는 머리 속에서 큰 진금행 하나와 그 진금행과 같은 방을 쓰게 될 조금 큰 암컷 진금행, 그리고 그 둘이 신나게 까놓을 작은 진금행 수십 명이 '손에 손 잡고 벽을 넘어서 우리 사는 세상 아름답게 개관을 쳐보자' 는 내용의 노래를 부르며 고래고래 고함을 질러대는 통에 골치가 아파 죽겠는데 옆에서는 훈풍이 연풍으로 바뀌며 훈훈하게 불어오자 눈꼴이 시기 이루 말할 수 없었다.

"그런데 무슨 큰일이 생겼나 보군. 무림맹의 큰 기둥인 현무당이 맹을 나왔으니 말일세."

좋은 얘기를 들은 보답인지 유하가 속해 있는 현무당을 높게 쳐주며 서청암이 물었다.

"요즘 맹이 어수선해서요."

"왜? 무슨 일이 있는가?"

"남궁세가 놈들이……."

인상을 찡그리며 불만의 말을 늘어놓던 유하가 곧 입을 디물었다.

아무래도 주위의 귀가 염려되는지 진충덕과 마 총관을 훑어보았다.

하지만 이루 말할 수 없이 뚱뚱한 중년인은 졸린지 눈을 감고 있었고—진충덕은 지금 눈을 크게 뜨고 귀 기울여 듣고 있는 중이다—그 앞에 앉아 있는 바싹 마른 노인네는 고개를 탁자에 처박고는 입을 오물거리며 단잠에 빠져 있는 것처럼 보였다(지금 마 총관은 머리 속에 그려지는 '진금행 식솔' 들 때문에 입으로 연신 '띠발띠발' 을 연발하고 있는 중이다).

유하는 그래도 안심이 되지 않았는지 쉽게 말을 잇지 못한 채 주저주저하다 간신히 몇 마디를 토해놓았다.

"아무래도 맹주께서 후손을 보지 못하시니 일곱 제자들은 하나같이 잘났다고 설치며 맹주 자리를 노리는 데다가… 아무튼 자세한 것은 맹에 도착하시면 군표에게 물어보십시오."

"휴우~ 대강 들어봐도 복잡하긴 하지만 그래도 정의를 위해 활동하는 무림맹이니 좋게 해결될 것이네."

응양문의 서청암과 유하가 서로 무림맹에 대한 일을 얘기하고 있을 때였다.

진금행과 앞으로 있을 진금행의 혈족들을 입을 오물거리며 한참 신나게 씹어대는 마 총관의 귀에 길게 이어지는 전음이 들렸다.

"달빛 아래 커다란 나무 그림자, 뿌리는 천 년이로다."

'어라? 이건 또 뭐냐?'

오물거리던 마 총관의 입이 뚝 멈춰졌다.

"맞소? 그럼 머리를 긁으시오."

마 총관의 오른손이 뒤통수를 신경질적으로 긁어대었다.

'음, 그럼 그 나무 그림자의 가지는 모두 몇 개인 줄도 아시오?'

'때끼야! 달뺏, 나무, 턴년, 그거 다 나를 가리키는 말인데 내가 모르면 누가 알겠냐!'

마 총관이 긁던 오른손을 들어 손가락을 바싹 폈다.

"아니, 몇 개인지 확실하게 표시하시오."

탁자에 머리를 박고 있던 마 총관의 얼굴이 짜증으로 구겨졌다.

'이 때끼 꼴통이네. 확딸한 것도 좋디만 대강 알아먹어야디!'

마 총관은 천천히, 그러나 성질이 나 있다는 것을 알려주려는 듯 머리를 탁자에 천천히 다섯 번을 찧어댔다.

쿵~ 쿵~ 쿵~ 쿵~ 쿵~

유하와 서청암, 그리고 서소하가 놀란 눈으로 마 총관을 보았다. 하지만 그저 자다가 꿈이라도 꾸는 모양으로 생각했는지 곧 관심을 돌려 얘기를 계속해 나갔다.

"귀하가 맞는 것 같구려, 그럼 귀하에게 전하겠소. '세상에 억세게 운 좋은 사람을 세상에서 가장 운 나쁜 사람이 가추호(嘉秋湖) 북변 공터에서 만나뵙기를 청합니다'. 알아들었소?"

마 총관이 뒷머리를 또 한 번 긁어 알았다는 표시를 취했다.

"알아들었냐고 물었소!"

마 총관이 인상이 또 한 번 구겨졌다.

'아, 환장하겠네. 이 때끼 딴따 꼴통이네!'

마 총관은 슬머시 몸을 일으켜 의자에 등을 기대앉았다.

그리고는 아직 잠에 취해 있는 모습으로 가장한 얼굴을 위아래로 흔들었다.

하지만 아주아주 성실(!)하고 확실(!)한 의사 표현에도 불구하고 전음성이 또 한 번 들려왔다.

"알아들었다는 표시오?"

마 총관은 발작하려는 자신을 간신히 억누르며 보다 크게 머리를 위아래로 끄덕여 충분히, 너무나 충분히 알아들었다는 뜻을 나타냈다.

"흠, 알아들었다는 표시로 받아들이겠소."

마 총관은 이제야 뜻이 통했구나 싶어 내심 안도의 한숨을 내쉬는데 귓가로 다시 한 번 전음성이 들려왔다.

"그 고갯짓을 알아들었다는 표시로 받아들여도 괜찮겠소? 괜찮다면 괜찮다고 몸짓으로 내게 알려주시오."

마 총관은 더 이상 참을 수가 없었다.

괜찮다는 의사 표시를 하는 거야 어렵지 않았지만 힘들게 의사를 표해도 또 한 번 '괜찮다는 표시로 받아들여도 괜찮겠소? 괜찮다면 괜찮다는 의사 표시로 알려주시오' 할 게 너무도 뻔한, 정말이지, '띨띨한 놈'이 분명해 보였기 때문이다.

잠결인 것처럼 이를 으드득 갈아대며 잠꼬대 치고는 너무나 커서 주루에 든 모든 사람들이 모두 다 확실히 들을 수 있도록 잠꼬대를 가장한 고함을 질러댔다.

"으드득, 띱때끼야! 달 들었어! 아듀 달 들었다고!"

갑작스런 변고에 놀란 주루의 모든 시선이 마 총관을 향했다.

전음을 발한 사람도 찔끔 놀랐는지 기어 들어가는 목소리로 전음을 발했다.

"어허! 그렇다고 해서 그렇게까지⋯⋯. 나도 중요한 내용이 아니었다면 이렇게까지는 안 했을 것이오. 피차 주군을 모시는 처지에 이런 중대한 명을 받았으니 다시 한 번 확인하는 것이 당연하지 않소. 내 말 알아듣겠소?"

마 총관은 성질이 나서 버럭 고함을 질러댔지만 저 인간도 오죽 모시는 주인에게 호되게 당했으면 저렇게 멍청해졌을까 싶어 불쌍한 마음도 들었다.

설령 저놈이 모시는 주군이 진금행의 반의 반의 반 정도의 악한 놈이라 해도 참으로 불쌍하기 그지없을 인생을 살아온 놈임에 분명한 일이었다.

그래서 다시 잠에 빠져든 모습을 가장하며 고개를 끄덕였다. 그제야 주루 안의 사람들도 웬 노망난 노인네가 악몽을 꾸었나 보다며 관심을 돌렸다.

졸지에 노망난 노인이 잠꼬대를 한 꼴이 되어버린 마 총관이 긴 혀를 놀리며 쩝쩝대고 있을 때 또다시 전음성이 날아들었다.

"내 처지를 이해했다는 표시오? 그 표시가 맞으면 맞다고 표시를……."

마 총관은 더 이상 참을 수가 없었다.

"괜탄아! 괜탄타고! 다 알아먹었다고! 이 개때끼가 홧병으로 다람 뒤딥어디는 꼴을 볼려고 이러나!"

벌떡 일어나 고래고래 고함을 지르는 마 총관을 주루의 사람들은 멍하니 쳐다보았다.

악몽을 꾸던 참인지 두 눈은 붉게 충혈되었고, 혀는 축 늘어져 낼름거리는 이상한 노인네가 참으로 무섭다고 사람들이 느꼈을 때, 그 앞에 앉은 뚱뚱한 중년인이 힘들게 몸을 일으켜 '어허, 자네 몸이 허해졌구먼. 주루에서 졸다 이 무슨 망칙스런 꼴인가! 자자, 나가세나. 창피해서 못 있겠구먼' 하고 팔을 끌다시피 나가는 것을 볼 수 있었다.

공포에 질렸던 사람들이 그제야 별의별 시답지 않은 꼴을 다 본다고 피식거리며 웃었다.

하지만 그게 끝이 아니었는지 마 총관의 귀에는 그 환장할 전음이 또 한 번 들려왔다.

"미안하오. 하지만 그렇다고 그렇게까지……. 아무튼 난 돌아가겠소. 음, 혹시 몰라 묻는 거지만… 내가 그냥 이대로 돌아가도 되겠소? 된다면 된다는 의사 표시를……."

유하와 서청암은 조금 전까지 곁에서 졸던 노인네가 바깥에서 고래고래 고함을 지르는 것을 들을 수 있었다.

"야, 이 개때끼야! 가! 가란 말이야! 다띤 오디 마! 너, 내 눈에 띄믄 그날로 듀~ 우~ 거! 알았떠? 알았으면 알았다고 표시를 해봐, 이 개 때끼야! 너도 표시를 해보라구~"

놀란 서청암이 고개를 돌려 밖을 내다보자 추레하고 비쩍 마른 노인 네가 길 가운데서 길길이 뛰고 있었다.

그 옆에서 제 몸 하나 간수하기도 벅차 보이는 뚱뚱한 중년인은 성 난 말을 끌다시피 괴상한 노인네를 길가로 끌고 가고 있었다.

"참 괴상한 노인네군요. 알아듣지 못할 짐승 소리로 울부짖질 않 나……."

유하가 어의가 없다는 듯 말하자 서청암이 혀를 차며 말했다.

"쯧쯧, 남의 일 같지 않구먼. 나도 나이가 들어 뼈가 하루가 다르게 물러지는 게 느껴지니, 저 꼴 되기 전에 일찍 죽어야 할 것 같네."

"할아버지, 그런 말씀 하지 마세요. 어디 비교할 데가 없어 저런 노 망난 노인네와……. 앞으로 제가 잘 모실게요."

서소하가 눈을 흘겨 뜨다 제 할아비 손을 부드럽게 보듬어 잡으며 말했다.

그때 점소이가 다가와 진충덕과 마 총관이 앉았던 자리를 재수없다 는 듯 수건으로 쓸어냈다.

쩍!

바로 그때, 흡사 먼지가 날리듯 탁자 귀퉁이가 허물어지며 사라졌 다.

탁자가 조각난 것도 아니고 말 그대로 먼지처럼 허물어지더니 흔적 도 없이 바스라져 있는 것이 아닌가!

점소이의 눈이 부릅떠졌다. 아니, 점소이의 눈뿐만 아니라 바로 곁에 있던 유하와 서청암의 눈도 부릅떠졌다.

유하와 서청암이 오늘 참 못 볼 꼴을 참 많이도 본 데다가 믿지 못할 괴사도 여러 번 겪는다고 생각하며 벙찐 표정을 짓고 있었지만 그중에 아무도 깨닫지 못했다.

바로 탁자의 허물어진 부분이 마 총관이 짜증난 얼굴로 머리를 다섯 번 내리찧었던 곳이라는 것을…….

*   *   *

가추호.

'아름다운 가을의 호수'란 이름이 붙은 넓은 호수에는 달빛이 아름답게 너울대고 있었다.

달빛이 부서지며 일렁이는 파문을 따라 북쪽으로 가다 보면 호수 위쪽으로 너른 공터가 자리 잡고 있었다.

그곳에 마른 체형에 큰 키의 한 인영이 떨어져 내렸다.

온몸을 남색의 천으로 감싼 채 두 눈만 빼꼼히 내놓아 나이나 신분을 짐작할 수가 없었다.

사내가 공터 가운데에 우뚝 서서는 팔짱을 낀 채 무언가를 기다린 지 일각여가 흘렀을 때였다.

맞은편 숲 속에서 검은 옷으로 온몸을 감다시피 한 복면의 사내 열한 명이 몰려 나왔다.

혹시 누구의 눈에 뜨일까 발걸음도 죽인 채 아무런 기척도 없이 다가온 열한 명을 먼저 다가와 있던 남색의 복면인이 조롱의 눈빛으로 바라보았다.

뒤늦게 나타난 열 명의 무리를 이끄는 듯한 한 사내가 나서며 물었다.

"귀하께서는……."

하지만 먼저 와 있는 남색 복면인은 그저 조롱의 눈빛을 띨 뿐 아무런 말도 하지 않았다.

그러자 처음 말을 꺼냈던 사내가 답답했는지 말을 이었다.

"이렇게 이 자리에 나오셨다면 먼저 신분을 확인시켜 주셔야 하지 않습니까!"

하지만 오만한 남색 복면인은 팔짱을 풀지도 않은 채 그저 턱으로 맞은편의 사내를 가리킬 뿐이었다.

"흠흠, 물론 우리도 우리의 신분을 밝혀야 하겠지만 그보다는 먼저 귀하의 신분을 알아야 하겠소이다. 가추호에서 우리가 만날 사람이 맞는지 알려면."

남색 복면인이 흑의인의 말을 자르며 일갈했다.

"띨빵한 놈……."

한참 말을 이어가던 흑의인이 벙찐 표정으로 남색 복면인을 쳐다보았다.

그러다 침을 꿀떡 삼키고는 조심스럽게 물었다.

"가추호에서 만나기로 한 분 아니십니까?"

"틸틸, 네놈들이 아무리 개대가리를 굴린다 해도 금행이보다는 한탐 아래야! 어디서 덩보를 얻어서 여기 나타났는지 모르겠다만 약똑한 곳과 다람 모두 틀렸다."

"약똑? 다람? 금행? 무슨 말씀이신지 모르겠습니다. 여기가 가추호가 아닙니까? 가추호에서 만나뵙기로 했지 않습니까?"

"야, 이 멍텅한 놈아! 네놈이 아무리 수닥딜을 피워도 오늘 여기 오 떨 분의 정테를 알아내딘 못할 것이다! 네가 어떤 놈인디 몰라도 왜 우 리 덩테를 알아내려는 것인지 내가 알아봐야 하겠다."

곧 남색 복면인은 빼빼 마른 신형을 길게 늘이며 앞선 복면인들을 덮쳐 갔다.

복면인을 이끌고 왔던 사내는 일이 틀어졌다는 것을 곧 알 수 있었 다.

'제기랄! 가추호에서 만날 것이란 정보가 잘못되었단 말인가? 그건 그렇고, 이놈은 우리가 나타날 것을 어떻게 알았지?

생각은 길게 이어지지 못했다.

생각을 하고 안 하고를 떠나 생각할 머리통을 잃어버릴지도 모를 만 큼 남색인의 손속이 너무나 빠르고 매서웠기 때문이다.

하지만 흑의인들의 무공도 만만치 않았는지 곧 검을 빼 진의 대형을 갖추고는 나름대로 반격을 가해왔다.

남색의 복면을 쓴 마 총관은─이미 눈치 채고 있었지?─신나게 그 진 사이를 오가며 낮에 쌓인 울화를 풀어내었다.

마 총관의 기다란 두 손이 실게 늘어졌다 멀리 휘돌아 내리며 흑의 인들의 머리통을 언제든 뚝막 따버리겠다는 듯 매섭게 허공을 갈라갔 다.

또 두 발은 기묘하게 얽히어 돌며 무릎을 굽혀 차 올렸다가 길게 내 질러 디디며 허리를 비틀 때마다 흑의인들의 등 뒤, 겨드랑이 사이로 마 총관의 신형이 불쑥불쑥 나타났다 사라지곤 하는 것이 도깨비의 장 난을 보는 듯했다.

'세상에 이런 고수가! 이건 문무쌍위보다 더하면 더했지 못하지 않

은 수준이 아닌가!'

흑의인은 놀라 혀를 빼물며—긴 축에 들긴 하지만 마 총관에 비하면 애들 장난이다—헛바람을 목구멍으로 들이켰다.

자신과 열 명의 은비수(隱比手)라면 설령 무림맹의 맹주라도 얼마간 은 버틸 것이라 계산했다.

전성기의 맹주라면 어림도 없을 얘기긴 했지만 이미 맹주도 늙었으 니 아무리 못해도 밥 한술 뜰 시간 정도는 버틸 것이라고 생각했다.

하지만 서역에서 온 것이 분명해 보이는—괴상한 발음으로 미뤄보아— 정체 모를 사람과 몇 수 겨루어보지도 못한 채 일방적으로 자신들이 밀리는 것이 아닌가!

무공이 이루 말할 수 없이 높은 사람임에 분명했지만 무림맹주에게 도 얼마간은 버틸 거라 생각했던 자신들이 밀리는 이유는 다른 것이 아니라 저 앙상한(?) 몸에서 뿜어져 나오는 기기묘묘하고 듣지도 못하 고 보지도 못한 괴초식들 때문이었다.

'이 사람은 도대체 누구지?'

흑의인은 자신의 몸을 돌보기에도 위태위태한 지경이라 진을 짜 간 신히 막아내고 있는 은비수들을 전혀 도와줄 수 없는 입장이었다.

어쩔 수가 없었다.

무림맹주가 만나려는, 그것도 무림맹을 벗어나 바깥에서 비밀리에 만나려는 사람이라면 보통 사람이 아님이 분명했다.

무림맹주가 도착하기 전에 그 사람이 누군지 알아보려던 일이 잘못 된 정보로 인해 생사를 담보할 수 없는 지경이 된 것이니 본신의 실력 을 숨기기에는 너무 늦은 듯이 보였다.

"죽여라!"

흑의인이 일갈하며 검을 내뻗는데 그 검끝이 스친 공간에 새파랗게 자취가 남았다.

츄아악!

흑의인의 일갈에 힘입은 듯 몰려 있던 열 명의 검이 일제히 파란 요기를 드러내며 마 총관의 허리를 잘라갔다.

분명 조금 전에는 보지 못한, 아니, 드러내지 않았던 검법임이 분명했다.

마 총관도 어쩔 수 없는 듯 허공을 돌아 처음 섰던 곳으로 내려섰다.

그리고는 긴 혀로 제 입을 훑는다는 것이 제 코까지 다시 한 번 쓰윽 닦아내고는 입맛을 쩝쩝 다셨다.

"텁텁."

마 총관의 눈이 싸늘하게 빛나며 앞에 서 있는 열한 명의 복면인을 훑어보았다.

"틸틸, 남궁가에서 드디어 칼을 뽑으셨군 그래. 남궁명(南宮明)이 화딴파와 무텬 노인의 검을 섞어 검각의 검법보다 더 나은 때로운 검법을 만든다고 끙끙거리더니만 됴은 검법을 만들었군 그래. 하나 칼을 달못 뽑았어."

흑의인의 눈이 찢어져라 부릅떠졌다.

자신이 휘두른 검법이 남궁가의 전 가주, 즉 남궁명이 창안한 새로운 검법이라는 것을 어떻게 한눈에 알아볼 수 있는가?

남궁가의 전 가주 이름을 개 이름 부르듯 쉽게 입에 올리는 저자가 대체 누구이길래 살초만으로 이루어져 비밀리에 전수된 검법을 살펴 그 안에 숨겨진 남궁가의 검로를 어찌 알아본단 말인가!

"왜? 내 말이 틀렸나? 됴아! 내가 틀렸는지 맞았는지 네놈 얼굴에 복면을 벗겨 무림맹에 데려가면 금방 알 뚜 있겠디!"

마 총관의 신형이 다시 한 번 길어진다 싶더니 흑의인의 머리 위에 어느새 조공으로 변한 마 총관의 손이 쪼개가고 있었다.

"헉!"

흑의인은 급히 검을 들어 태충도절의 수법으로 맞아갔다.

흑의인은 자신의 정체가 절대 밝혀지면 안 될 신분이었다.

설령 이 자리에서 죽는 일이 있더라도 제 얼굴을 으깨어 신분을 드러내지 말아야 할 비밀스런 임무를 맡고 있기 때문이었다.

하지만 남색 복면인의 손길에 제 복면이 벗겨질 시간이 점차 가까워진다는 것을 흑의인은 알고 있었다.

곁에 섰던 10여 명이 도와주러 달려왔지만 저 괴상한 남색 복면인의 신법에 놀아날 뿐 자신에게 그리 큰 도움이 되지 못했다. 아니, 그나마 짜임새 있게 갖추어졌던 진법이 허물어지며 도리어 상대에게 더 좋은 기회를 주고 있는 것이 분명했다.

"요놈! 이덴 끝이다!"

마 총관의 손이 검 사이로 기묘하게 꺾여들며 막 흑의인의 복면을 벗기려는 찰나였다.

쒸잉~

날카로운 파공성이 공간을 찢으며 마 총관의 뺨으로 파고들었다.

"으잉?"

놀란 마 총관이 신형을 뒤로 물리자 날카롭게 달려들던 암기가 땅에 깊이 박혀든 것을 볼 수 있었다.

마 총관은 무시무시한 위력과 엄청난 속도로 날아와 박힌 암기가 작은 솔방울에 지나지 않음을 보고는 남색 복면 사이로 붉게 충혈된 눈을 들어 솔방울이 날아든 곳을 쳐다보았다.

거기엔 청년 하나가 머리를 정돈하지 않아 여기저기 쭈뼛거리며 서 있고 옷도 단정하게 갖춰 입지 않아 구겨지고 흐트러진 매무새로 높은 나뭇가지에 등을 기대고 앉아 있었다.

흑의인이 그 청년을 보고는 놀란 비명을 토했다.

"오, 오 공자! 오 공자가 여긴 어떻게……!"

청년은 놀라 떠듬거리는 흑의인을 향해 말했다.

"남궁천! 네놈 간이 배 밖으로 나왔구나!"

청년의 말에 더 크게 놀랐는지 흑의인은 더욱더 떠듬거렸다.

"나, 나는… 남, 남궁천이 절… 절대 아니오!"

싸늘한 눈으로 한동안 흑의인을 노려보던 청년의 굳어진 얼굴이 곧 펴지며 심드렁한 말이 튀어나왔다.

"아니라면 아닌 거지 뭐. 복면을 벗겨 내 눈으로 확인한 것도 아니니… 음색이야 비슷할 수도 있는 거고, 또 검도 똑같을 수는 있는 거니까."

청년이 별것 아니라는 투로 말하는 말에 흑의인이 자신의 검을 등 뒤로 가져다 숨겼다.

"그 눈을 거슬리게 하는 재수없는 분위기도 찾아보면 간혹 가다 있는 것 아니겠어? 그러니 남궁천, 너무 걱정하지 말어. 몸에 긴장도 좀 풀고. 내가 사부님께 거참, 남궁천 비슷한 놈을 하나 보긴 봤는데 절대 남궁천은 아니었다고 말해 줄게."

"고, 고맙……."

흑의인은 저도 모르게 고맙다는 말을 하려다 입을 다물었다.

"틸틸, 네놈은 누구냐!"

마 총관이 어이없다는 듯한 웃음을 웃으며 청년에게 말했다.

"방금 들었잖아요, 오 공자라고 부르는 거."

청년이 귀찮다는 듯이 대답했다.

"오 공자? 무림맹듀의 일곱 데다 둥 다덧 번째?"

"예, 다섯 번째 제자라서 오 공자, 맞아요."

"그런데 왜 내 당난감에 돈을 대느냐?"

자신의 말을 간만에 또박또박 알아듣는 놈을 만나서인지 마 총관의 말투가 부드러워졌다.

'당난감? 또 돈을 대다니? 그저 싸움만 했는걸?'

남궁천이 분명한 흑의인은 둘 사이의 오가는 대화를 들으며 의아하게 생각했다.

"가지고 놀기엔 좀 껄끄러운 장남감이거든요. 그리고 솔방울만 날렸지 직접 손을 댄 적은 없네요."

귀찮다는 듯 이제는 아예 나뭇가지에 벌렁 드러눕는 무림맹주의 다섯 번째 제자, 즉 동곽을 보면서 마 총관이 물었다.

"틸틸, 네놈이 날 모르나 본데 말이다, 난 누가 하래서 하고 하디 말래서 안 하는 그런 다람이 아니다!"

"에이씨! 나도 남궁천, 저놈의 복면을 벗기고 싶어요. 단지 그걸 말리라는 사람이 있어서 문제지. 그리고 아저씨도 그렇게는 못할 거예요."

"나도? 틸틸, 참으로 대미있는 놈이로구나. 됴아! 내 한번 벗겨보마! 네 대듀로 한번 막아볼 뚜 있으면 막아보거라!"

마 총관의 말에 동곽이 드러누웠던 몸을 일으켜 세우며 심드렁하게 물었다.

"아저씨 발 빨라요?"

"응? 당연히 빠르디!"

마 총관은 솔직히 내심 신이 나 있었다.

이 나이에 아저씨란 말을 듣다니!

물론 복면을 벗는다면 곧 노인네로 바뀔 호칭이었지만 듣는 이 순간만은 행복했다.

또 젊은 나이에 굉장한 무공을 지니긴 했지만 호랑이 앞에서 개가 짖는 꼴이요, 진충덕 앞에서 살 자랑하는 꼴인 저 시건방진 동곽의 언행이 이상하게 마음에 들기도 한 게 사실이었다.

"내가 마음먹고 도망가면 언제쯤 날 잡을 수 있지요?"

"흠, 아까 돌방울에 깃들인 내공과 대뮤를 보아하니 한 일각은 넘게 걸리겠구나."

"그럼 저를 쫓으시면서 각기 다른 방향으로 도망가는 저 열한 놈을 다 잡을 수 있나요?"

"됴금 어렵긴 하겠디만 마음만 먹는다믄 팁 년이 걸려도 하나하나 다 답아낼 뚜 있디!"

"그럼 말이 강호에 쫙 퍼질 텐데요?"

"응? 무슨 말?"

"무슨 말인지 할 테니 다 끝마치기 전에 저놈들 혼수혈을 짚으셔야 할 거예요. 그리고 나중에 깨어날 수 있도록 아저씨 독문 점혈법은 쓰지 말아야 하구요."

"틸틸, 내가 왜 그래야 하지?"

"아저씨가 나한테 오면 난 언제든 도망가면서 노래를 부를 거니까요. 그러니 날 잡기 이전에 내 노래를 듣는 귀부터 줄이는 게 순서일 것 같네요. 흠흠, 그럼 부릅니다. 옛날 한 선인이 있다네. 선인의 손이 달을 어루만지면…….”

동곽의 입에서 노래 같지도 않은, 방금 급조된 것이 분명한 노랫가락이 흘러나오자 남색 복면 사이로 마 총관의 눈이 찢어져라 부릅떠졌다.

“아, 띠발! 그만 해!”

“선인의 손 아래에서 달빛이 가닥가닥 얽힌다네…….”

“아이, 뎅당! 그만 하라니까!”

마 총관의 비명에 가까운 목소리가 밤하늘을 울려 퍼졌다.

그러자 문득 노래를—듣기에 정말이지 짜증나는 목소리다—멈춘 동곽이 멀뚱멀뚱 흑의인들을 쳐다보았다.

“어라? 절대 남궁천이 아닌 사람과 절대 남궁천과는 관계없는 니들은 왜 도망 안 가고 있냐? 시간없어. 빨리 도망가. 그리고 아저씨, 혼수혈만 짚어야 합니다. 사혈을 짚으면 난 당장 노래 부르면서 도망갈 거예요!”

흑의인들을 향해 도망가라는 자상한 충고를 하고 마 총관에게 단단히 주의를 주고 난 뒤 곧 목청을 길게 늘여 뺀 후 달을 향해 짖어대듯 다시 노래를 계속하기 시작했다.

“다섯 가닥의 달빛이 어우러지니 곧 달을 지키는 신선이 장포를 떨치고 일어선다네…….”

“띠발!”

마 총관은 곧 절대 남궁천이 아닌 흑의인을 향해 신형을 날렸다.

아무리 생각해도 더 좋은 방법이 없는 것 같았다.

어서 빨리 흑의인들의 혼수혈을 짚어 잠재워 저 노래를 듣는 사람이 없도록 만들어야 했다.

저 밉살스런 오 공자를 혼내주는 것은 그 후에라도 찬찬히 할 수 있는 일이 분명하기 때문이었다.

곧 남궁천이 절대 아닌 흑의인과 마 총관의 신형이 얽혀들었다.

"학 한 마리 외로이 달빛에 스러지니 곧 일학잔월(一鶴殘月)이라……. 흡사 구불구불하게 서 있는 한 그루의 소나무와 같이 변화가 많으면서도 그 중정(重定)이 매우 굳어 일명 솔광(率洸)이라 부른다네……."

남궁천과는 절대 관련이 없는 나머지 십 인도 마 총관을 향해 푸른 요기와 함께 검을 내뻗었다.

"매화 핀 꽃 길을 외로운 달빛이 쓸어내니 곧 월소매로(月掃梅路)이라. 즉, 월소매로에 당한 사람은 언제 당했는지 모른다는 말에 흡사 물에 저도 모르게 젖어드는 것과 같은 초식이라 하여 일명 삼광(滲洸)이라 부른다지? 휘영청 밝은 달이 절벽을 뚫으니 곧 월광투벽(月光透壁)이라……. 그 쪼개오는 기세가 엄청나기에 일명 팔광(捌光)이라 말함이 옳고!"

'한 놈 보내고!'

마 총관이 드디어 절대 남궁천일 리 없는 흑의인의 혼수혈을 짚는 데 성공했다.

하지만 조금도 쉴 수가 없었다.

저 노랫가락의 한 구절이라도 더 들려주면 큰일이 나기 때문이었다.

"고요한 달빛에 닭 한 마리 포근히 잠드니 곧 월포독계(月包獨鷄)라……. 일명 똥 무더기에 묻힐지언정 월포독계에는 당하지 말라고 해서 똥광이라 부르기도 한다니, 그 이름 더럽기 짝이 없구나! 룰루룰루~"

자못 콧소리까지 내가며 동곽이 흥이 나 불러젖히는 노랫가락에 맞춰 마 총관은 다섯의 혼수혈을 더 짚는 데 성공했다.

"빗길 거니는 나그네 수심에 구름 가린 달빛이 어그러지니 곧 객수월파(客愁月波)라……. 흡사 하늘을 나는 것과 같은 신법이기에 일명 비광(飛光)이라 하고, 룰루룰루~ 이 다섯 가지 초식 중 세 초식이 어루어져야 비로소 한 가지 초식으로 융화되는 독특한 초식이라네. 뜻뚜뚜루~ 그중 특히 나는 듯해 보이는 보법인 비광과 함께 쓴다면 다른 두 개의 초식만 있어도 완성이 되니, 바로 이것이 다섯 가닥의 달빛이라 일컫는 오광(五光)이라네~ 우짜라라라~ 이 다섯 가지 달빛의 수법이 한 번에 쏟아져 나온다면 상대는 그저 죽는 도리밖에 없어 오광필살(五光必殺)—아마 15점일걸? 아참, 광박이 있으니 30점이군—이라 부른다지?"

동곽은 흥을 주체할 수 없는지 옆에 가지까지 하나 꺾어 들고는 기대앉은 나뭇등걸에 두드려 장단까지 맞춰가며 고래고래 노래를 불러대고 있었고, 그사이에 마 총관은 셋의 혼수혈을 더 짚는 데 성공했다.

점차 혼수혈을 짚는 수가 적어지는 것은 이미 전의를 잃은 흑의인들이 뿔뿔이 흩어져 도망을 쳤기 때문이었다.

그걸 하나하나 뒤쫓아 혼수혈을 짚으려니 자연 시간이 더 오래 걸릴 수밖에 없었다.

"거기에 끊는다는 뜻의 단(斷)이란 초식이 세 개 있으니~ 우짜우짜~ 우짜짜~ 각각 홍단(紅斷)과 청단(靑斷), 그리고 초단(酢斷)으로 불리고 있다네~ 홍단은 온몸의 피를 뽑아내는 것이니 죽은 사람을 보면 피바다 속에 뻘건 젓갈을 담은 모양새라 사람들을 기함 들게 만들고~ 뚜루루루루~ 청단은 온몸의 기혈을 막아 죽게 만드는 것이라 그 퍼렇게 질려 뒤틀려 죽은 사람의 모습은 차마 눈 뜨고는 볼 수 없다고 전해진다지? 빰빠빰빠라~ 그러니 이 홍단과 청단에 당하기 전에 자신이 먼저 자살하는 것이 나중에 시체 치우는 사람에게 폐를 끼치지 않는 것이 될 것이오. 초단은 아예 알려지지도 않았지만 그 이름부터 고약하니 어디 보통 무공이겠는가~ 우루루루~ 울룰루~ 뿐이랴, 각기 연작과 봉황새의 형상을 딴 초절정신법인 고도리(鼓倒贏)란 재주는 강호에서 그 짝을 찾아볼 수 없는 신법이라 한번 그 신법이 발휘된다면 상대는 더 이상 살기 바라면 안 된단다. 우힛~ 우히힛~"

"이데 하나 남았다!"

거친 숨을 몰아쉬며 한 놈의 혼수혈을 짚는 데 성공한 마 총관이 정반대 방향으로 죽어라 도망간 나머지 하나를 잡기 위해 고도리란 신법을 펼쳤다.

"하지만 그 무공의 무서움은 단지 초식에 있는 것이 아니라 그 초식과 초식을 이어 나가는 변화에 있으니 그 변화의 요지를 뜻하는 박(剝), 즉 적의 피부를 벗겨낸다는 뜻의 요지와 함께라면 아무리 작은 수법에 당해도 그 두 배의 내상을 입게 되니~ 뚜구뚜구뚜구 딴~ 앞서 말한 오광과 합한다면 광박(光剝)이요, 상대를 피해 돌아서는 묘한 보법인 피(避)와 함께 쓰인다면 곧 피박(避剝)과 연계되니 거기에 진정한 무서움이 있다는 걸 세상 사람들은 모른다네~ 울루히~ 울리히~ 이힛~ 거기에 죽음에 쐐기를 박는다는 설사(楔死)에 들면 상대가 허둥지둥 자신의 초식을 펼치지 못하고 거의 한 수 쉬다시피 만드니 귀신도 '빽' 갈 재주다 하여 일명 '빽'이라 부르기도……."

동곽은 문득 이상한 느낌에 노래를 멈추고 뒤를 돌아보았다.

거기엔 언제 와 있었는지 마 총관이 더운 콧김을 불어내며 씩씩대며 서 있었다.

"어라? 아저씨, 언제 오셨어요? 그새 다 때려잡은 거예요? 이야, 대단하다!"

마 총관은 숨을 고르느라 씨근덕대며 말했다.

"왜? 계독 노래 처불러보시디! 듣기 됴투만."

"에이, 왜 그러세요. 별로 노래 부른 거 없어요. 다른 초식은 그 정확한 명칭도 강호에 알려진 게 없어 그저 별칭으로만 부르는데요 뭘. 필히 상대를 죽여야겠다는 신호인 양손으로 '흔들기'를 하는 것만 봐도 심장이 덜컥 주저앉고, 그 외 속칭 싸움판을 다 휩쓰는 '판쓸이', 상대를 현혹시켜 멍한 상태로 만들어 개쪽을 준다 해서 '쪽', 양 뺨을 연거푸 올려붙인다는 '따닥', 눈이 어지러워져 멍하니 있는 상대의 배를 딴다 해서 '멍따' 등등 별칭과 속칭으로만 강호에서 불리는 초식은 입에도 올리지 않았다구요. 뿐이에요? 이미 패색이 짙은 상대를 놀리며 연거푸 두들겨 팬다 하여 '고(敲)'라고 불리는 수법에 세 번 당한다는 '수리고(隨離敲)'에 들면 그 창피함이 만대를 이어진다 하는 비밀도 입 근처에 올리지 않았어요. 솔직히 아저씨 손짓 발짓에 놀아나고 또 숨이 턱에 닿도록 도망가느라 정신없는 놈들이 제 노랫가락을 듣기나 했을려구요."

그 말도 맞긴 맞았다.

마 총관도 혼수혈을 짚기 위해 연신 두들겨 패느라 정신이 없었는데 어찌 자신의 손발 아래 놓여진 그놈들이 노랫가락을 들을 수가 있었겠는가!

하지만 이 밉살스런 놈의 행동은 마 총관이 진금행을 경험해 보지 못했다면 도저히 참아낼 수 없을 정도였다.

"네놈이 알긴 많이 안다마는… 한가디 모르는 토딕이 있더구나!"

"예? 대강 알고 있다고 생각했는데요……."

"바로 다구리(多鷗籬)다! 많은 갈매기도 한 번에 휘어답는 울타리와 같다 하여 다구리로 불리우는 토딕! 한번 볼 테냐?"

마 총관의 손가락이 묘하게 비틀리며 막 동곽을 덮쳐 가려던 참이었다.

동곽이 용수철처럼 뒤로 몸을 팅겨 올라서며 정중하게 포권을 취해 보이는데 조금 전의 경망스럽던 태도는 어디로 가고 무림맹주의 다섯 번째 제자에 어울리는 단아하고도 품위있는 모습이었다.

그 뜻밖의 변신(?)에 마 총관이 멍해지자 동곽이 정중하고도 예의 바르게 말을 건넸다.

"무림말학(武林末學) 동곽(董郭), 달의 수호신(守護神)이자 교(敎)의 상징이며 일월신교의 좌사(左使)이자 곧 월사(月使)인 마불통 선배님께 예를 올립니다."

한 번만 손가락을 놀리면 잘노 부러질 것만 같은, 정중히 꺾여 숙여진 동곽의 뒷목을 보며 마불통은 근질거리는 손가락을 쥐락펴락하는 도리밖에 없었다.

"맹두님은?"

마불통은 조금이라도 빈틈이 보이면 정말 동곽의 목을 부러뜨리겠다고 내심 다짐하며 퉁명스럽게 물었다.

"아, 물론 일월신교, 즉 명교의 소교주님과 같이 계시지요."

동곽의 정중한 대답이 더욱 얄밉게 느껴지자 마불통이 버럭 고함을 질렀다.

"이미 명교를 떠나띤 몸이니 됴교듀라 부르디 말아랏!"

마불통은 이런 코밑에 털도 제대로 자라지 못한 놈들과 씨름을 하며 살아야 하는 자신이 한심스러웠고, 또 그만큼 교묘하게 어려운 일은 맡지 않고 피해 나가는 문추룡이 원망스러웠다.

해의 수호신이자, 법(法)의 상징이며, 일월신교의 우사(右使)이자, 곧 일사(日使)인 문추룡이 말이다.

'따딕이, 디만 편할라구! 개때끼 같으니라구!'

제 8 장

수신이위 —진충덕 장인을 만나고, 진금행 수신이위를 만나다

수
신
이
위

얇디얇은 나뭇가지 위에 거대한 몸집이 얹혀져 있었다.

하지만 그 얇은 나뭇가지는 그저 바람에 흔들리듯 하늘거리기만 하고 있을 뿐이었다.

그 위에 올라 앉은 사람의 거대한 몸짓이라면 이미 부러지도 수백 번은 넘게 부러졌어야 마땅했으니 이상한 일이었다.

그 이상한 일을 만들어낸, 얇은 가지 위에 몸을 거하고 있는 진충덕이 입을 열었다.

"많이 늙으셨군요."

그러자 그 옆의 가지 위에 꼿꼿이 몸을 세우고 있던 노인이 입을 열었다.

"자네는 많이 부풀었구먼."

"사람들이 못 알아봐야 했으니까요."

"마교의 손아귀에서 벗어나는 게 힘들었겠지. 내 이해하네."

"마교가 아니고 일월신교이자 명교입니다."

진충덕은 노인의 말에 반발하듯 즉각적으로 내뱉었지만 곧 후회했다.

"무엇을 밝게 비추는지 모를 명교이지만……."

진충덕이 뒤이어 작게 몇 마디를 덧붙이자 노인의 얼굴엔 씁쓸한 웃음이 번졌다.

"자넨 아직 마, 아니, 명교를 잊지 못하고 있는 것 같구먼."

"거기서 나고 자랐으니까요."

"단지 그것뿐인가?"

"단지 그것뿐입니다."

"그런데 왜 살을 부풀리면서까지 피했는가? 그 덕에 나도 자네를 찾기 힘들었다네."

"명교에게서 피하는 것도 힘들었지만 더 힘든 것은 무림맹이었습니다."

진충덕의 말에 노인이 가볍게 한숨을 불어 내쉬었다.

두 사람 사이에 아무런 말도 오가지 않았다.

한줄기 바람이 둘 사이를 헤집고 들자 나뭇잎이 바람의 애무에 파르르 떨며 교태로운 소리로 노래를 불렀다.

이윽고 단단하게 닫혀졌던 노인의 입술이 열렸다.

"자네 많이 변했구먼. 그저 몸만 변한 게 아니었어. 자네, 기억하나? 내가 자네를 처음 만난 곳이 바로 이곳이었네. 내가 자네를 보고 이 앞의 호수가 작호(雀湖)라 그런지 재수없는 제비 놈만 눈에 띤다며 내가 몇 리 떨어진 가추호(嘉秋湖)로 발걸음을 돌린다고 했을 때 자네가 그러지 않았나. 내 앞에서 감히 그럴 수 있느냐고. 이 작호를 내가 앞으로 가추호로 부를 것이니 한번 내가 가추호라 했으면 어느 누구에게도 가추호로 될 것이라고. 그렇게 고함을 치며 내게 대들었었지. 지금 와서 생각하니 자네 그때는 참 패기만만한 젊은이였는데……."

"철없을 때 얘기입니다."

"허허, 솔직히 그때는 나 역시 철이 없었다네."

다른 사람에게 가추호에서 보자고 했으면 진짜 가추호로 나왔겠지만 이 두 사람에게 가추호란 바로 이 작호를 뜻하는 말이었다.

잊을 수 없는 한 여자에 얽힌 추억의 장소인 바로 이 작호를 말이다.

그러니 '절대 남궁천일 리가 없는' 흑면인이 가추호에서 백 년을 기다린들 이 두 사람을 구경조차 못했으리라.

"육금행(陸金行)이라고 했던가?"

"진금행(陳金行)입니다."

조금씩 풀려가던 분위기가 다시 얼어붙었다.

그것은 냉랭함 때문이 아닌, 두 남자의 가슴속을 시리게 만든 한 여인이 떠올랐기 때문이다.

"왜 하필 내 '성'을……."

"제 아내의 성입니다."

진충덕, 아니, 정확히는 육충덕이 고개를 숙이고는 말했다.

"제 아내가 그 아이에게 준 것은 진가라는 성뿐만이 아니었습니다."

"그래, 무슨 말인지 아네. 그 아이의 생명까지도 주었지. 그 금행이란 아이에게 말일세."

"괜찮은 아이입니다. 이 아비와는 전혀 다른 여리고도 심성 고운 아이입니다(이렇게 자식에 눈멀어 키우지는 말자)."

"제 어미를 닮았다면 능히 그러고도 남겠지. 아비를 닮았다면 무공의 재주가 높을 것이고."

"무공의 무 자도 모르는 보통 아이입니다. 그것이 설란이가 남긴 마지막 부탁이었으니까요. 그리고 무공을 익힐 수 없는……."

진충덕은 말을 잇다 말고 곧 고개를 저었다.

하지만 설란이라는 이름이 진충덕의 입에서 튀어나오자 노인의 얼굴이 가늘게 떨렸다.

진충덕의 얇은 눈가가 촉촉히 젖는 것처럼 보였다.

"그냥 보통 아이로 키울 생각입니다. 다행히 제 앞가림은 충분히 할 정도로 똑똑한 아이니 어르신께서 신경 안 쓰셔도 될 겁니다."

다시 두 사람 사이에 어색한 분위기가 휘감고 돌았다.

두 사람은 멍하니 작호 위에 부서지는 달빛을 쳐다보고 있은 지 일각여가 지났을까. 문뜩 진충덕의 입이 열렸다.

"참으로 대단한 두 사람이군요."

노인은 진충덕이 가리키는 두 사람이 누군지 알아챘는지 흐뭇한 미소를 지었다.

"수신이위(守神二位)네. 문무쌍위(文武雙位)라고 부르기도 하지. 하지만 무림맹의 수신이위보다 저 한 사람이 더 뛰어나군. 누군가? 좌사(左使) 마불통(馬不通)인가?"

"일사(日使)입니다. 명교의 우사(右使) 문추룡(文追龍)이지요."

"대단하군!"

바람 소리만이 허공을 가르는 소리가 나고 보이는 것이라고는 작호 위에 부서지는 달빛뿐이라도 이 두 사람의 경지는 매우 놀라운 데가 있어서 안 보이는 것도 보고 들리지 않는 것도 들을 수 있었다.

비밀리에 맹을 빠져나온 맹주의 뒤를 밟아온 쥐새끼들을 숲 속에서 경쟁하다시피 요리하고 있는 세 사람의 무공을 두고 말한 것이었다.

"청룡단의 부단주인 듯싶은데 단 여섯 수 만에 꺾어버리는구먼. 허허, 내 마교, 아니, 명교의 무서움은 익히 알고 있었네만……."

"방금 꺾인 사람과 비슷한 실력의 사람을 어르신의 수신이위는 단 두 수 만에 꺾더군요."

"그야 두 사람이 손을 합해 움직이니까. 그런데 금행이는 어디 있지?"

노인이 조심스럽게 물었다.

"저도 모릅니다."

"흠, 모른다?"

"예, 아무래도 팔팔한 나이가 돼서인지 가만히 있으려고 하질 않더군요."

"허허, 꼭 젊을 때 자네를 보는 것 같구먼. 흠, 그래도 그 귀한 몸을 함부로 떠돌게 할 수는 없지. 내 수신이위를 금행이에게 보내겠네. 설령 자네에게 무공을 전수해 준 사람이 나타나더라도 수신이위라면 그런데로 버터볼 만은 할 것이네."

"괜찮습니다. 제 앞가림은 하는 놈입니다."

"아니야. 그래도……."

"괜찮다고 말씀드렸지 않습니까."

"흠, 역시 자네의 그 고집은 정말이지… 그럼 이렇게 하세나. 자네가 원하는 대로 했으니 이번엔 내가 원하는 대로 하겠네."

"금행이는 평범한 인생을 걸을 겁니다. 설란의 마지막 바람대로요."

"자네는!"

노인의 언성이 약간 높아진다 싶더니 곧 두 눈이 촉촉해지는 것이 보였다.

"휴우~ 마음대로 되지 않는 것이 바로 자식이라네. 내 마음대로 할 수 있었다면 설란이가 자네에게 가는 꼴을 두 눈 멀쩡히 뜨고 보지는 않았을 게야!"

"……."

진충덕은 잠자코 노인의 말을 들었다.

그 내용이 옳아서가 아니라 자식을 잃어버린 마음을 아버지가 되어 보니 대강 알 수 있을 것 같기 때문이었다.

"그럼 이렇게 하세나. 제 앞길을 헤쳐 나갈 수 있을 때 그 결정은 금행이에게 맡겨둠세나. 그 이전까지는 천하의 누가 뭐라고 해도 내 외손주에게 수신이위는 달려 보내겠네."

저 노인네의 고집을 누가 꺾으랴 싶어 진충덕은 잠자코 있었다.

"하지만 나중에 금행이가 선택한 결정이 옳은 길이 되려면 여러 가지 길을 보여주는 것이 당연하다고 생각하네. 해서 나는 금행이에게……."

"그것은 안 됩니다!"

진충덕이 단호하게 말했다.

"명교나 무림맹이 다를 것이 뭐가 있습니까! 그 숨 막히는 곳에서 제 삶이 아닌 만들어진 삶을 살아야 하는 것이 얼마나 큰 고통인지 알고 계십니까? 저는 절대로 금행이를 무림맹에 보내지 않을 것입니다! 애당초 무림맹이 이처럼 돌아간다는 것을 알았다면 저 역시 여기 오지 않았을 것입니다."

"자네는 어찌 사특(邪慝)한 좌도방문인 마교에 감히 무림맹을 비교하는가. 자네는 건사할 아들이라도 있지만 내 딸은 이미 죽어 분토(墳土)가 된 지 오래라네. 이 늙은 노인이 외손주를 돌보려는데 그것도 허락하지 않겠다는 것 아닌가!"

"돌보다니요! 금행이에게 기대하는 것이 무엇인지 알게 된 지금 어찌 아비 된 자로서 가만 있을 수가 있겠습니까!"

진충덕이 앉았던 자리에서 벌떡 일어나며 노인에게 쏘아붙였다.

둘 사이의 긴장이 팽팽히 당겨졌을 때 노인의 등 뒤로 유령같이 네 명의 사내가 나타났다.

수신이위와 마찬가지로 맹주의 안위를 돌보는, 그 누구도 정체를 알지 못한 채 그저 단심십이수(丹心十二手)로 불리는 자들이었다.

진충덕의 기세에 위기를 느낀 네 명이 드디어 다른 사람에게 모습을 보인 것이었다.

단심십이수인 네 명의 사내가 노인의 등 뒤에서 모습을 드러내자 이번엔 진충덕이 앉아 있던 나무에서 눈알이 하나 튀어나왔다.

어른 머리통만한 눈알 하나가 진충덕이 서 있는 등 뒤 나무에서 불쑥 튀어나와 이리저리 희번덕거리며 사람들을 쏘아보고 있었다.

그것이 그저 배교의 술법이라는 것을 알면서도 노인 역시 놀라지 않을 수 없었다.

눈알이 상하로 쪼개지다 나무까지 갈라지며 그 안에서 하얀 백의를 입은 차가운 인상의 사내가 튀어나왔다.

등 뒤에는 얇고도 기다란 장검을 걸머진 채 노인과 노인의 등 뒤에 서 있는 네 명을 싸늘한 눈빛으로 쏘아보고 있었다.

먼저 냉정을 회복한 것은 진충덕이었다.

"문추룡, 돌아가라!"

일사 문추룡의 신형이 약간 움찔거리는 것이 느껴졌다.

"돌아가라니까!"

진충덕이 싸늘하게 말하자 어쩔 수 없다는 듯 문추룡의 신형의 뒤로 스르륵 물러나며 다시 나무 속으로 사라졌다.

호기심 어린 눈으로 문추룡을 보던 노인이 손짓을 하자 노인의 등 뒤에서 나타났던 단심십이수 네 명도 흔적없이 허깨비처럼 사라졌다.

잠시 아무 말도 서로 오가지 않았다.

이윽고 노인의 입이 천천히 열렸다.

"허허, 정말이지 마교의 좌우쌍사(左右雙使)의 재주는 놀랍기 그지 없구먼. 조금 전까지 분명 수신이위와 함께 아래에 있는 걸 보았건만."

진충덕은 이번에는 노인의 마교라는 호칭을 구태여 바로잡지 않았 다.

그것이 아무 뜻 없이 순수한 경탄으로 말한 내용이었음을 알았기 때 문이다.

"아래에 있는 사람도 문추룡입니다."

"음, 그럼 문추룡이란 사람이 두 사람이었군 그래. 마교, 아니, 명교 의 우사는 두 사람이 맡고 있었군."

"아닙니다. 한 사람입니다. 하지만 아래에서 주위를 돌보는 사람도 일사고 방금 나타났던 사람도 일사입니다."

"그런가? 허허, 난 이해를 못하겠구먼."

노인이 고개를 절레절레 흔들며 나직하게 말했다.

바로 저런 점이 마교의 무서운 점이었다.

인간의 한계를 벗어난 듯한, 아니, 초월한 듯한 초식과 괴이한 사람 들. 바로 그것 때문에 천 년을 이어온 지루한 싸움을 하고 있는 것이었다.

"그럼 우리 둘의 얘기를 찬찬히 정리해 보세. 나 역시 고집스런 부분이 있고 자네 역시 그렇다는 것을 잘 알고 있다네. 하지만 우리의 고집이 어디 설란이만 하겠는가? 설란이가 하늘에서 우리 둘을 내려다보고 있을 것이니 서로 양보하고 이해하면서 얘기해 나가세나."

진충덕의 입가에 처음으로 미소가 어렸다.

자신의 성인 육가를 버리고 진가를 택한 이유가 마교와 무림맹에서 피하려는 이유도 있지만 그보다는 떠나보내기 싫은 아내를 가까이서 느끼고 싶었기 때문인지도 몰랐다.

만약 피하려고 했다면 구태여 진씨나 육씨 모두 쓰지 않았을 것이다.

'그래, 설란이의 고집은 누구도 꺾지 못했지. 그래서 금행이도 얻은 것이고…….'

진충덕은 별이 반짝이는 밤하늘을 쳐다보았다.

거기에 아내가 자신을 내려나보며 웃고 있었다.

"그 대뚜없는 노친네는 갔나요?"

"흠……."

마 총관의 물음에 진충덕은 그저 고개를 끄덕이는 것으로 대답을 대신했다.

무림맹주와 나누었던 얘기가 과연 올바른 선택이었는지를 다시 한 번 따져 보느라 다른 곳에 신경 쓸 여가가 없었다.

"튜룡이는요?"

"으음……."

동곽이란 어린놈에게 실컷 놀림을 받은 후 안 그래도 신경질이 나 있는 중인데 저 팅팅 불은 주인은 그저 '음음' 거리며 딴생각만 하고 앉아 있으니 마 총관의 심사가 더 꼬여가기만 했다.

"어이, 튜룡아~ 어이~ 문튜룡~"

마 총관이 주위를 둘러보며 소리쳐 불렀다.

그때, 마 총관 바로 앞에서 땅이 갈라지며 문추룡이 불쑥 솟아올랐다(어마, 깜딱이야!).

"왜 처부르는 것이야."

"네놈 땅판 돔 구경할라구."

"내 쌍판은 왜 볼려는 것이야."

"때끼가! 이 형님은 피곤해 죽겠구만."

"넌 왜 피곤하고 자빠진 것이야."

문추룡의 음성은 높낮이가 없었다.

평상거입의 사성을 모두 생략하고 똑같은 어조로 딱딱하게 발음하는데도 신기하게 귀에 쏙쏙 들어왔다.

단지 말하는 것이 물어보는 것인지 대답하는 것인지 글자를 잘 살펴 듣지 않는다면 분간이 안 간다는 점을 빼놓고는 모든 것을 이해할 수 있었다.

딱딱하게 굳은 것은 음성뿐만이 아니었다.

얼굴은 굳은 채 변화가 없고 몸가짐 또한 흐트러짐이 없어 입술이 작게 움직이지 않았다면 흡사 목각 인형을 세워놓은 듯 보일 정도였다.

"이 따딕이!"

마 총관이 곧 몸을 돌리더니 옆에 있는 나무 밑을 두 손으로 파기 시작했다.

상대로 하여금 두 배의 내상을 입게 한다는 '박(剝)' 자 결이 두 손에 운용돼서인지 두 손이 땅속에 푹푹 처박히며 흙을 파내고 있었다.

마 총관이 한참을 파내고 있는 그 나무 위에서 갑자기 커다란 입술 하나가 튀어나왔다.

"너, 지금 무슨 짓을 하는 것이야?"

나무 위의 입술과 땅 위에 솟은 문추룡의 입술이 똑같이 움직였다.

"너, 간만에 이 형님이 얼굴 좀 보다는데 이따위로 굴 거야?"

"왜 날 가만두지 않는 것이야?"

"어뚜! 이게 기어오른단 말이디! 간만에 네 딘따 면땅을 봐야겠다!"

마 총관의 두 손이 보다 빨라지며 어느덧 장정이 너끈히 들어가고도 남을 만한 공간이 땅속에서 드러나고 있었다.

아마도 지금 마 총관의 곁에 서 있는 문추룡의 신형과 나무에서 솟아난 커다란 입술은 진정한 문추룡의 모습이 아닌 허깨비임이 분명했다.

자신의 진짜 모습은 숨긴 채 배교의 비술(秘術)로 허상을 나타냈다면 정말로 무서운 일이 아닐 수 없었다.

자신의 진짜 정체가 아닌 허상(虛像)의 모습만으로도 무림맹에서 맹주를 뒤쫓아온 고수를 쉽게 꺾었다는 말이 되기 때문이다.

바로 그때, 입술이 또 한 번 열렸다.

"나 만나면 돈 주려고 하는 것이야?"

"잉? 돈?"

"그래, 나 지금 돈을 말하고 있는 것이야."

"흠흠."

땅을 파내던 마 총관의 두 손이 우뚝 멎었다.

"왜 그러는 것이야? 계속하지 왜 멈추고 지랄하는 것이야?"

"흠흠, 돈은 금행 도련님이 가디구 이떠서 말이다……."

"금행 도련님을 말하는 것이야?"

"그래, 떤금행 도련님."

"잘된 것이야."

"왜?"

"지금 막 도련님 모시러 가는 길인 것이야."

"키야호!"

마 총관은 밤하늘에 대고 기쁨의 탄성을 질러냈다.

이제 이놈이 드디어 진금행을 만나러 간단다.

일부러 이런 날이 올 줄 알고 마 총관은 문추룡을 만날 때마다 피눈물을 흘려 대며 진금행의 흉을 보고 싶은 충동을 애써 억눌러 왔다.

언젠가 자신이 받은 만큼을 저 문추룡도 느끼리라. 그럴 날이 올 것이라 믿으며 홀로 아픔을 삭여온 지 벌써 몇 해인가.

그런데 드디어 문추룡이 진금행을 만나러 간다니, 이 얼마나 기쁜 일인가!

"왜 그러는 것이야?"

"아니다, 아니야. 도련님께 가떠 돈이 어떠케 됐냐고 꼭 돔 물어봐 다오."

"내가 알아서 처리할 것이야."

"그래그래, 알았떠. 후딱 가."

참으로 신기하게도 표정없는 딱딱한 문추룡의 얼굴에 의아하다는 기색이 얼핏 비추어 보였다.

하지만 지금 마 총관과 문추룡을 보는 사람이라면 놀라 뒤로 나자빠질 일이었다.

귀신같이 창백한 얼굴로 우뚝 서 있는 사람도 왠지 으스스했지만 나무 중간에 툭 튀어나온 커다란 입술을 제정신으로 쳐다볼 사람이 별로 없을 것이 분명했다.

그런데 정작 마 총관은 제가 판 구덩이에 고개를 파묻고 땅 아래를 쳐다보며 말하고 있었으니, 이런 장면을 한 번이라도 본 사람이라면 이 숲 속엔 귀신과 도깨비가 산다고 소문을 퍼뜨릴 것이 뻔한 일이었다.

하지만 그 떠돌 소문 속에서 가장 무서운 귀신은 그 둘 곁에서 태산 같은 몸집을 가진 한숨을 푹푹 쉬는 괴물일 게 분명했다.

*　　　　*　　　　*

"모르긴 모르되 이번 일은 정말이지 비밀을 요구하는 일임에 틀림없소이다."

이빨이 빠져 웅얼거리는 웅천보의 보주 도밀현의 말에 홍규동의 미간이 바싹 좁혀졌다.

진금행이 죽도록 밉고 온몸에 닭살이 돋도록 싫었지만 그동안 그놈 앞에서 헤실헤실 마음에도 없는 웃음을 웃어야 했던 이유가 뭐란 말인가?

굳이 나서서 단도리하지 않아도 이 일이 얼마나 어렵고도 중요한 일인지는 이 중에 덜떨어진 '청성의 진금행'인 현통만 빼고는 모두 다 아는 사실이었다.

"비밀은 무슨 비밀! 나는 그저 그 백 인분이 넘는 퉁퉁한 손바닥 하나만 필요하니 잡아 족친 후 말을 안 들으면 쳐 죽이면 그만이지!"

아니나 다를까, 현통이 생각만 해도 즐겁다는 듯 큰소리를 뻥뻥 치자 구잔양이 안됐다는 듯 고개를 절레절레 흔들었다.

"이봐, 도사 양반, 당신이 어디서 얼마만큼 굴러먹던 인간인지 몰라도 이 자리에 자네보다 못한 사람은 하나도 없어. 매일 사람을 죽여야한다고 노래를 부르지만 나만 해도 소금에 절여 저승으로 보낸 놈이적게 잡아도 이백이 넘을걸? 저기 지금 창자가 거덜난 우문하란 놈도찻잎과 함께 삶은 놈 수가 나보다 아래는 아닐 거야. 뭐? 자네는 무공이 뛰어나다고? 아항~ 청성의 세력은 크고 무공 또한 넓지. 하지만 저기 절각도 강구의를 좀 봐. 지금 사천 땅에서 일궈놓은 세력은 절대 청성의 아래가 아닐걸? 아아, 그래그래. 절각도 강구의가 하는 일은 청성같은 높은 도사 분들의 일보다 조금 지저분하긴 해. 나도 인정하는 바니까 너무 날뛰지 말라구. 하지만 내가 말하는 것은 세력과 힘이라고. 조금 전 한 수 나누는 걸 보니 무공이 자네 덜떨어진 도사보다 그리 뒤처지는 것 같지도 않고 말이야. 그리고 솔직히 말하자구. 자네 무공은 세지만 아무래도 머리는 좀 떨어지는 게 사실 아니야? 머리라면 남 등쳐먹고 사는 기천사지를 빼놓을 수 없지. 웃으면서 자네 모르는 사이에 자네 등뼈를 후벼 파 갈 인간들이 바로 저기 멍청한 듯 보이는 두인간들이거든. 그러니까 이 인간아, 잘 좀 살펴보고 이야기해 보라구. 자네보다 무공이 못하지 않은 강구의는 손가락 두 개를 잃어버린 불구자가 되었고, 자네보다 머리 좋은 기천사지 사제들은 진금행 앞에서 똥마려운 똥개로 변해 버리지. 거기다 자네보다 더 사람 잘 죽이고 또 즐기는 잔인한 우문하는 똥구녕이 거덜났다 이 말이야. 그런데 세상 넓은지 모르고 설쳐 대는 자네를 보니 한심하지 않을 수가 있는가?"

구잔양의 시선이 묘하게 변하며 그 입꼬리에도 묘한 시선만큼 이상한 미소를 배어 물었다.

정말 자신의 말처럼 적어도 이백 명이 넘는 인간들을 저승에 보내야만 가질 수 있는 그런 잔인한 미소였다.

그런 느물거리는 불량스러운 태도와 하나도 틀리지 않은 이론 정연한 말에 현통이 가만히 있을 리가 없었다.

"이익~"

막 땅을 박차고 구잔양을 덮쳐 가려는 현통의 허리를 홍규동이 간신히 붙잡을 수 있었다.

하지만 구잔양의 느물거림이 한없이 이어져도 현통을 제외한 다른 사람들의 이마는 벌게지고 더운 콧바람만 불어낼 뿐 별다른 반응을 보이지 않고 있었다.

진금행 석 자를 이름으로 달고 다니는 이놈은 듣기만 해도 정말이지 무서운 놈임에 틀림없었다.

"내가 쳐 죽일 것이오! 내가 확실하게 쳐 죽이면 될 것이 아닌가!"

큰소리를 치긴 쳤지만 현통 혼자라면 도무지 어떻게 해볼 엄두가 나지 않는 인물이 분명해 보였다.

현통의 무서운 솜씨를 직접 본 사람들까지도 지금 현통이 발악하며 하는 말이 도무지 믿기지가 않았다.

현통이 좀 덜떨어져 보이는 것도 한 이유였지만 지금 현통의 발악의 대상이 진금행이라는 것이 문제였기 때문이다.

"자자, 백지도 맞들면 낫다라는 말도 있고 구슬도 꿰어야 보배라는 말도 있지 않소이까! 우리가 힘을 합하고, 마음을 합하고, 또한 손을 합한다면 비록 엄청난 놈임에 틀림없지만 분명 주살할 방법은 있을 것이오."

홍규동이 역시 노련했는지 꺼져 가는 분위기를 다시 일으켜 세웠다. 그리고 아무도 생각 못했던 일을 얘기하는 것이 아닌가.

비록 혼자라면 진금행의 상대가 되지 못하지만 우리 모두가 손을 잡아 대항한다면?

움츠러든 가슴 안에 그저 콩닥거리는 심장을 붙잡은 채 벌벌 떨리는 무릎을 간신히 버팅기고 서 있던 사람들도 홍규동의 말을 듣자 왠지 호기가 끓어오르는 것을 느꼈다.

일행의 눈길이 서로가 서로를 향하고 있었다.

진금행은 분명 무공을 모르니 청성파의 차기 장문인으로 내정된 현통과 촉(蜀:사천) 땅에서 큰 세력을 이끌고 있는 절각도 강구의 정도라면 걱정할 것이 없었다.

또한 진금행의 교활한 대가리는 기천사지로서 이름을 날리는 홍규동과 오필도가 대강은 막아줄 것이고, 거기에 홀홀단신으로 대가리와 세 치 혀를 놀려 응천보를 일궈낸 도밀현까지 합세한다면 뱀같이 교활한 진금행과의 머리 싸움도 그리 밀리지 않을 것도 같았다.

다른 사람의 항문을 제 콧구멍 파내는 것만큼도 신경 쓰지 않는 진금행의 잔인함은 그보다는 못하지만 사람을 소금에 절여 죽이고 차와 함께 삶는 것을 즐겨하던 구잔양과 우문하가 있지 않은가?

그렇다. 이 일곱 사람의 손과 머리를 합하고 마음까지 합한다면 이번 기회에 잘만 하기만 하면 진금행을 없앨 절호의 기회가 될지도 몰랐다.

"크흐흐……."

묘한 신음성이 우문하의 입을 뚫고 흘러나왔다.

하지만 이번 신음은 자신의 항문에서 느껴지는 고통 때문이 아니라

잘하면 진금행의 항문을 거덜낼 수도 있겠다는 기쁨에 들뜬 신음이 분명했다.

"아무튼 빈도가 필요로 하는 것은 두툼하다는 그놈의 손바닥뿐이오."

현통은 다른 건 몰라도 그것만은 양보할 수 없다는 듯 다시 한 번 선을 긋듯 단호하게 말했다.

"나는 그저 그놈의 배를 갈라 그 고약한 심보가 담긴 창자 색깔이 어떤 것인지 보길 원할 뿐이오."

도밀현 역시 검버섯이 활짝 핀 쪼그라든 얼굴에 화색이 돌며 자신이 원하는 진금행의 부위를 말했다.

"나는 단지 두 개의 손가락을 되찾기 원한다. 아니, 내 것과 함께 그놈의 열 손가락 모두를!"

절각도 강구의가 자신의 왼손을 쳐다보며 담담히 말했다.

"난 그놈의 머리통을 갈라 교활한 뱀이 몇 마리나 그 속에 살아 있는지 확인해 보고 싶소이다."

홍규동 역시 묘한 웃음을 지으며 말하는데 누군가 나른 사람에게는 그 부분만큼은 절대 양보할 수 없다는 듯 비명에 가까운 목소리로 울부짖고 있었다.

"똥구녁! 그놈의 똥구녁은 내 거야!"

처절한 고함을 지르는 것은 땅 밑에서 버둥거리는 우문하였다.

서로가 원하는 부분이 각기 다르니 이보다 뜻이 더 잘 맞을 수는 없었다.

사람들이 서로의 눈을 맞추고는 웃으며 고개를 끄덕이고 있을 때 오필도가 아무래도 불안하다는 듯 머리를 긁으며 말했다.

"그런데 아미파에서 고수가 내려온다지 않습니까. 진금행이 그 여승에게 전해달라던 서찰에 뭐라고 쓰여 있는지 알아야……."

"아참! 그 서찰! 좋아, 적의 계략을 알고 나면 더욱 쉬워지겠지. 필도야, 그 서찰에 뭐라고 쓰여 있는지 한번 읽어보거라. 그렇게 한다면 왜 진금행이 너에게 자신의 흉내를 내며 서찰을 건네주라고 했는지도 알 수 있겠지."

홍규동이 신나하며 자신의 제자인 오필도에게 지시하자 도밀현이 오필도를 보며 말했다.

"내 나이가 있어서 귀가 잘 들리지 않으니 자네는 큰 소리 내어 읽도록 하게나."

일행이 눈빛이 자신을 향하자 오필도는 왠지 입 안의 침이 마르는 것 같았다.

벌벌 떨리는 손으로 진금행에게 전해 받은 서찰을 펴며 혼잣소리로 중얼거렸다.

"꼭, 아미삼검이라는 그 암컷 땡중에게만 전하라고 했는데… 만약 그러지 않는다면 금행이가 가만히 있지 않을 텐데……."

하지만 모두들 쏘아 노려보는 시선에 오필도는 내키지는 않지만 서찰을 펴고는 천천히 그 내용을 읽지 않을 수 없었다.

"흠흠, 그럼 읽습니다. 흠흠……."

목소리를 가다듬고 막 소리 내어 읽으려던 오필도는 눈이 부릅떠지며 온몸을 사시나무 떨듯 떨고 있었다.

그러다 곧 서찰을 내팽개치고는 큰 고함을 질러댔다.

"으아악! 이놈은 다 알고 있었어! 이미 모두 알고 있었던 것이 틀림없어!"

혼이 나간 듯한 멍한 시선으로 천장만 쳐다보며 알 수 없는 비명을 질러대는 오필도의 모습은 미친 사람과 다르지가 않았다.

우문하가 곧 오필도가 내팽개친 서찰을 주워 들고는 소리 내어 읽었다.

"오필도, 이것을 전해주랬지 누가 너보고 읽으라고 했느냐? 그리고 다른 모든 놈들, 내가 부른 강구의도 왔겠지? 좋아좋아. 모두 다 손봐주지. 기다려, 아주 재미있는 일이 벌어질 테니까."

우문하의 목소리는 읽어 내려가면서 점점 떨리고 있었고, 그 떨리는 목소리를 듣는 사람들 역시 등줄기로 쫘 하게 얼어붙는 한기를 느껴야만 했다.

진금행, 이 교활한 자식은 이미 모든 수를 읽고 있었던 것이다.

이미 모든 수를!

*   *   *

"으흠, 정말 모르겠군."

진금행의 귓가로 늙수그레한 목소리가 들렸다.

"저 아이가 확실한 것 같긴 같은데……."

"확실하면 깨우자!"

생소한 목소리는 한 명이 아니었다.

진금행은 눈을 떠 지금 여기가 어딘지 알아보려 했으나 눈이 떠지지 않았다. 아니, 눈뿐만 아니었다. 온몸 여기저기가 뻣뻣하게 굳어져 손가락 하나 까딱할 수가 없었다.

'여기는 어디지? 또 저 노인네들은 누구지?'

진금행은 기억을 하나하나 헤아려 갔다.

불연과 함께 나무토막을 메고―화소접이다―불연의 사부이자 아미삼검 중 하나라는 정암 사태를 만나러 산길을 가던 중이었다.

어느 커다란 나무 밑을 지나가는 순간까지는 기억이 나는데 그 이후의 기억은 하나도 나지 않았다. 아니, 어느 커다란 그림자가 자신을 향해 떨어져 내리는 듯도 했지만 그것이 꿈인지 생시인지 확실하지도 않았다.

'아무튼 지금은 꿈이 아닌 것이 확실하군.'

온몸이 뻣뻣하긴 했지만 가위 눌린 것이 아니라는 것은 분명했다.

그럼 여기가 어디고 저들은 누구란 말인가?

진금행이 잃어버린 기억을 하나하나 맞추어갈 때 정체 모를 노인네들의 말은 계속되었다.

"깨운다고 다 해결되는 게 아니야. 깨워서 만약 우리가 찾던 아이가 아니라면 어떻게 되는 거지?"

"그럼 깨우지 말자!"

"으휴, 안 깨우면 저 아이가 우리가 찾아야 할 아이인지도 모를 게 아닌가."

"그럼 깨우자!"

"일단 깨우는 문제는 나중으로 미루더라도 저 아이는 정말 이상한 부분이 많으니……."

"……?"

두 노인네―목소리로 보아 노인네임이 분명했다―가 두런두런 말을 나누는데 온몸이 굳어진 채 듣고 있는 진금행은 복창이 터질 지경이었다.

"저 아이는 아미산에서 내려온 게 분명해. 내공이 아마파의 것이 분명한 데다 딱 보기에도 비구니가 확실하잖아?"

"아미파 확실해!"

"그럼그럼, 내가 누군데. 한데 그 옆에 있는 계집이 이상하단 말이야."

"……?"

"내공은 내가 잘 알지 못하는 것인데다가 점혈 수법이 아무래도 마교의 수법 같단 말이지."

"마교 확실해!"

"아니, 확실하진 않아. 거기다 저 뚱뚱한 놈은 이상한 금제를 당해 있다구. 그래서 내공을 익히지 못하는, 아니, 정확하게는 내공은 높아도 발휘하지 못하는 몸이란 말이야. 그 금제 수법이 또한 마교의 것이 분명해 보여."

"저 뚱땡이도 마교, 마교가 확실해!"

"글쎄? 그것이… 그렇게 되면 이상하단 말이야."

"이상한 것 확실해!"

"에라, 이 자식아!"

진금행 귀에 쿵 하고 꿀밤을 먹이는 소리가 늘렸다.

분명 주절거리던 노인네가 말끝마다 '확실해, 확실해' 하며 토를 다는 노인의 머리통을 두드린 것이리라.

'다른 건 몰라도 당신들 둘이 이상한 건 확실하군!'

진금행은 속으로 생각하며 씁쓸하게 웃었다.

처음 아미파라 지목한 것은 불연이 분명했고, 그 다음 계집은 나무토막이 분명하리라. 그렇다면 남은 뚱땡이는 자신일 텐데 몸속에 금제가 가해졌다는 둥, 마교 사람이 분명하다는 둥 이상한 얘기만 주고받는 것이 아닌가.

정신 나간 노인네들이라고 생각하며 진금행은 뺨을 씰룩이며 웃었다.

'어라?'

진금행은 새로운 사실을 깨달았다.

'내가 방금 뺨을 씰룩였지?'

뺨을 씰룩일 수 있다면―그 뺨이 보통 뺨인가? 남들 엉덩이만한 살이다―눈꺼풀도 움직일 수 있을 것이 아닌가.

진금행이 살며시 눈꺼풀에 힘을 주자 눈이 '번쩍' 떠졌다(이런 걸 과장법이라고 한다. 진금행은 눈이 작다).

하지만 아직 점혈이 덜 풀렸는지 손가락 정도만 까딱거릴 수 있었다.

진금행의 눈앞에는 키가 훤칠하게 큰 두 노인네가 진금행에게는 신경도 쓰지 않은 채 서로 이야기를 주고받고 있었다.

"그렇다면 저 이상한 여자애를 점혈한 것은 저 뚱땡이가 분명한데 금제당한 놈이 점혈을 할 수 없을 뿐더러 마교 놈이 아미파의 계집과 어울려 다닌다? 정말 이상하지 않느냔 말이야."

"풍채 좋은 젊은이가 마교가 아니라면 이상할 게 없지 않습니까?"

"옳거니! 그렇군! 맞아, 자네 정말 말 잘했네. 으잉?"

주절거리던 노인네가 제 허벅지를 치며 앞에 있는 노인을 바라보는데 맞은편의 노인네는 그저 눈만 끔뻑이고 있었다.

그제야 커다란 배를 씰룩이며 누워 있던 뚱땡이가 말했다는 것을 알아차리고는 노인이 대경실색을 하며 벌떡 몸을 일으켰다.

"자, 자네는… 깨어났군!"

"깨어난 게 확실해!"

두 노인네의 찢어질 듯 부릅떠진 눈에 진금행은 머쓱하게 웃으며 말했다.

"안녕하세요?"

"……!"

주절거리던 노인네는 진금행의 인사말에 입을 딱 벌리고만 있었다.

"안녕한 게 확실해! 아니, 안녕하지 못해!"

맞은편에서 토를 달던 노인네는 정신을 차렸는지, 아니면 아직 차리지 못했는지 진금행의 말에 고개까지 끄덕이며 답했다.

진금행이 보니 두 명의 노인의 얼굴은 판박이처럼 똑같았는데 단지 그 수염과 머리의 색깔이 희고 검다는 것만 달랐다.

두 사람 모두 피골이 상접할 만큼 깡말라 뼈다귀 위에 그저 가죽만 얹힌 듯 보였는데 그 눈빛만은 번쩍거리는 것이 보석을 보는 듯했다.

검은 머리의 노인이 이것저것 의심스러운 일을 주절거리던 것이 분명했고, 그 앞에서 아직도 고개를 끄덕끄덕거리고 있는 흰머리의 노인은 멍청한 말로 짧은 호응을 하던 노인이 틀림없었다.

진금행은 이상한 쌍둥이 노인을 보면서 말했다.

"저 역시 안녕하지 못하네요. 우리가 피차 안녕하려면 제 몸을 이만 풀어주시는 게 어떠신지요."

진금행의 말을 들은 흰머리가 검은 머리의 노인을 보며 말했다.

"저 자식 안녕하지 못한 거 확실해. 나 아까부터 봤어!"

흰머리의 노인이 자신이 봐서 틀림없다는 듯 고개를 끄덕이며 검은 머리에게 말하자 검은 머리 노인이 성질이 난다는 듯 흰머리의 노인을 눈이 찢어져라 흘겨보고는 다시 진금행에게 눈길을 던지며 물었다.

"자네는 어찌 선유몽(仙遊夢)을 깰 수 있었는가?"

"선유몽? 깨긴 깼습니다만 선유몽은 아닌 듯한데요."

진금행이 입술을 나불거리며 대답하는 것을 듣자 검은 머리가 이상하다는 듯 제 머리통을 긁었다.

"아니야. 그럴 리가……."

검은 머리는 어이가 없다는 듯 눈을 멀겋게 뜨며 자신의 엄지와 검지를 말아 쥐곤 붙였다 뗐다 하면서 중얼거렸다.

"분명히 내가 근축혈(筋縮穴)과 상곡혈(商曲穴), 그리고 영태혈(靈台穴)을 통해 진기를 뽑아내고는… 아니야, 아니야. 상곡혈이 아니라 중주혈(中注穴)일지도 몰라."

미간까지 찡그리고는 한참 손가락을 허공에 놀리던 검은 머리 노인이 진금행을 보며 물었다.

"자네의 몸 안에 있는 기이한 힘이 풀어냈을지도 모르지. 또 풀어냈긴 했지만 선유몽이란 제맥법 이름을 몰랐을 수도 있고. 자네는 무엇을 어떻게 깬 것인가?"

진금행은 검은 머리의 노인의 질문에 두 눈을 끔뻑이다 답했다.

"제가 깬 것은 잠이란 것이옵고, 두 눈을 번쩍 떠 깰 수 있었습니다."

"잠? 잠을 깼다… 두 눈을 떠서……."

검은 머리 노인은 이해가 가지 않는다는 듯 한참 멀겋게 있다가 갑자기 얼굴이 씨뻘겋게 변했다.

"이 고얀 놈! 이제 보니 이 노부를 놀리는 게로군!"

"놀린 게 아니야. 잠에서 깨려면 눈을 떠야 해!"

검은 머리의 노인 말이 이치에 닿지 않는다는 듯 흰머리가 발로 땅을 구르며 외쳤다.

"닥쳐, 이 자식아!"

흰머리는 이런 면박을 당한 게 한두 번이 아니었는지 곧 고개를 자라목처럼 만들고는 어깨를 움츠렸다.

검은 머리는 한참 동안 씨근덕거리다가 진금행을 쏘아보며 말했다.

"네놈이 선유몽이라고 했다고 정말 신선들이 노니는 꿈인 줄 알아먹은 모양이로구나. 노부가 물은 것은 그게 아니라 나만의 독특한 점혈법을 어떻게 풀어낼 수 있었느냐 말이다."

진금행의 작은 눈이 더욱 작아지는 듯하다가 아직 점혈이 다 풀리지 않았는지 입술을 꼬물거리며 말했다.

"젠장 미련한 노인네 같으니라구! 난 언제 점혈을 당했는지도 모르겠는데 풀고 자시고 할 게 뭐가 있느냐 말이외까!"

진금행의 말이 끝나기만을 기다렸다는 듯 흰머리의 노인이 제 허벅지를 치며 말했다.

"미련한 거 맞……."

흰머리는 말하다 쏘아보는 검은 머리의 눈빛에 찔끔 놀라 채 말을 끝내지 못한 채 고개를 푹 숙였다.

"네놈의 입이 걸기가 한량없는 걸 보니 간이 배 밖으로 나온 것이 틀림없구나! 네놈이 도대체 뭐길래……."

"진금행입니다."

머리가 검고 허연 두 노인은 진금행의 말에 갑자기 놀란 토끼눈이 되더니 서로의 얼굴을 멍하니 쳐다보았다.

그러더니 도저히 믿기지 않는다는 듯 검은 머리가 흰머리에게 물었다.

"분명 진금행이라고 했지?"

"확실해! 내 귀 아직 괜찮아!"

"하지만 우리가 찾는 것은 잘생긴 육금행이 아닌가?"

"확실해! 맹주께 그렇게 들었어! 내 귀 아직 괜찮아!"

"그럼 못생긴데다가 뚱뚱한 저놈은 우리가 찾는 놈이 아니지?"

"……."

이번 물음엔 흰머리가 대답하지 않았다.

"왜? 무언가 이상한가?"

검은 머리가 흰머리의 태도가 이상하다는 듯 되묻자 흰머리가 조심스럽게 말했다.

"뚱뚱한 거야 많이 먹으면 그렇게 돼. 그리고 맹주님의 성이 진씨지. 그리고 못생긴 건……."

"못생긴 건?"

흰머리가 의아하다는 듯 묻자 한참 망설이던 흰머리가 조심스럽게 말했다.

"나보다야 못생겼지만 자네보다는 잘생겼어. 그건 확실해."

"푸훗~"

진금행은 참다못해 웃음을 터뜨렸다.

정신 나간 게 분명한 이 두 노인네는 틀림없는 쌍둥이인데 누가 누구보다 잘생겼다는 것이 말이 되지 않아서였다.

"그럼 확인해 봐야겠군."

검은 머리와 흰머리 노인은 진금행을 곧 들쳐 업고 동굴을 나섰다.

진금행은 이 정신 나간 노인들이 무슨 짓을 할까 하는 호기심이 검은 머리 노인은 흰색의 옥으로 만든 잔을 들고 흰머리의 노인은 품속에서 작은 소도를 꺼내는 것을 보고서는 곧 두려움으로 바뀌었다.

정상적인 사람이라면 자신의 입과 머리만 살아 있다면 자신있었지만 상대가 정신 나간 늙은이다 보니 무슨 짓을 할지 대책이 서지 않았기 때문이다.

하지만 흰머리의 노인이 자신의 굳어진 팔을 들고 중얼거리는 소리를 듣고는 안심할 수가 있었다.

"많이 안 아파. 그냥 따끔할 거야. 암, 확실해!"

그리고는 진금행의 손바닥 가운데를 얇은 소도로 가볍게 상처를 내피가 흐르게 만들었다.

"준비되었는가?"

검은 머리의 노인이 묻자 흰머리 노인이 고개를 끄덕였다.

검은 머리는 곧 자신이 들고 있는 옥배에 내공을 불어넣어 두 조각으로 깨끗하게 잘라내었다.

그 모습을 만약 무림인이 봤다면 검은 머리 노인의 정순한 내공과 오묘한 손재주에 감탄했겠지만 진금행은 다른 감상이 들었다.

'아깝군.'

진금행은 진전장의 제2인자였기에 자연 물건 보는 눈이 남달랐다.

한눈에 보기에도 쉽게 구할 수 없을 만큼 귀한 옥이 분명했고, 그 가치도 재수없는 마 총관의 2년치 급료는 훨씬 넘어 보였다.

그런데 저 노인은 눈도 끔뻑거리지 않고 단숨에 반으로 잘라낸 것이 아닌가.

검은 머리의 노인은 곧 진금행의 곁으로 와 무슨 생각을 했는지 깨어진 잔에 진금행 손에서 떨어지는 피를 받기 시작했다.

그리고는 다시 깨어진 면을 잘 맞대어 붙인 채 신중하게 잔을 노려

보기 시작했다.

하늘로 잔을 쳐들어 햇빛에 비추어 보는데 좋은 옥이라 그런지 햇빛이 투명하게 잔을 통과하여 우윳빛으로 빛나기 시작했다.

하지만 진금행은 두 눈을 부릅떠야만 했다(정말이다. 눈동자가 얼핏 보이긴 했다).

자신의 피로 얼룩졌던 잔이 점점 분홍빛으로 변하며 자신의 피가 옥배의 표면에 스며드는 것이 아닌가.

어느덧 옥배의 표면에 진금행의 피가 한 방울도 보이지 않는다 싶었을 때 옥배는 다시 희고 투명한 우윳빛의 제 색을 찾아가기 시작했다.

검은 머리는 고개를 끄덕이다 곧 한 손가락으로 옥배를 가볍게 팅겨 보았다.

창~

맑고 투명한 소리가 들렸다.

깨진 잔을 풀을 발라 붙였다면 도저히 들을 수 없는, 커다란 옥을 깎아 하나의 잔으로 만들었을 때만 들리는 소리였다.

그 소리가 들리자 흰머리가 떨리는 목소리로 말했다.

"붙, 붙었어. 확실해! 확실해! 성혈(聖血)이야, 성혈."

"그, 그렇군."

흰머리에게 물들었는지 검은 머리 역시 떨리는 목소리로 말했다.

"진씨의 맥을 이은 게 분명하군."

하지만 검은 머리의 말이 채 끝나기 전에 옥배에서는 이상한 현상이 일어나기 시작했다.

우윳빛처럼 맑던 잔이 점점 검게 변하다 끝내 숯덩이처럼 시커멓게 되어버린 것이다.

쩡~

검은빛이 흡사 먹빛처럼 검어졌을 때 굉음을 내며 검은 머리의 손에서 잔이 가루처럼 깨어져 버렸다.

"이, 이게……."

검은 머리가 경악한 표정으로 이미 검은 가루만 남은 자신의 손을 보며 말을 더듬었다.

"마, 마혈(魔血)!"

흰머리가 그럴 리 없다는 표정으로 중얼거리자 검은 머리의 목이 획 돌아가며 물었다.

"확실한가?"

검은 머리의 물음에 흰머리가 고개를 처음으로 가로저었다.

"확실하지 않아……."

검은 머리가 자신도 모르겠다는 듯 다시 제 손바닥으로 시선을 돌리며 중얼거렸다.

"성혈과 마혈을 한 사람 몸에 동시에 가질 수 있단 말인가? 깨진 천옥(天玉)을 다시 되돌릴 수 있는 건 성혈밖에 없지만……."

"확실해!"

검은 머리의 말꼬리를 붙잡듯 흰머리가 말했다.

"뭐가?"

"이 뚱뚱한 놈이 바로 우리가 찾는 그 육금행이 확실해!"

"하지만 다시 천옥배(天玉杯)가 깨졌는데도?"

검은 머리가 아무래도 의심스럽다는 태도로 묻자 흰머리가 제 머리통을 긁적거렸다.

"마혈이라면… 보통 죽은 채로 어미 배에서 나오거나 설혹 살더라도 불구자가 되지 않던가?"

검은 머리가 이해가 안 된다는 듯 중얼거리자 흰머리가 아니라는 듯 고개를 가로저었다.

"그것도 확실하지만 마혈로 잘 산 놈도 있어. 확실하지."

흰머리의 말에 검은 머리가 눈을 치켜떴다.

"고검사신(孤劍死神)?"

비명에 가까운 검은 머리의 말에 흰머리가 아무 말 없이 고개를 끄덕였다.

"서, 설마…… 물… 물론 고검사신이 마혈인 것도 사실이지만 오로지 그 사람만이 온전한, 아니, 더욱 뛰어난 능력을 보여주지 않았는가!"

"그, 그것도 확실하지. 그러니 마혈이 꼭 마성(魔性)과 연결된다고 볼 수도 없어. 확, 확실하진 않지만……. 하지만 성혈과 마혈을 가르는 천옥배가 그리 가리키니……."

고검사신이란 말이 튀어나오기가 무섭게 검고 허연 대가리 둘은 서로의 얼굴을 쳐다보며 말을 잘 잇지 못했다.

고검사신, 그 네 글자는 오래전부터 전 무림의 공포였다.

자신을 추종하는 사대봉공(四大奉公)과 함께 시체로 산을 쌓았으며 피로 강을 만든 악마였다.

그리고 마혈(魔血)을 지닌 자였다.

물론 마혈을 지닌 자가 고검사신만은 아니었다.

제2의 고검사신의 출현을 염려한 백도무림은 그 이후 마혈을 지닌 자를 색출해 내려 노력했고, 마혈을 지닌 몇 명의 사람을 찾아낼 수 있었다.

하지만 대부분 죽은 채로 태어나는 사산아(死産兒)이거나 운 좋게 살아나왔다 해도 대부분 불구의 몸과 정신을 가진 자들이었다.

그렇다고 마혈이란 이름이 가져다 주는 공포가 쉬이 없어지진 않았다.

그만큼 고검사신과 사대봉공이 남긴 살업(殺業)의 전설은 치를 떨리게 만드는 것이었기 때문이다.

검은 머리와 흰머리의 노인은 이제 검은 가루만 남은 옥배와 넓적한 진금행의 얼굴을 번갈아 쳐다보며 이 이해되지 않는 일에 대해 한참 동안 고민하고 있었다.

제 9 장

주개육 —화소접 납치당하고, 주개육 진금행을 만나다

화소접은 미칠 지경이었다.

온몸이 굳어진 탓에 진작 보았어야 할, 그것도 여러 번 보았어야 할 볼일을 보지 못하고 있는 탓이었다.

뱃속은 이미 무겁다 못해 터질 듯했고 방광은 아랫배를 뚫고 튀어나올 만큼 팽팽해져 있은 지 오래였기 때문이다.

다른 사람에게 부탁해 볼일을 보고 싶어도 입을 열어 말을 할 수 있어야 할 게 아닌가.

거기다 지금은 진금행과 이상한 노인 둘 모두 동굴 밖으로 나가 부탁할 사람도 없는 지경이었다.

하지만 아랫배나 방광보다도 지금 화소접으로서는 눈알이 튀어나오는 건 아닌가 하는 걱정이 들었다.

도저히 제 눈으로 보고도 믿지 못할 괴사가 지금 자신의 눈앞에서 벌어지고 있기 때문이었다.

그것은 처음엔 단지 조그마한 얼룩으로부터 시작되었다.

똑바로 누운 탓에 하릴없이 멍하니 동굴의 천장을 보고 있는데 처음엔 그저 조그마한 붉은 점이라고 생각했던 것이 점점 커지고 있었다.

어느덧 천장 동굴을 꽉 채울 만큼 넓어진 붉은색은 갑자기 출렁대기 시작했다.

언젠가 보았던 드넓은 호수 위가 바람에 일어 출렁거리듯 그 붉은빛은 동굴 천장에서 출렁이고 있었다.

'저거 꼭 피 같은데?'

화소접이 내심 의아한 생각을 할 때였다.

갑자기 그 출렁이던 액체가 순식간에 다시 한 점으로 모아지더니 한 줄기 자신 위로 떨어져 내리는 것이 아닌가.

소나무 표면에 끈적이며 흘러내리는 송진처럼 천천히 자신의 얼굴 위로 떨어져 내리는 핏빛 액체만 해도 아직 어린 화소접으로는 화들짝 놀랄 지경인데 더욱 기괴스런 광경이 눈앞에 펼쳐지기 시작했다.

떨어져 내리던 핏줄기 끝이 점점 불룩하게 부풀어 오르다 곧 세 개의 가느다란 선이 생기는 것이 아닌가.

그 세 개의 선이 꼭 두 눈과 입처럼 생겼다는 생각이 들쯤 아나나 다를까, 맨 아래의 선이 벌어지며 사람의 음성, 그것도 스산한 느낌이 드는 음산한 목소리가 흘러나오기 시작했다.

—수신이위가 무슨 일로 무림맹을 벗어났나 했더니…….

화소접은 기절할 만큼 놀랐다. 아니, 그 핏덩어리가 사람의 얼굴로 변하는 것도 모자라 정말 사람의 음성이 들려왔을 땐 아예 정신을 놓고 기절해 버렸다.

하지만 그 혈면인의 말은 계속되었다.

─이것은 분명 명교의 사라진 전대 좌사의 '모여화투한판(募黎華鬪寒判)', 즉 모화한(募華寒)의 점혈이 분명한데… 잘하면 이 계집을 통해 전대 좌사뿐 아니라 사라진 배교의 무공도 되찾을 수 있겠군.

곧 혈면인의 얼굴은 사라지고 다시 가느다란 핏줄기로 변해 화소접의 몸을 동아줄로 얽어매듯, 아니, 구렁이가 먹잇감의 몸을 옥죄듯 친친 감았다.

그리고 화소접의 온몸을 감은 핏덩어리는 천천히 동굴의 바닥으로 스며들듯 사라지고 있었다.

*　　　*　　　*

"엥? 어디 간 게지?"

검은 머리, 즉 무림맹의 수신이위자 무림쌍위 중 한 명인 문성천이 흰머리, 즉 수신이위의 다른 한 명인 문재천에게 물었다.

부명히 나갈 때는 세친떼기 같은 여지 아이와 머리딜이 없는 여자아이 둘이 있었는데 지금 들어와 보니 이마가 시원한 계집아이 하나밖에 없기 때문이었다.

"하나가 없는 게 확실해. 내 눈 아직 쓸 만해."

문재천의 말에 문성천이 노려보며 일갈했다.

"네놈의 눈과 귀는 쓸 만한지 모르겠지만 그놈의 주둥아리와 머리통은 정말이지 쓸 데가 없구나!"

검은 머리와 흰머리 사이에 오가는 대화를 듣던 진금행이 동굴 여기저기를 둘러보다─이미 문성천이 점혈을 풀어주었다─조심스럽게 물었다.

"갈 곳으로 갔겠죠 뭐. 일단 계집을 찾는 것보다는 우리 갈 곳으로 서둘러 가지요."

진금행으로서는 찜찜한 노릇이었다.

그 무섭던 검각의 계집이 나무토막으로 뻣뻣하게 있을 때는 무서울 것이 없었으나 분명 자유롭게(?) 움직이고 있다는 것을 확인한 지금 제 목젖을 걱정해야 할 일이 생긴 것이 분명한 노릇이었다.

문성천이 고개를 갸웃하다가 문재천에게 물었다.

"내가 점혈하지는 않았지만 분명 마교의 특이한 점혈이 분명했는데 어떻게 풀었는지 모르겠군."

하지만 문성천의 의문은 문재천의 힘찬 고갯짓에 짜증과 함께 날아가 버렸다.

"모르는 것 확실해! 마교의 점혈법은 정말 묘해! 묘한 거 확실해!"

"에라이!"

문성천은 문재천을 향해 고리눈을 뜨다 곧 혀를 끌끌 차고는 다시 진금행을 향해 고개를 돌렸다.

"그 아이가 어찌 됐든 이 아이를 먼저 맹으로 데려가야겠군. 그 여아의 점혈을 스스로 풀었든 아니면 다른 마교의 잡졸이 나타나 풀었든 간에 마교와 연이 닿은 것은 분명해 보이니 말이야. 늦기 전에 맹주의 명을……."

"맹? 맹이라니요?"

진금행은 맹한 표정으로 묻자 문성천이 고개를 끄덕이며 말했다.

"무림맹 말이다. 맹주께서 너를 데려오라고……."

문성천은 말하다 말고 곧 미간에 주름을 잡고 곤혹스럽다는 듯 말했다.

"너인지 확실하진 않지만 네놈의 진가라는 성만 뺀다면 이름과 성혈이 분명하니… 흠흠, 물론 성도 다르고 네가 맹주께서 찾는 그 아이가 분명하다면 출중해야 할 외모도 다를 뿐더러 네 품행 또한 많이 다르고… 아, 이거 정말 모르겠군."

문성천이 짜증난다는 듯 고개를 좌우로 흔들었다.

"다른 건 몰라도 성혈은 아무나 가질 수 없지. 암! 그건 확실해!"

옆에서 문재천이 불쑥 말을 토해내자 문성천의 얼굴이 환해졌다.

"맞다! 아무리 다른 것이 많아도 천옥배를 속이는 피는 없으니 네가 맹주께서 찾는 자가 분명할 것이다."

"하지만 마혈도 천옥배를 속이지 않지. 암, 그것도 확실해!"

문재천이 자신의 말이 잘 먹혀든다는 기쁨에 들떠 한마디 더 거들자 여지없이 문성천의 눈이 가늘어지며 흡사 문재천의 흰 대가리를 사정없이 난도질할 것처럼 노려보았다.

"음냐, 일단 성혈을 찾으라고 했어. 마혈은 신경 쓸 필요도 없지. 암! 확실해. 분명 맹주께서 그렇게 말씀하셨다구!"

문재천이 찔끔 놀라 떠듬거리며 말하자 문성천의 눈매가 조금 부드러워졌다.

"그래, 성혈! 그것이 중요하지. 제기랄! 맹주께선 분명 성혈이라 했으니 우린 책임이 없지! 아예 머리 복잡하게 마혈의 마 자도 꺼낼 필요가 없단 말이야! 안 그런가, 무선좌위(武仙左位)?"

문성천의 은근하고도 왠지 음모의 냄새가 짙게 나는 말에 문재천이 침까지 흘려대며 헤벌쭉 웃음을 배어 물고는 고개를 끄덕였다.

"맞네, 맞아! 문성우위(文聖右位)! 확실하네, 문성우위!"

문재천이 문성천의 말에 이토록 기뻐하는 이유는 따로 있었다.

문성천과 문재천은 애초에 쌍둥이 형제로 태어났다.

하지만 그 몸은 두 개가 아닌 하나였다.

바로 등이 붙어 있는 기이한 몸으로 태어났는데 그 방향이 서로 달라 한 아이의 머리 뒤에 다른 아이의 발이 붙어 있는 역상으로 등이 붙어 있었다.

손이 귀한 집안이었기 때문에 쌍둥이 형제의 부모는 곧 용한 의원을 찾아가 이 괴사를 해결할 방도를 묻자 그 답이 걸작이었다.

이대로 두면 둘 다 죽겠지만 진도묘법(珍道妙法)을 쓰면 둘 중 하나는 살 수 있다는 것이었다.

지금 몸 상태는 어머니의 몸 안에 있을 때 음(陰)과 양(陽)이 괴이하게 작용한 결과라 이 음과 양을 떨어뜨려 놓아야 한다는 것이었다.

그 결과 한 아이는 등에 흉이 남을 뿐 멀쩡한 사람 구실, 아니, 더 나아가 음과 양의 나뉜 기이한 몸을 했던 덕분으로 더욱더 뛰어난 사람이 될 수 있겠지만 다른 한 아이는 죽거나 살더라도 사람 구실은 제대로 할 수 없을 거라는 것이 아닌가.

부모는 결국 둘 다 죽이느니 한 사람이라도 살리는 것이 낫다는 판단 하에 곧 도사의 진도묘법을 행하게 되었다.

들떠 버린 음의 기운과 가라앉은 양의 기운을 갈라내는 것은 한 아이를 선택하여 위로 누운 자세를 취하고, 자연 다른 아이는 그 밑에 취한 채 갖은 약초로 기운을 감싸고 곧 신묘한 칼로 두 아이의 거꾸로 붙은 등을 잘라내는 것이었다.

그리고 그 결과로 한 아이에게는 축복된 삶을, 그리고 다른 아이에게는 저주의 죽음을 갈라내게 되는 때가 닥쳐온 순간, 하지만 어디 어미 된 자의 마음으로 그 꼴을 볼 수 있을 것인가.

한 아이의 얼굴에 화색이 도는 것이 보이는 게 틀림없이 살 것 같았고, 다른 아이의 얼굴엔 점차 어두운 그림자가 드리워지는 순간이었다.

잘하면 둘 다 살릴 것도 같아 보이자 득달같이 달려든 어미는 곧 두 아이의 위치를 바꾸었고 막 중요한 대법을 펼치려던 도사의 눈썹은 파르르 떨렸지만 곧 칼을 놀려 두 아이의 몸을 분리해 내었다.

어미의 모험이 하늘을 감복했음인지 두 아이는 다행히 모두 살게 되었다.

처음 선택된 아이는 후에 문성천이란 이름을 가지게 되었고, 죽을 운명이었던 아이는 문재천이란 이름을 가지게 되었다.

하지만 도사의 예언은 반은 틀리고 반은 틀림없이 들어맞았다.

처음 선택된 아이는 아주 복된 재능을 가지게 될 것이라고 했는데 그 재능을 두 아이 모두 가지게 되었다.

하나의 초식을 알려주면 열을 아는 재능이었다.

그러나 또 다른 예언, 즉 사람 구실 못할 거란 예언까지 둘 다 나눠 가지게 되었으니 맹하기 짝이 없는 문성천과 그런 문성천에게까지 답답함을 안겨줄 정도로 덜떨어진 문재천이 된 것이다.

다행히 두 사람의 재능, 즉 무공으로써 무림맹에 수신이위이자 문무쌍위자리까지 오르게 되었지만 음과 양의 역작용으로 머리털의 색이 선명한 흑과 백으로 바뀐 것처럼 그 역할은 나뉘어져 있었다.

문성천은 무림맹의 무림쌍위 중 우위(右位)의 자리를 맡고 있으며 문성(文聖:이건 순전히 문재천이 아둔한 탓으로 그보다는 조금 더(!) 유식하다는 이유에서 문(文) 자가 붙은 것이다)으로 불리웠고 문재천은 무림쌍위 중 좌위(左位)이자 무선(武仙:이것 역시 이 인간에게는 오로지 무공밖에 봐줄 것이 없다는 의미에 지나지 않았다)으로 불리게 된 것이다.

이 문성우위(文聖右位)와 무선좌위(武仙左位)라는 명칭은 머리 안 돌아가는 문재천에게는 이를 데 없는 존칭이었지만 항상 문재천과 비교당해야 하는 문성천에게는 자존심 상하는 일이었다(꼴에 무슨 자존심이나 있는지 모르겠지만).

그러니 정말이지 간만에, 비록 그것이 모든 책임을 어수룩한 문재천에게 떠밀고 발을 빼려는 의도에서였지만 은근한 목소리로 문성천에게 무선좌위라 불리웠으니 문재천의 기쁨은 이루 말할 수가 없었다.

하지만 문재천의 기쁨은 벙찐 표정의 진금행의 말에 얼마 가지 못했다.

"맹주가 왜 나를 보려고 한답니까? 무림맹에 돈이 궁하지도 않을 텐데요?"

"돈? 맹이 쪼들리긴 하지만… 그 이유야 짐작 가는 데가 있긴 하지만 확실하진 않으니 말해 줄 수가 없구나. 아이야, 너는 우리들을 따라서 그저 맹으로 가면 되는 것이란다."

진금행의 눈이 조그맣게 변했다(남들은 절대 알아볼 수 없다. 더 작아진다는 건 상상조차 못할 일이다).

진금행의 뇌리에는 지금 벌어지는 일이 예사로운 일이 아니라는 것을 알려주는 경고성이 시끄럽게 울려대고 있었다.

지금 보여주는 두 노인의 행동은 분명 남들과 다른, 확실하게 망가진 노인들이 분명했지만 그 두 노인 몸 안의 무공은 그래도 무림에서 한가락 한다는 인간들을 가지고 노는 진금행으로서도 처음 보는 것이기 때문이었다.

"왜 저같이 조그맣고 연약한, 볼품없는 아이를 맹주께선 끌고 오라고 하셨는지요?"

자뭇 심각하게 묻는 진금행을 보고 문성천은 얼떨떨해졌다.

조그마한 아이라니? 이건 푸짐하기 이를 데 없어 보는 것만으로도 숨이 막힐 지경이 아닌가.

게다가 연약하고 볼품없다니, 볼품이 없는 게 아니라 볼 게 너무 많아 아예 한자리 깔고 하루 온종일 관찰한다 해도 다 보지 못할 거대한 몸뚱이를 씰룩이며 할 수 있는 말이던가?

하지만 문성천은 최대한 친절하게 대답을 해주고 있었다.

아무래도 찜찜한 구석이 아직도 남아 있긴 했지만 잘못하면 이 커다랗고 볼품 많은 아이가 맹주의 친인척이 될지도 모르기 때문이었다.

진씨가의 자손에게만 이어지는 성혈이라 불리는 이상한 피가 그것을 증명하고 있었다.

"끌고 가다니, 누가 끌고 간단 말이냐. 우리는 너를 최대한의 빈객으로 대접할 것이다."

진금행의 눈이 더욱 가늘어졌다(대단한 일이다).

"빈객이요? 그럼 내가 가지 않겠다고 해도 괜찮다는 말입니까? 귀한 손님으로 대접하겠다고 말씀하셨으니 제 맘대로……."

"그건 안 될 말이지! 자네는 맹주께 가야 돼! 암! 확실하지!"

문재천이 곧 손사레를 치며 나섰다.

문성천 역시 무슨 말이냐는 듯 눈을 동그랗게 뜨고는 말했다.

"얘야, 너는 그게 무슨 말이냐! 현 강호에서 맹주의 콧털 하나라도 보게 해달라고 안달복달하는 고수들이 몇인 줄이나 아느냐? 너는 괜한 말 하지 말고 우리와 함께 가자꾸나. 너에게 해 되는 일이 없을 것이라는 것은 우리가 보장하마!"

진금행은 예리한 눈동자를 굴려 흰 대가리의 노인과 검은 대가리의 노인을 번갈아 보다가 묘한 웃음을 지었다.

"맹에 뭔가 있긴 있군. 하긴 나도 우리 아버님이 무거운 몸을 이끌고 갑자기 무림맹이란 곳에 가야 한다고 하실 때부터 뭔가 이상하다고 생각하긴 했어……."

진금행의 혼잣소리를 들은 문재천이 코를 씰룩였다.

무언가 일이 잘 안 풀릴 때의 버릇이었다.

"흠흠, 자네의 아버님과는 상관없는 일이네. 그저 맹주께서 자네를 무림의 동량으로 삼을까 하는 복안이 있으신 것인지도 또 모르지."

문성천은 육금행이란 아이에게 그 아이와 연루된 비밀을 밝히지 말라는 맹주의 신신당부를─비록 주먹을 쥐고 코앞에서 흔들어 보이며 말한 것이긴 했지만─절대 잊을 수 없었다.

솔직히 숨길 비밀이 무엇이 있는지도 잘 알 수 없었다.

그저 맹주가 상상치도 못할 능력을 지닌 이상한 마교 인물들과 작호에서 어울렸다는 것이 무림맹에 불고 있는 심상치 않은 일들과 관련이 있다는 것만 어렴풋이 짐작할 뿐이었다.

하지만 수신이위에게는 그 이상 알아낼 능력도, 머리도 있지 못했다.

문재천 또한 문성천이 둘러대는 말이 그럴듯했는지 고개까지 흔들어대며 연신 '무림동량! 확실해! 암, 확실하구말구!' 란 말을 내뱉고 있었다.

"쿵! 무림동량?"

진금행은 콧구멍 속에서 뜨거운 콧김을 불어내며 한심하다는 듯한 표정을 지었다.

자신이 생각해도 무림동량이라니! 이건 말이 안 되도 너무 안 되는 일이었다.

하지만 그 연유를 살피기 이전에 이 말도 되지 않는 일을 이용할 궁리부터 하고 있었다.

"그러니까 제가 아주 귀한 손님, 아니, 손님 정도가 아니라 강호무림에서 큰일을 해낼 대단한 인물이라 이거군요."

문재천과 문성천의 검고 하얀 대가리가 연신 위아래로 흔들렸다.

"그러니까 절.대. 내가 원해서 갈 뿐 억지로 끌고 간다거나 아까처럼 이상한 술법을 부려서 잠재운 채 데려간다거나 하는 것은 아니라는 것이죠?"

"암! 확실하네, 확실해!"

문재천이 고개가 끄덕이자마자 진금행이 빠르게 말을 이었다.

"분명하지요? 지체 높으신 두 분이 어린아이에게 헛된 말을 하지는 않으시겠지요?"

이번엔 문성천의 고개가 끄덕여졌다.

이 푸짐하기 이를 데 없는 이이에게 괜한 손찌검이나 실수를 한다면 맹주의 무서운 주먹이 이번엔 그저 눈앞에서 왔다 갔다만 하진 않을 거라는 예감이 강하게 들었기 때문이다.

"암! 내가 보장하네. 난 아직 내 말을 어겨본 적이 없다네."

"그렇다면 어르신들의 청을 받아들이도록 하지요. 하지만 내가 원해서 가는 겁니다!"

진금행의 입에서 무림맹으로 간다는 말이 떨어지자마자 수신이위의 입은 한껏 째졌다.

"하지만 이것저것 구경하다 무림맹으로 간다면 한 일 년, 아니, 이

년 이상 걸릴지도 모르겠군요."

큰 선심을 베푼다는 듯한 표정으로 진금행이 심드렁하게 말하자 문성천과 문재천의 눈이 크게 부릅떠졌다.

"일 년이라니? 아니, 그건 안 될 말이네! 서둘러 가야만 하네!"

문성천의 말에 진금행이 볼멘 목소리로 말했다.

"제 의지로 가게 한다고 말씀해 주지 않으셨습니까! 자신이 내뱉은 말은 한 번도 어겨본 적이 없다면서요?"

코가 꿰어도 정말이지 단단히 꿰었다고 생각하며 문성천이 어울리지 않게도 앓는 소리를 냈다.

"물론 그렇네. 하지만 자네 역시 가겠다고 했으면 우리 편의도 좀 봐주어야 하지 않겠는가? 만약 자네가 서둘러 처리해야 할 일이 있다면 우리가 대신 해주겠네. 그러니 다른 일은 뒤로 미루고……."

"대신 처리해 주시겠다구요?"

진금행의 눈동자가 반짝였다(눈동자를 알아볼 수만 있다면 볼 수 있는 반짝임이다).

바로 자신이 원하던 대답을 이토록 수월히 받아내다니.

이렇게 된다면 아미파의 여승을 찾을 필요도 없었다.

'벌레들을 짓밟아주는 일'이나 '무림맹을 찾아가야 하는 일' 모두 아미파 여승의 손을 빌리지 않더라도 이 두 노인네만 잘 가지고 논다면 해결할 수 있기 때문이었다.

"암, 대신 처리하지! 우리가 대신 처리해!"

문재천이 내나 하얀 머리를 흔들며 장담했다.

"그렇다면… 빨리 갈 수도 있겠군요. 한 가지 일만 잘 해결된다면 말이지요."

이미 일은 모두 해결된 거나 다름없었다.

그러니 자연 진금행의 목소리는 나른함에 젖어들고 있었고 수신이 위의 성능 좋지 않은 머리는 그저 신나게 위아래로 끄덕여질 뿐이었다.

*   *   *

개방의 후개(後丐) 주개육은 눈 아래 펼쳐진 산의 능선을 보고 있었다.

'만경창파(萬頃蒼波)'란 말이 그저 넓고 광활한 바다를 두고서 쓰이는 말이 아님은 지금 주개육이 서 있는 산 정상에 서 본 사람이라면 그 누구라도 알 수 있었다.

흰 구름 아래 구비구비 요동 치며 달려가는 산들은 가장 세력이 작았던 유비가 촉 땅에서 어찌 그토록 오랜 세월을 버텨올 수 있었는지 알 수 있게 해주고 있었다.

주개육은 눈을 지그시 감은 채 남들은 알 수 없는 감상에 젖었다.

'흐음, 오른쪽 늑골 부분은 움직일 만하군. 하지만 왼쪽 엉치 뼈는 아직 불편한걸?'

웅장한 경치를 앞에 두고도 그저 자신의 사부이자 개방 방주인 목사진에게 두들겨 맞은 몸뚱어리만 챙기는 모습은 누군가와 많이 닮아 있었다.

진금행이 세 가지 관심 중 한 가지, 바로 '먹을 것'에 집착하는 면을 주개육은 너무도 많이 닮아 있었다.

하지만 진금행에게는 세 가지였던 것이 주개육에게는 한 가지로 줄어들게 됨으로써 주개육과 진금행은 전혀 다른 인간이 되었다.

'먹을 것' 한 가지만 가지고 있는 주개육은 그래서 세 가지에 분산된 진금행의 욕심보다 더욱 탐욕스러웠고, 또한 세 가지를 가지고 있는 진금행에 비해 단 한 가지에만 골몰한다는 점에서 단순하기 짝이 없었다.

"이 육씨 꼬마 놈을 어디서 찾지? 흠, 맹주가 그토록 신경 써서 비밀스럽게 찾을 정도라면 뭔가 있긴 있는 놈일 텐데……."

혼자 중얼중얼거리던 주개육은 자신이 후개로 뽑힌 가장 결정적인 이유인 자신의 영민해 보이는 두 눈을 들어 산맥 사이로 흐르는 소로(小路)를 하염없이 멍하니 바라보았다(후개는 거지들 틈에서 뽑힌 놈이다. 결국 뭘 더 바란다는 것이 미안한 놈이란 것이다).

"젠장, 저쪽으로 가야 하나, 아님 이쪽인가?"

맹한 두 눈으로 양쪽 갈림길을 번갈아 쳐다보던 주개육의 귀에 이상한 소리가 들려오기 시작했다.

쑤아아~

댓잎 흔들리는 듯한 소리가 저 멀리서 들려왔다.

어느덧 그 소리는 점점 커져 대나무 숲 전체가 흔들리는 소리로 변한다 싶더니 어느새 커다란 암벽을 때리는 성난 파도 소리로 주개육을 덮쳐 왔다.

파아앙—

주개육이 무슨 영문인지 몰라 두리번거리는데 그 파도 소리 중간에 거친 사내들의 비명 소리가 섞여 있었다.

"사태, 진정하시고 제 말을 들어보시오!"

그제야 무언가 빠르게 달려오던 잿빛 인영이 제자리에 우뚝 멈춰 섰다.

"어찌 그런 말을 하느냐! 불연이 그 조그마한 아이가 그 흉적에게 능욕을 당하고 있을 텐데!"

화가 치밀어 오른 다급한 목소리를 내고 있는 사람은 여승이었다.

'어라? 저 비구니는 분명 아미삼검 중 하나인 정암 사태가 아닌가?'

나무 위로 몸을 숨긴 주개육은 이해할 수 없다는 듯 제 더러운 머리통을 벅벅 긁어댔다.

개방은 무림맹의 정보를 맡고 있었다.

하지만 솔직히 무림맹에서 개방에게 요구하는 것은 중원에 깔려 있는 모래만큼이나 많은 거지들의 눈과 귀뿐이었다.

즉, 단순하게 보고 들은 정보를 긁어 모으는 능력만 기대할 뿐 그 정보의 경중을 가리고 냉정한 판단을 내리는 것은 무림맹의 뇌(腦)라고 할 수 있는 천향각(天香閣)이 맡고 있었다.

애당초 당연한 일인지도 몰랐다.

그저 놀고 먹는 데만 익숙한 개방은 글을 읽는 자가 손가락에 꼽을 정도였고, 냉정하게 정보를 판단하는 일이 가능했다면 그저 거지로 머물러 있지도 않았을 게 뻔하기 때문이었다.

하지만 개방의 넓고 깊은 정보력은 무림맹주가 육씨 성을 가진 아이를 찾는다는 정보를 캐낼 만큼 대단한 것이었고, 한편 왜 찾는지 몰래 알아봐야 할 적임자로 후개 주개육이란 덜떨어진 인물을 선정해야 할 만큼 극심한 인물난(?)을 겪고 있었다.

사실 주개육은 왜 육씨 성의 꼬마를 찾아야 하는지 이유를 모른 채 헤매고 있었고, 또한 개방 방주 목사진 역시 그 이유를 알아낸다 해도 어디에 써먹을지 모를 것이 뻔한 일이었다.

개방의 정보력은 대단했지만 그 대단한 만큼 평가를 못 받는 확실한 이유 역시 있었다.

지금도 주개육은 말한 사람이 아미파의 정암이라는 것은 한눈에 알아보았지만 왜 저토록 화를 내는지는 머리를 아무리 굴려봐도 알 수가 없었다.

"능멸까지야……."

정암의 뒤를 따라온 현통이 쭈뼛거리면서 말했지만 자신이 서지 않았다.

현통 스스로 서른 해를 훌쩍 넘기면서 봐왔던 인간들과는 차원이 다른 진금행이란 사내는 어디로 튈지 모를 인간임이 확실하기 때문이었다.

"불연이는 남녀 간의 일을 하나도 모르는 깨끗한 아이라네. 만약 그 아이에게 무슨 일이라도 생긴다면 그 진금행이란 아이를 내 손으로……."

정암은 검을 잡은 손을 부르르 떨며 차마 말을 끝맺지 못했다.

'진금행? 어라? 내가 찾아야 할 육금행이 아니고? 금행이란 이름이 참으로 흔하기 짝이 없구나!'

나무 뒤에 숨은 주개육이 참으로 이상한 경우도 다 있다는 생각을 할 때였다.

'흐익!'

누군가 자신의 어깨를 툭툭 치는 것을 느낀 주개육이 놀라 등 뒤를 바라보았다.

거기엔 어설픈 복면—급히 만들어 덮어쓴 것이라 그렇다—을 쓴 괴인이 자신을 보고 손가락을 까닥까닥거리고 있었다.

'누군가? 날보고 오라는 뜻인가?'

주개육은 식은땀을 흘리고 있었다.

자신은 천하제일방파인 개방의 방주가 될 인물이 아닌가.

그러니 개방 방주 목사진이 개를 잡듯 신중하고도 정성스럽게 자신을 훈육하지 않았는가.

그 익히기 힘들다던 강룡십팔장(降龍十八掌)과 타구봉법(打狗棒法)을 팔성 정도 깨닫게 된 지금 자신에게 기척을 숨기고 와 등을 두드리다니!

다른 건 몰라도 자신의 스승이자 개방 방주인 목사진도 이만한 재주는 지니지 못했을 게 분명했다.

"너 일루 와봐!"

웅얼거리듯 이상한 목소리의 전음성이 주개육의 귓전에 날아들었다.

"나, 나요? 왜, 왜요?"

이미 무공으로는 현격한 차이가 난다는 것을 깨달은 지금 별다른 방법이 없었다.

그저 불쌍한 표정과 멍해 보이는 눈으로 입을 헤벌레 벌리고 되묻는 게 전부였다.

이처럼 불쌍하고도 멍청한 정신 나간 거지 새끼를 누가 건드릴 생각을 하겠는가 하는 생각을 하면서.

하지만 주개육의 바람은 비껴 나갔다.

"짜식이 어디서 수작이야! 그 표정, 목 방주 어릴 때부터 많이 봐왔어. 내가 또 속을 줄 알아?"

으르렁거리는 듯한 전음성이 주개육의 귓전을 후벼 팠다.

'어라? 내 사부님을 아는 사람인가?'

주개육이 어리둥절할 때 복면인은 다시 손가락을 제 입 위로 조용히 하나 치켜세우고는 그 손가락을 주개육 앞으로 내밀고는 두어 번 까딱거렸다.

조용히 따라오라는 표시였는데 그 움직임 하나하나에는 짜증이 엄청나게 묻어 있는 것을 알아볼 수 있었다.

그 손가락의 까딱거림에 따라 주개육이 힘차게 고개를 끄덕여 댔다.

고수가 화를 내는 일은 드문 일이었고, 화를 내기 시작하면 고수만큼 무서운 인물은 없다는 걸 너무도 뼈저리게—아직도 날이 궂으면 뼈가 쑤신다—느낀 주개육이기 때문이었다.

복면인은 당연히 따라오리라 생각하며 뒤도 돌아보지 않고 앞장서 걸어갔고 그 뒤를 주개육은 쫄랑쫄랑 따라갈 수밖에 없었다.

'정말 잘 처먹게 생긴 놈이군!'

주개육의 첫 느낌은 그랬다.

물론 이 동굴 안에는 눈이 아릴 정도로 예쁜데다가 순진무구하게 생긴 여승도 하나 있었고 자신을 끌고 온 엄청난 고수 역시 있었지만 가장 강렬한 인상을 주는 놈은 푸짐한 몸매에 욕심이 덕지덕지 붙어 있는 듯한 두툼한 눈두덩이를 하고 있는 청년이었다.

고수는 고수를 알아본다던가?

진금행 역시 주개육을 남다른 눈으로—남들이 보기엔 나나 똑같나—쳐다보고 있었다.

적어도 남들과 다른 특징, 즉 '먹는 것'에 생사를 건 두 사내가 처음으로 마주쳤다는 것을 직감적으로 깨달은 것이 분명했다.

"저 거지 놈은 왜 데려왔습니까?"

진금행이 두툼한 입술을 열어 불만스럽다는 듯 복면인을 보고 물었다.

"믿고 일을 맡길 만한 놈이 눈에 띄지 않아서……. 일단 신분이 확실해야 하지 않겠나?"

복면인이 마땅치 않다는 듯 대답하자 진금행의 묘한 눈동자가 주개육을 위아래로 훑어보았다.

"저 거지 놈이요?"

아무래도 못 믿겠다는 듯한 진금행 말에 복면인이 다시 한 번 고개를 끄덕이며 대답했다.

"그렇다. 하지만 보통 거지가 아니지. 개방의 목 방주가 보물처럼 아끼는 후개니까."

'허걱!'

주개육은 정말이지 놀라 자빠질 정도였다.

개방의 후개란 차기 방주가 될 인물, 그래서 혹시 마교나 다른 방파들이 해를 끼치지 않을까 싶어 비밀리에 숨겨오고 있었다.

그래서 개방에 입문한 자들은 한 개의 허리 매듭을 매고, 장로는 여덟 개의 매듭을 매며, 방주는 아홉 개의 매듭을 매는 데 비해 후개는 보통 거지들처럼 아무런 표식도 지니지 않았다.

한데 이 복면인은 어떻게 자신의 신분을 한눈에 알아본 것인가?.

"후개(後丐) 확실해! 생긴 게 개대가리 같잖아? 목사진 그놈, 개 엄청 좋아해! 암, 확실히 좋아하구말구!"

주개육은 또 한 번 놀라야 했다.

앞선 복면인과 똑같은―조금 더 맹해 보이는 분위기가 감돈다는 것만 빼고―엄청난 기도를 뿌리며 또 다른 복면인이 나서고 있는 게 아닌가.

"제 사부님은요? 이 불연이의 사부님은······?"

예쁘장한 여승이 종알거리며 물을 때였다.

"불연아!"

주개육이 조금 전 보았던 정암이 바람처럼 동굴 안으로 달려 들어와 불연이라 불린 작은 여승을 제 품에 안았다.

"괜찮은 것이냐? 어디 못된 해코지나 당하진 않았니?"

십 년 만에 만난 모녀처럼 정암은 불연의 몸을 이리저리 어루만지며 걱정스러운 듯 계속 묻고 있었다.

'눈물겹군. 모르는 사람이 보면 저 여승이 봄바람이 살랑일 때 춘심을 못 이기고 절을 나가 사생아를 하나 낳은 줄로 알겠군.'

주개육이 어떤 유혹에도 흔들리지 않는 부동심(不動心)을 강조하는 아미파 여승 둘이 꼭 부둥켜안고 기뻐하는 모습을 낯설어할 때였다.

"아참! 그 진금행이란 간적은 어디에 있는 거냐?"

정암이 뒤늦게 생각났다는 듯 몸을 일으켜 세우고 서릿발 같은 시선을 들어 주개육과 진금행을 번갈아 쳐다보았다.

과연 그 눈빛은 조금 전과 달리 아미삼검 중 한자리를 충분히 맡을 자격이 있다는 것을 보여주고 있었다.

그 칼날 같은 눈빛에 왠지 뒷머리가 서늘해지는 것을 느끼며 진금행이 반갑다는 듯 고개를 숙였다.

"제가 진금행이라고 합니다만······."

진금행이 고개를 숙이자 정암의 검이 진금행의 뒷목에 가 닿았다.

'빠르군!'

주개육이 그 날렵한 솜씨에 놀라며 복면인을 쳐다보았다.

하지만 과연 복면인들의 무공은 주개육보다 한 수 위였는지 가만히 지켜보고만 있는 것이 아닌가.

'칼날에 살기(殺氣)가 없음을 알았다는 말인가?'

주개육이 지금 돌아가는 상황과 복면인의 무공 수위를 부지런히 머리 속으로 재고 있을 때 정암의 싸늘한 냉갈이 들려왔다.

"네 더러운 손을 이 깨끗한 아이에게 댄 것은 아니겠지?"

진금행은 뚱한 얼굴을 들어 무슨 말이냐는 듯 대답했다.

"무슨 말씀이십니까? 저는 그 간적들 틈에서 빼내왔을 뿐인데요?"

정암은 진금행의 입에서 전혀 뜻밖의 말이 나오자 묵묵히 그 진위를 파악하려고 했다.

'정말 모르겠군.'

진금행의 눈에서 거짓과 참을 알아내려던 정암은 아무리 찾아도 진금행의 눈동자를 찾을 수 없자 내심 고개를 가로저었다.

'이상하군. 청성의 현통이 거짓을 말할 리도 없고… 또 이 뚱뚱한 아이 역시 무림맹의 수신이위와 함께 있으면서 감히 거짓을 말할 리도 없으니……'

진금행은 정암이 무엇을 생각하고 있는지 알겠다는 듯 불연을 향해 고개를 돌리며 물었다.

"이봐요, 예쁜 스님. 스님이 거기서 봤던 사내들이 기억나오?"

"그럼요. 말하는 원숭이가 그리 흔한가요? 푸훗~"

불연은 자신의 사부가 옆에 있어 든든해졌는지 웃음까지 띠고 있었다.

"그럼 그중 엎드린 사람, 아니, 원숭이도 기억나오?"

"그럼요. 그 굵은 말뚝으로 제 아래 구멍을 쑤시는 자위행위를 하며 이상한 신음을 내뱉던 원숭이를 어찌 이 불연이 잊을 수 있겠어요?"

"불연아!"

정암이 깜짝 놀라 소리쳤다.

하지만 불연은 뭐가 잘못인지 모르겠다는 듯 긴 속눈썹을 깜빡이며 큰 눈동자를 들어 정암을 쳐다볼 뿐이었다.

진금행은 이미 일은 다 이루어졌다는 듯 정암을 보며 의기양양하게 제 아랫배를 출렁이며 말했다.

"사태, 이번 사태가 이렇게 돌아간 겁니다. 제가 사태께 이런 사태를 말씀드려도 어찌 사태께서는 믿으셨겠습니까. 하지만 사태의 제자 입으로 이번 사태에 대해 확실하게 들으셨지 않습니까?"

진금행의 입에서 정신없이 사태라는 말이 연달아 튀어나오자 주개육의 입가엔 침이 고이고 있었다.

'왠지 아롱사태가 먹고 싶어지는군. 가만, 그런데……'

주개육은 호기심이 치밀어 오르는 것을 느끼고 옆의 복면인에게 조심스럽게 물었다.

"저기, 말뚝으로… 저어기… 그러니까 그런 방법도 있습니까?"

주개육이 물음이 뭘 뜻하는지 알고 있다는 듯 복면인이 고개를 끄덕였다.

"글쎄? 아무래도……"

그러자 뒤늦게 정암과 나타난 복면인이 고개를 끄덕이며 말했다.

"좋기야 좋지! 좋은 게 확실해! 콧구멍을 후빌 때 시원한 것처럼 말이야! 암, 확실하구말구!"

"에라, 이 자식아! 너나 실컷 후벼라, 이 더러운 자식아!"

두 복면인이 투닥거리는 것과는 달리 다른 쪽에서는 훈훈한 분위기가 연출되고 있었다.

"정말 고맙네. 그런 변태들의 말을 들은 내가 정말 부끄럽기 짝이 없군."

"별말씀을 다 하십니다. 아무튼 그놈들의 괴벽(怪癖)에 대해서는 조금 손을 봐줘야 하지 않을까 싶습니다."

"암! 그건 내게 맡기게. 내가 그 말을 듣고 어찌 참을 수 있겠는가!"

정암의 손에 들린 검이 요요로운 빛을 발했다.

"저기에 그놈이 있단 말이지?"

현통이 앞서 걸어가는 거지를 향해 믿지 못하겠다는 시선을 던졌다.

끄덕끄덕.

거지는 말하는 것도 귀찮다는 듯 고개만 끄덕였다.

"흐음……."

도밀현이 늙어 축 처진 눈을 들어 동굴을 쳐다보았다.

그리 큰 동굴은 아니었다. 하지만 뚱뚱한 진금행의 몸뚱이는 충분히 들어가리라.

이제 저 동굴을 덮치면 그 악마 같은 놈을 잡을 수 있으니 도밀현의 감회 어린 한숨이 터져 나오는 것도 이상한 일은 아니었다.

"어떻게 정암 사태께서 먼저……?"

홍규동이 뒤처져 다가오는 정암에게 묻자 모든 사람들의 시선이 정암을 향했다.

정암은 낯색을 굳히다가 곧 고개를 가로저었다.

"만약 빈니가 먼저 나선다면 혹시 그 악적이 불연을 앞세워 협박을 해올지 어떻게 알겠는가? 그러니 여러 영웅들께서 앞장서 주시는 게 좋을 것 같네."

정암의 말이 끝나자 일행들의 얼굴엔 곧 어두운 그림자가 스쳤다.

아무리 서로 손을 합쳤다 해도 진금행이란 무지막지한 놈을 먼저 처치한다는 것은 찜찜함을 넘어 공포스러운 일이었다.

그래서 아미삼검 중 당당한 한자리를 차지하는 정암에게 은근슬쩍 미루었던 것인데 정암이 한마디로 거절하니 모두들 암담한 눈으로 동굴을 바라볼 뿐이었다.

그 모습을 본 정암이 속으로 비웃었다.

'진 소영웅의 말처럼 역시 교활한 무리들이 틀림없구나. 진 소영웅의 당당함에 졸장부들이 겁을 내는 것을 보니!'

일행들이 겁을 내고 있다는 정암의 추측은 그리 틀리지 않았다. 단지 진금행이 당당하다는 것과 다른 사람들이 졸장부라는 점만 빼고 말이다.

이상한 기류에 현통이 절각도 강구의를 쳐다보았다. 하지만 강구의는 그저 시선을 돌리고는 북실북실한 턱수염만 쓰다듬고 있었다.

현통이 어쩔 수 없다는 듯 고개를 가로저으며 말했다.

"무량수불, 같이 일을 도모하고는 어찌 이리 꽁무니를 빼는지 모르겠군. 빈도가 앞장서겠으니 저와 함께 같이 갈 분은……?"

하지만 현통이 아무리 주위를 돌아보아도 선뜻 나서는 자가 하나도 없었다.

심지어 정암과 함께 온 정체불명의 복면인 두 명을 제외하고는 자신과 눈을 마주치려는 사람 또한 없었으니 한심하기 짝이 없었다.

"좋소, 좋아! 정 그렇다면 어쩔 수 없지!"

현통이 답답하다는 듯 발을 구른 후 곧 경공을 발해 앞으로 신형을 날렸다.

"잠깐! 빈니도 같이 가세나!"

웬일인지 조금 전까지도 주저하던 정암이 큰 소리로 현통을 부르며 그 뒤를 따랐다.

갑작스런 일에 일행이 어리둥절해져 서로의 얼굴을 쳐다볼 때 고맙게도 진금행이 있는 곳을 알려온 정체 모를 거지가 큰 소리로 외쳤다.

"자자, 한시바삐 길을 재촉합시다, 배 꺼지기 전에!"

현통은 입술을 삐죽였다.

동굴 안에는 듣던 대로 뚱뚱한 놈이 떠억하니 앉아 있는 게 보였다.

아니, 현통의 눈동자에는 그 뚱뚱한 놈의 두툼한 손바닥만이 들어왔다.

"네놈이 바로 그 백 인분, 아니, 극악무도한 놈이로구나!"

현통의 일갈이 끝나기도 전에 뒤따라온 정암이 나지막한 불호를 외웠다.

"이보게, 현통 도사. 내 자네 뒤를 따라온 것은……."

말을 건네는 정암의 말에는 안타까움이 가늑했다.

현통이 적을 두고 있는 청성파와 정암의 아미파는 같은 구파일방에 들어 있는 대문파였다.

자연 정암의 귀에는 현통의 무지막지한(?) 위명을 들을 수가 있었다.

단순무식.

그 넉 자가 현통을 가장 잘 설명해 주고 있었다. 그러니 저런 불한당의 꾐에 빠져 진금행과 같은 영웅을 노리고 있는 거라고 정암은 생각했다.

그래서 현통을 뒤따라와 일깨워 주려 한 것인데 정작 현통은 진금행의 손바닥만 뚫어져라 쳐다보고 있는 게 아닌가!

"네놈의 두툼한 손을, 아니, 목을 이리 썩 내놓거라!"

"오호 내 목을? 과연 그럴 수 있을까?"

진금행이 비릿하게 웃으며 현통을 바라보았다.

현통은 그런 진금행이 더욱더 밉살스러웠는지 콧구멍을 벌름거리며 큰 소리로 외쳤다.

"이 현통 어르신이 손가락 두 개만 놀려 쌍호지(雙壺指) 재간을 쓴다면 네놈의 목뼈는 또각······."

"손가락 두 개? 난 다섯 글자만 말하면 되는데?"

현통은 눈이 둥그래졌다. 한창 열이 올라 호기롭게 떠벌리던 말을 진금행이 냉큼 잘라먹었기 때문이 아니었다. 진금행이 말한 내용이 황당하기 짝이 없어서였다.

'다섯 글자라니? 저놈이 배교(拜敎)의 밀술이라도 안단 말인가? 아니면 음공(音功)이라도 익혔나?

하지만 현통의 황당함은 거기서 그치지 않았다.

진금행이 두툼한 목살을 흔들며 고개를 굽히고는 정중하게 말하고 있었기 때문이다.

"그럼 부탁합니다."

진금행의 말이 끝나기가 무섭게 현통은 목 뒤에서 느껴지는 묵직한 통증을 느껴야 했다.

'어라? 이건 일곱 글자가 아닌가? 조금 억울한데?'

의식이 끊어지기 전 현통의 뇌리에 스친 마지막 생각이었다.

"휴우~"

현통의 천주혈을 짚은 정암이 안타깝다는 듯 깊이 숨을 들이켰다.

"수고를 끼쳐 드려 죄송합니다."

"아닐세. 그나저나 이 사람이 어쩌다 이 지경이 됐누. 쯧쯧, 이 사람이 깨어나도……."

정암이 혀를 차며 하는 말에 진금행이 무슨 뜻인지 알겠다는 듯 고개를 끄덕였다.

"예, 어른께서는 아무 일도 하지 않으셨습니다. 그저 제 잔재주로 저 무식한 사람을 잠재운 것이지요."

정암은 진금행의 눈치 빠름에 놀라면서도 한편으론 안도의 한숨을 내쉬었다.

아미파의 장로인 자신이 청성의 차기 장문인으로 꼽히는 현통을 암습해 혈도를 짚었다는 것이 밝혀진다면 곤란한 일이었다.

그것이 아무리 무림맹의 수신이위 뜻이라 해도 껄끄러운 건 사실이었다.

"그럼 난 이만 가보겠네. 불연아."

세속의 일은 참으로 공교롭고도 복잡하기 짝이 없다고 생각한 정암이 고개를 가로저으며 불연을 불렀다.

"네, 사부님. 저 여기 있어요."

진금행 뒤에 숨어 있던 불연이 냉큼 뛰어나오며 혀를 빼물었다.

"너도 이만하면 세상에 대해 잘 알았을 것이다. 차를 배달하는 일은 마쳤으니 이젠 아미산으로 돌아가자꾸나."

정암이 손을 뻗었지만 불연은 웬일인지 몰라도 쭈뼛거릴 뿐 냉큼 손을 맞잡지 않았다.

"……?"

무슨 뜻이냐는 듯한 정암의 눈동자를 불연은 감히 마주치지 못했다.

"저어기… 전 아직 세상을 모르네요. 아미산이 세상 모든 것이라 생각했는데… 제가 너무 몰랐어요. 그래서…….."

정암은 불연의 마음이 무엇인지 알았다. 이제 막 세상에 눈뜬 아이. 정암의 속마음은 곱디고운 불연의 마음을 지켜주고 싶었지만 어찌 보면 아미산에 가두어두는 것은 아닌가 하는 생각도 들었다.

"…그럼 언제쯤 돌아오겠느냐?"

정암의 말에서 허락의 뜻이 보이자 불연은 곧 정암에게 다가가 냉큼 팔짱을 꼈다.

"진 공자께서 무림맹에 가신다니 저도 한번 무림맹에 가보고 싶어요. 사부님도 저와 같이 가요. 예?"

정암은 들뜬 불연의 눈망울을 쳐다보다가 진금행에게로 시선을 돌렸다.

"저뿐만 아니라 수신이위라는 두 분도 함께 가시니 괜찮을 겁니다."

정암의 생각도 같았다. 무림맹주의 그림자라는 수신이위라면 불연의 안위는 걱정하지 않아도 될 것 같았다.

"나는 아미산에서 처리해야 할 일이 있단다. 또 여기 더 이상 있기도 싫고. 부디 몸조심하거라. 구경을 마치면 무림맹에 계시는 장로님을 찾아뵙고."

무림맹에 가면 수신이위가 원로원에 통보를 할 것이고, 그렇게 되면 아미파를 대표하여 원로원에 나가 있는 자신의 사제가 불연의 안전한 귀가를 돌볼 것이다.

하지만 이상하게도 안심이 되지 않아 진금행을 쳐다보자 안심하라는 듯 고개를 끄덕이는 게 보였다.

"그럼 난 이만 가보겠네. 진 공자, 잘 부탁하네."

자못 안타까워하는 불연을 뒤로하고 정암의 신형은 사라져 버렸다.

"어라? 방금 멀리 사라진 것이 정암 사태가 아니신가?"

홍규동이 의외라는 듯 고개를 갸웃거렸다. 하지만 분명 잘못 본 건 아니었는지 도밀현의 반색하는 늙수그레한 목소리가 들렸다.

"분명하네, 분명해. 정암 사태께서 진금행을 피떡을 만든 것이 분명하네!"

"그럼 현통 도사는 왜 안 나오는 거지요?"

들것에 실린 우문하가 의외라는 듯 묻자 오필도가 고개를 끄덕이며 대답했다.

"아마도 신나게 주사 칠을 하고 있는 거겠지. 손바닥이 두툼하니 꽤나 시간이 걸리는 것일 거야."

"아무튼 들어가 보면 알겠지."

강구의가 짧게 말하며 동굴을 향해 발걸음을 재촉하자 다른 사람들 역시 너무 늦으면 자신의 넋(?)이 사라질 것처럼 서두르기 시작했다.

자연 사람들은 뒤에 남은 거지 하나와 복면인 둘이 시선을 맞추고는 고개를 끄덕이고 있다는 사실은 전혀 알 수 없었다.

"잉?"

홍규동의 입에서 비명성이 터져 나왔다.

널브러진 채 손바닥을 붉게 물들이고 있어야 할 진금행은 그저 빙긋 웃으며 당당히 서 있었다.

그 옆에는 지금쯤 한창 신이 올라 엉덩이를 씰룩대며 살약포덕부를 꺼내 들고 있어야 할 현통이 널브러져 있었다.

모두들 예상치 못한 모습에 두 눈을 끔뻑이고만 있었다.

'어라? 현통이 왜 저러고 있지? 아니, 가만! 그렇다면 정암 사태는 왜 혼자 동굴을……?'

오필도의 생각이 거기까지 미치자 정암과 함께 나타났던 두 복면인의 존재가 뒤늦게 생각났다.

고개를 돌려 살피던 오필도의 눈에 유령처럼 동굴 안을 누비는 두 사람이 보였다.

그리고는 환상처럼 모든 일은 진행되었다.

복면인의 손 아래에 짚단처럼 쓰러지는 일행들…….

그리고 자신의 신형 또한 저도 모르게 옆으로 기울고 있다는 것도…….

모든 것이 환상처럼 아름답기까지 했다.

수신이위의 솜씨는 과연 남달랐던 것이다.

제 10 장

항서 —진금행 일곱 걸음을 걷고, 항서를 받아내다

항서

진금행은 일곱 걸음을 걸었다.

더도 덜도 아닌 따악 일곱 걸음을 말이다.

물론 그 보법이 신묘하다거나 법도가 있는 건 아니었다.

흔히들 무공을 익히면 처음 배우는 칠성보(七星步)를 걸을 때의 방위와는 천양지차였으며, 그것이 아홉에서 일곱으로 준 곤륜의 구궁보(九宮步)나 다섯에서 일곱으로 늘어난 화산의 오행보(五行步)도 아니었다.

무얼 알려줘도 관심이 없으면 제대로 못하는 진금행이 칠성보를 걸을 이유가 없었다.

그러니 보법을 줄이거나 늘리기엔 진금행의 나태함이 용서치 않았으니 절대 무공의 보법은 아닌 게 확실했다.

그렇다고 진법도 아니었다.

물론 진금행이 한 발 내디디면 땅이 조금 흔들리고 괴상한 찢어지는 비명 소리가 터져 나왔지만 그것이 신기한 진법 때문은 아니었다.

그저 첫발에 닭을 움켜쥐고는 두 번째와 세 번째 걸음에 각각 한쪽 다리를, 그리고 네 번째와 다섯 번째에 양 날개를 쪽쪽 빨아 먹은 다음, 여섯 일곱 번째에 가슴과 몸통을 먹기 위해서 일곱 걸음을 걸은 것뿐이었다.

그걸 보는 주개육은 숨이 막혔다.

자신도 먹는 것 하나는 남들에게 빠지지 않았다. 아니, 빠지기는커녕 뒤처진다는 건 상상조차 못한 일이었다.

하지만 진금행의 다섯째 걸음까지는 자신도 보조를 맞출 수 있었지만 여섯, 일곱 걸음째는 채 닭의 고기를 목구멍으로 넘기기엔 한계에 다다랐다.

벌써 17마리째였다.

한 번도 성공을 하지 못했다.

진금행이라 불리는 저놈은 태연히 일곱 걸음에 닭 한 마리씩 해치우고 있었지만 자신은 이제 겨우 15마리째였다.

'징한 놈! 아니, 독한 놈!'

주개육이 진금행에게 경탄과 탄복을 담은 추앙의 말을 속으로 뱉어내고 있을 때 아직도 진금행의 한 걸음마다 비명이 터져 나오고 있었다.

실상 진금행이 일곱 걸음을 계속해서 걷는 이유는 자신의 본분과 맡은 소임을 열심히 행하고 있기 때문이었다.

바로 자신이 말한 '벌레들을 짓밟아주는 일'에 매진하고 있었다.

처음 걸음에 터져 나오는 것은 '금행아, 꾸웨엑!' 하는 오필도의 목소리였다.

두 번째는 '끄응~' 하는, 내 이렇게 될 줄 알았다는 듯한 체념과 고통에 찬 구잔양의 신음이었고, 세 번째는 '꾸웩! 으허헉!' 하는 연이은 단말마였으니, 바로 우문하의 비명이었다.

머리통을 으깨놓는 육중한 진금행의 몸무게에 '꾸웩!' 이란 신음성이 자연스레 흘러나왔고, 그 짓눌린 무게에 자신의 아래 구멍(?)이 눌리자 '으허헉!' 하는 살 떨리게 만드는 신음을 토해놓는 것이었다.

"푸샵!"

네 번째는 도밀현의 신음이니, 곧 이빨 빠진 위아래 턱이 맞부딪치는 괴상한 목소리였고, '끄르륵' 하는 다섯 번째는 원한에 찬 홍규동의 독기 어린 신음이었다.

하지만 유일하게 신음을 토해놓지 않는 인물도 있었으니, 바로 강구의의 군은 강단이 신음을 용서하지 않고 있었다.

하지만 육중한―정말이지 육중한 몸이다― 진금행의 발이 땅에 묻힌 채 고개만 내민 자신의 머리를 지그시 누를 때마다 양 뺨이 푸들푸들 떨리는 것은 어쩌지 못하고 있었다.

"무량수불~"

처음으로 현통이 도사다워 보였다.

진금행의 발 아래 머리통을 딛고 있는 자신의 처지가 원통한지 진금행의 마지막 발이 자신의 머리통 위에 얹힐 때마다 진언을 내뱉고 있었다.

척, 진금행의 한 손이 주개육을 향해 앞으로 내밀어졌다.

'열여덟 번째지?'

주개육은 굽히기가 무섭게 건네지는 통닭을 보며 저 발이 그동안 열일곱 번째 휘돌았음을 상기했다.

틀림없을 것이다. 땅바닥에 놓인 닭다리가 육십네 개였으니 그중 서

른네 개가 저 엄청난 놈의 뱃속으로 사라진 흔적이기 때문이었다.

주개육은 적어도 먹는 것 앞에는 진솔했다.

또 자신의 목숨을 걸 만큼 진지했으므로 틀림없을 것이었다.

일곱 사람을 땅바닥에 묻은 후 발로 삐져 나온 머리통을 돌아가며 지근지근 밟은 것이 열일곱 번이었다는 것에 내기를 걸라면 걸 자신도 있었다. 비록 걸 돈은 한 푼도 없는 거지긴 했지만 말이다.

"금행아, 나는 모르는 일이다!"

막 열여덟 번째로 진금행 발 아래 놓이게 된 오필도가 찢어지는 목소리로 부르짖었다.

"뭘?"

진금행이 심드렁하게 물었다.

그러자 땅바닥 위로 머리통만 내놓은 오필도가 정말 오해라는 듯 도리질쳐 가며 말했다.

"나는 정말 이 일과 상관이 으브……."

진금행이 무심하게 내뻗은 발 아래 눌려 제 입까지 땅 아래 박힌 오필도는 끝내 말을 잇지 못했다.

"너도 억울해?"

오필도의 머리통을 밟고 올라선 진금행이 다음 징검다리(?)인 구잔양의 머리통을 보며 물었다.

"내 이미 이리 될 줄 알았… 끄응."

구잔양 역시 진금행의 무게가 날이 다르게 늘어간다는 것을 온몸으로 느끼며 신음성을 토해내었다.

"내 아래 구멍을 박살 냈으면 됐지 내 위 입도 박살을……."

우문하의 악에 받친 항변도 길게 이어지지 못했다.

"어찌 그리 잘 아누?"

진금행은 지그시 우문하의 머리통을 눌러 밟은 후 시선을 웅천보주 도밀현에게 향했다.

"웅천보주께서는 왜……?"

"나는 정말 억울하다네. 저기 기천사지 홍규동에게 속아서… 내 자네의 아량과 배포, 그리고 훌륭한 위인 됨을 알고 있거늘 어찌 그리 경거망동을 했겠는가? 자네는 자네와 나 사이의 정리를 돌보아……."

웬일인지 진금행이 가만히 도밀현의 변명을 듣고만 있었다. 아니, 그저 듣는 것이 아니라 인상을 찡그리고 고개를 갸웃하는 게 고민하는 것 같았다.

희색이 밝아진 도밀현이 막 좀 더 좋은 변명거리를 찾아 입에 올리려던 때였다.

"끄으윽~"

듣기도 거북한 트림을 한바탕 거나하게 한 진금행이 한결 편해졌다는 화사한 안색을―말도 안 된다―한 채 도밀현의 머리통으로 제 발을 옮겼다.

"푸샵~"

역시나 듣기 기묘한 소리가 이빨 빠진 도밀현의 턱에서 터져 나왔다.

'그래, 저놈이 트림을 하려던 게야. 저놈에게 자비심을 찾아보기란 황제 마누라 속곳을 들춰 보는 것보다 어렵지!'

도밀현은 머리가 쪼개지는 듯한 고통 속에서도 자신을 책망할 뿐이었다.

도밀현을 밟고 올라선 진금행의 시선이 홍규동을 향했다.

"돈, 돈을 주겠네!"

역시 노련한 홍규동였다.

되지도 않을 소리를 늘어놓는 것보다 핵심을 찔러 진금행과 흥정을 하려 들었다.

"돈?"

그제야 관심이 간다는 듯 진금행이 베어 문 닭다리 사이로 삐져 나오는 듯한 목소리로 물었다.

"그래, 돈 말이네! 내 마음만 먹는다면 언제든……."

"아항! 지금 돈이 있다는 게 아니라 나가서 벌어오겠다는……."

무슨 뜻인지 알겠다는 듯 진금행이 고개를 끄덕였다.

"그렇네! 내 천수변(千手變)의 재간이라면 얼마든지 돈을 긁어낼 수……."

하지만 진금행은 인상을 찡그리며 말했다.

"그러니까 원숭이 재주를 보여주고 돈을 버는 주인이 되라 이 말이군. 그래, 그것도 좋은 방법이지. 하지만 일단 원숭이에게 주인의 위엄을 보여야 하지 않겠소, 홍 노인?"

진금행의 발길이 홍규화에게 옮겨지려 할 때 강구의가 이를 갈며 외쳤다.

"으드득! 이 절각도는 수치로운 삶을 누리진 않는다! 날 죽여라!"

강구의의 호기로운 소리는 정신없이 입으로 닭다리를 나르던 주개육의 손길마저 멈추게 했다.

"오호, 그래? 그것도 좋지. 하지만 네가 죽으면 염을 하고 관을 짜야할 거고, 그렇게 되면 장례(葬禮)를 돌보는 사람을 미리 불러 치수를 재야 할 텐데… 네가 정 원한다면……."

진금행의 느릿느릿한 말에 강구의가 두 눈을 서둘러 질끈 감으며 더 큰 목소리로 외쳤다.

"밟아라! 난 괜찮다! 그러니 꽉꽉 밟아라!"

땅바닥에 머리통만 내놓고 있는 사람들은 서로 영문을 모르겠다는 듯 마주 보았다.

강단있는 강구의가 진금행의 몇 마디에 물러서다니!

필시 남들이 알아서는 안 될 비밀을 책잡힌 게 분명했다.

그것이 무엇인지 모를 일이지만 말이다.

"나… 이 현통도 죽는 게 나아……."

현통이 강구의의 배신(?)에 속이 상한 듯 인상을 찌푸리며 말했다.

"아이고, 이 무식하게 생긴 도사께선 또 무슨 말씀이신가?"

진금행이 의외라는 듯 현통을 바라보았다.

"난 죽는 게 나아. 사문에 큰 폐를 끼쳤으며 사형제들에게도 고통을 주는 것으로도 모자라 이처럼 큰 수치를 당하는 것보다는 아예 콱 죽어비리는 게 나아!"

잘하면 눈물까지 흘러내릴 것 같은 비장한 현통의 얼굴을 쳐다보다 진금행이 홍규동에게 물었다.

"이 물건은 또 왜 이러는 거유?"

"그, 그것이……."

홍규동은 떠듬거리면서도 청성의 살화연행과 적어야 할 이름이 10명에서 500명으로 불어버린 살악포덕부에 얽힌 이야기를 전했다.

"아항, 그래? 그런데 왜 죽어야 한다는 게지?"

진금행이 이해가 되지 않는다는 듯 현통을 보며 고개를 갸웃거렸다.

"염치가 없으니까."

현통이 억울하다는 듯, 또다른 한편으론 부끄럽다는 듯 묘한 인상을 지으며 대답했다.

"왜?"

진금행이 도밀현의 머리통에서 내려와 현통 머리통 앞에 쪼그려 앉았다.

하지만 대답은 조금이라도 진금행 눈에 들기 위해 발악을 해대고 있는 홍규동에게서 나왔다.

"그야 살악포덕부 때문이지. 5명 모두 살화연행이 끝나야 서로의 공을 견주어볼 텐데 현통 도사가 살악포덕부를 다 끝내려면 십 년도 모자랄 것이 아닌가! 만약 살화연행을 떠난 사람 중 한 명이라도 살악포덕부를 다 채우지 못하게 되면 나머지 네 명이 기다려야 한다네. 그러니 그게 염치없다는 것이지."

"오호, 그렇군!"

그제야 이해가 간다는 듯 진금행이 고개를 끄덕였다.

그리고는 곧 은근한 목소리로 현통을 향해 말했다.

"내가 이번에 무림맹에 가야 돼. 그런데 도사 나으리께서 나를 좀 도와주시면 참 좋겠군."

"내가 왜?"

현통이 질끈 감았던 두 눈을 살포시 뜨고 물었다.

"내가 듣기론 원로원인가 뭔가가 무림맹에 있다며? 또 원로원이란 데가 구파일방의 퇴물이 된 장로들로 이루어졌고. 날 돕는다면 현통 나으리께서 그 장로 면전에 대고 큰소리를 칠 수 있단 말이야. 살악포덕부를 꽉꽉 채웠다고 말이야. 물론 날 돕는다면 말이지."

"저, 정말인가?"

한동안의 정적이 흐른 후 도저히 믿기지 않는다는 듯 현통이 되물었다.

"날 돕는 일이 끝나면 그 즉시 자네는 오백 명의 이름을 적을 수 있지. 여기 대가리만 내놓고 있는 사람들에게 물어봐. 난 거짓말은 하지 않거든."

"무, 무슨 일인가! 다 말하게! 내 힘 닿는 데까지 도와줄 테니!"

현통은 몸이 단 게 분명했다. 밖으로 내놓은 얼굴까지 벌게졌으니 말이다.

"일단 무림맹까지 내 호위를 부탁하지. 날 도왔던 이상한 두 노인이 이상한 전서구 한 장을 받아 들고는 급히 떠나가 버렸거든."

진금행이 태연히 내뱉는 말에 주개육은 씹던 닭다리가 입에서 튀어 나올 뻔했다.

누구에게도 말을 듣지 못했지만 주개육은 이미 그 두 노인네가 무림 맹주의 호수(護手)인 수신이위임을 알아볼 수 있었다. 개방의 후개인 자신도 내강 짐작할 수 있는 일이니 아미파의 장로인 정암도 충분히 알았을 것이다.

그래서 안심한 채 불연을 맡기고 떠나갈 수 있었으리라.

하지만 그토록 무서운 수신이위가 갑작스럽게 큰일이 벌어졌는지 급히 떠나 버린 사실을 저토록 태연하게 말하다니…… 만약 저 사람 들이 풀려나고 나면 진금행은 어떻게 대처하려고 저런 큰 비밀을 말한단 말인가.

"나도 어떻게 된 일인지 모르겠지만 일단 무림맹에 가볼 생각이야. 도대체 어떻게 돌아가고 있는지는 알아봐야 하니까."

진금행이 태연히 계속 말을 이어가자, 아니나 다를까, 목만 빼꼼히 내놓고 있던 사람들 사이에 알지 못할 눈짓이 분주히 오가기 시작했다.

그 무서운 두 노인네도 없고 아미삼검 중 정암도 곁에 없다면, 만약 몸이 풀려나기만 하면 다시 한 번 저놈을 노려볼 기가 막힌 기회를 얻지 않겠는가!

하지만 그 눈짓들을 보며 느꼈던 주개육의 불안함은 현통의 커다란 호통 소리와 함께 말끔히 사라져 버렸다.

"어떤 놈들이 수작질을 펴는 겐가! 어떤 놈이 감히 내 대업(?)을 방해하려는 게야!"

아무리 돼먹지 못한 도사라도 청성의 차기 장문인으로 꼽히던 인물이었다. 자연 그 무공의 높음은 함부로 할 것이 못 됐다.

"내 진 아우를 해하려는 놈은 먼저 내 칼에게 물어봐야 할 것이야!"

현통의 말이 끝나기가 무섭게 강구의의 호통 소리가 동굴을 크게 울렸다.

비록 큰소리치는 자신 역시 땅에 묻혀 목만 삐죽 나온 상태였지만 강구의 역시 만만한 상대가 아니었다.

그래도 현통은 단순 무식하긴 했지만 솔직한 사람이 분명했다. 현통과 강구의의 호통 뒤로 얼른 어느 쪽에 붙는 게 유리한지 머리를 굴린 조무래기들의 목소리가 연이어 터져 나왔다.

"금행이에게 손대지 말아라! 늙은 몸이지만 우습게 보지 말라 이 말이야! 나 도밀현도 한때는 날리던 때가 있었다 이 말이지! 내 금행이 아버님의 얼굴을 봐서라도 가만히 있을 순 없……"

도밀현의 말이 끝나기가 무섭게 우문하가 외쳤다.

"내가 모시는 절각도 어른의 뜻을 누가 어기려 하느냐! 나도 가만히 있지는… 크허헉!"

뱃심 좋게 외치던 우문하가 아래 구멍의 통증으로 말을 못 이어가는 것을 보고는 구잔양이 탄복을 했다.

'저놈의 수완이 하루아침에 높아졌구나! 가만, 배알이 꼴리긴 해도 어떻게든 아부의 말을 늘어놔야 하는데…….'

구잔양이 서둘러 좋은 문구(?)를 생각해 내려 할 때 진금행은 고개를 돌려 주개육을 쳐다보며 씨익 웃고 있었다.

'무서운 놈!'

주개육은 내심 가슴이 서늘해지는 것을 느끼며 자신도 정신없이 고개를 끄덕이고 있었다.

"나, 나도 갈게. 먹을 것만 주면."

수신이위가 찾아낸 사람이라면 자신의 사부인 목 방주가 찾으라던 바로 그사람이 틀림없었다.

비록 육금행이 진금행으로 바뀌긴 했지만 그 이유는 아마도 해태 눈깔과 다름없는 사부의 잘못이리라.

동굴 안이 난데없는 진금행에 대한 칭송 소리로 떠들썩해지는가 싶을 때였다.

"아무튼 기억해 둬, 오늘은 살려주지만 다시 한 번 기어오르면 가만두지 않을 테니."

진금행의 권태로움마저 감도는 몇 마디에 분위기가 싸늘하게 얼어붙었다. 굳게 입을 다문 사람들은 그저 눈치만 보고 있었다. 그리고는 어제의 동지가 오늘은 적이 되어 서로가 서로를 견제하기 시작했다.

오로지 진금행 눈에 들기 위해서 말이다.

제 11 장

도영 — 도영 마 총관을 놓치고, 진금행 드디어 무림맹에 들다

도
영

"룰루루~"

마 총관은 지금 콧노래를 저도 모르게 불어내고 있었다.

이미 진전장은 알려졌으니 아무도 모르게 은밀히 청산하라는 진충덕의 명을 수월하게 이행한 후였기 때문이다.

진전장의 명성은 이미 사천 땅에 알려졌으니 그 알짜배기 장사를 자연스럽게 물려받을 수 있는 기회를 놓치지 않으려 하는 사람들은 많았다.

결국 큰 손해를 볼 것이라는 예상과는 달리 도리어 몇 곱절의 이문을 남겼기 때문이다.

'떤던당은 이렇게 떼땅 똑에서 완벽하게 따라져 버렸군.'

이젠 아무도 진전장의 전 소유자가 누군지 알아낼 수 없으리라.

하지만 자신이 힘껏 일군 사업이 흔적도 없이 사라져 버렸다는 것에 아쉬움은 없었다.

도리어 진전장이 아예 흔적없이 사라져 나중에 진금행이 찾아올 곳도 없어졌으면 하고 간절히 바랄 정도였다.

'으응?'

마 총관은 문득 발걸음을 멈추었다.

그리고는 길 옆 허름한 장원의 대문을 뚫어져라 쳐다보았다.

그 장원이 눈에 익거나, 아니면 대문이 썩 마음에 들었기 때문도 아니었다.

거기엔 너무도 익숙한, 결코 잊을 수 없는 문양이 비밀리에 새겨져 있었기 때문이다.

'이거는 당로 이상만이 알 뚜 있는……'

그랬다. 명교의 열두 명의 장로급 이상 되는 사람만이 사용하고 알아볼 수 있는 비밀 표식이 새겨져 있었기 때문이다.

'어떠케 할까나……'

마 총관은 갈등에 휩싸였다.

이미 떠나온 명교의 일이었다. 자신이 지금에 와서 상관할 일이 아닌 것이었다.

하지만 장로 이상급만 알아볼 수 있는 비밀 표식은 마 총관의 발길을 강하게 유혹하고 있었다.

'그래, 그냥 구경만 돔 해보는 거야. 구경만……'

마 총관이 구경만 할 뿐이라는 굳은 결심(?)을 되뇌이며 바람처럼 비밀리에 장원으로 스며들고 있었다.

명교의 비밀 표식이 마 총관을 유혹했다면 마 총관 스스로는 또 다른 사람을 유혹하고 있었다.

'저 사람은!'

도영은 눈을 의심했다.

하지만 자신은 검각의 인물.

잎새에 이는 바람에서도 칼의 냄새를 맡도록 훈련되어진 사람이었다.

칼이 가는 섬세한 길을 헤집고 그 길을 추구하느라 부릅뜬 눈에 헛것이 보일 리는 만무하지 않은가!

'분명 대듀와 따뗀을 알고 있는 노인!'

그 사실이 도영을 갈등하게 만들었다.

'이대로 각주께 보고하러 가야 하는가, 아니면 저 노인 뒤를……'

하지만 그 갈등은 오래가지 못했다.

자신의 검이 검각의 검총 사이에 꽂힌다 해도 이 커다란 비밀을 흘려 보낼 수는 없었다.

'내가 죽어도 그 검법만 알아낼 수 있다면 내 검은 검총에 꽂힐 자격이 충분해!'

도영은 자신의 검을 쓰다듬어 보고는 곧 마 총관의 뒤를 따르기 시작했다.

허름한 장원, 그래서 아무도 살지 않고 찾지도 않는 버려진 장원의 깊숙한 곳에선 사람 같지도 않은 남자와 역시 사람 같지 않은 여자의 대화가 이루어지고 있었다.

―이거 참, 난감하군. 아무래도 월사(月使)를 불러와야겠는데…….

출렁이는 핏빛 인영이 중얼거렸다.

아니, 그저 핏빛이 아닌 피, 그 자체였다.

끊임없이 작은 파문을 만들어내며 피의 기둥이 우뚝 서 있는 모습만으로 사람 기절시키고도 남았지만 그 피의 기둥에서 사람의 목소리가 흘러나오기까지 하지 않는가!

─배변을 하는 것으로 봐서 이미 꼬인 장이 풀리고 굳어진 기도 어느 정도 흐르는 것 같은데 아직까지 이 모양이니……

난감한 듯 일렁이며 중얼거리던 피기둥의 중얼거림이 향한 곳은 핏기 가신 하얀 얼굴의 여자 아이가 누워 있는 곳이었다.

"으으……"

여자 아이, 즉 아직 온몸이 굳은 채 누워 있는 불쌍한 화소접(華小蝶)은 그 공포스런 광경을 보며 알 수 없는 신음만 흘려낼 뿐이었다.

그때 문득 혈인의 몸을 이루고 있던 피가 출렁였다.

─원치 않는 객이 들었군…….

흡사 작은 파도가 거꾸로 흐르듯 혈인의 몸이 천장으로 쭈욱 흘러들었다. 그리고는 천장에 흡수되듯 혈인의 몸이 벽으로 점차 사라지고 있었다.

대야의 물을 흘린 듯 붉은 피로 범벅이 되어버린 천장이 점차 그 면적이 좁아지더니 이윽고 어디에서도 피의 흔적, 아니, 핏방울조차 찾아볼 수가 없었다.

'흠냐, 아무래도 적응이 안 되는군!'

화소접은 이미 몇 번을 겪어도 익숙지 않은, 소름 끼치게 하는 광경을 보면서 정신을 놓았다.

'여긴?'

도영은 주위를 바라보았다.

이미 사람의 손길이 머물지 않았던 것이 분명한 곳.

그 한쪽 구석에 있는 침상 위에는 도영이 익숙히 알고 있는 여자가 누워 있었다.

'아가씨가 아닌가!'

도영은 곧 화소접을 알아보았지만 그저 눈길이 한번 머물렀을 뿐 구하러 가기는커녕 도리어 온몸을 긴장시키고 있었다.

도영 역시 검각의 인물.

설령 각주의 무남독녀인 화소접의 목이 떨어지는 광경을 보았다 하더라도 꿈쩍하지 않았을 것이다.

각주의 딸보다는 검각의 잃어버린 초식을 알고 있는 자가 분명 여기 있기 때문이었다.

그것이 중요했다. 지금은 그것만이 중요했다.

도영은 곧 두 눈을 지그시 감고 온몸의 작은 솜털까지도 일으켜 세웠다.

온몸의 신경을 올올히 깨워 주위를 살피며 그 징체 모를 노인의 자취를 찾았을 때였다.

'찾았다!'

사람의 기운. 눈에 보이지 않는, 아니, 사람의 눈을 속이는 그 무언가가 저 멀리서 느껴졌다.

'이상하군……'

무언가 이질적인 느낌이었다.

비릿한 피 냄새가 온몸으로 느껴지는 그런 느낌이었다.

선에 마주쳤던 노인의 가공할 기세와는 다른 미묘한 기운이 분명했다.

"흐읍~"

이제는 온몸의 긴장을 풀었다.

그가 신비의 노인이든 아니면 다른 그 무엇이든 부딪쳐 보면 알 일이었다.

그러자면 지나친 긴장은 도리어 좋지 않았다.

샤르륵~

귀로 들리는 소리는 아니었다. 하지만 온몸의 작은 모공까지도 열어 기척을 살피던 도영은 분명히 들었다.

자신을 향해 벽을 타고 무언가가 다가오고 있었다.

'다섯 걸음, 네 걸음, 세 걸음, 그리고……'

마음속으로 거리를 재던 도영의 마음이 허공을 날았다.

그리고 그 마음 끝엔 도영의 손이 있었다.

또한 그 손끝엔 도영의 혼을 담은 검이 들려 있었다.

슈캉!

뭔가 묵직한 게 손에서 느껴졌다.

'좋아!'

도영의 검은 쾌감에 절은 듯 작게 우웅 하고 울었고, 검과 이미 하나가 된 도영의 마음에도 작은 희열이 느껴졌다.

하지만 도영은 그 뒤로도 한참 동안 움직이지 않았다.

공격이 성공했지만 치명상이 아니라는 것을 알았기 때문이다.

도영이 조심스럽게 감은 두 눈을 떴을 때였다.

'벽?'

도영은 자신이 벤 상대가 그저 벽면에 지나지 않는다는 것을 알고 어이가 없었다. 하지만 온몸에서 느껴지는 긴장은 더욱 폭발적으로 도영의 몸을 휘감고 돌았다.

검각의 검사가 그저 무생물에 속아 검을 휘두른다는 것은 있을 수 없는 일이었다. 그 증거로 벽면에 나 있는 도영이 가른 검흔 사이로 한 줄기 혈흔이 흘러내리고 있었다.

생명 없는 벽을 벤 자신, 그리고 생명 없는 벽의 상처 사이로 흘러내리는 붉은 피.

있을 수 없는 이 두 가지 사실을 가능하게 만드는 한 가지 생각이 떠올랐다.

"배교의 밀술?"

짧은 말이 도영의 얇은 입술 사이로 외마디 신음처럼 흘러나왔다.

온 무림, 아니, 중원을 공포로 얼룩지게 만들었던 신비 단체.

하지만 이미 멸망한 지 오래인 집단이 아닌가.

그러나 도영은 자신의 눈앞에 나타난 현상이 배교의 밀술이라는 확신이 들었다.

'그렇다면 목숨을 길어야겠군.'

그 공포스런 이름을 기억한 도영은 이 일이 결코 가볍지 않다는 것을 깨달았다.

왜 배교가 화소접을 빼 간 것인지, 또 그 신비스런 노인과 배교는 무슨 관계인지, 그리고 검각의 잃어버린 초식이 배교와 어떤 연관이 있는지는 지금 도영에겐 관심이 없었다.

그저 검각의 검사로서, 더더군다나 적을 두고 있는 검각의 검사에겐 생사결(生死決)만이 남아 있을 뿐이었다.

적을 베느냐, 자신이 베어지느냐!

지금 도영에게 중요한 것은 그것뿐이었다.

다시 두 눈을 감았다.

그리고 호흡을 길게, 또 고르게 가져갔다.

역시 있었다.

그 가느다란 호흡을 뚫고 또 다른 호흡이 느껴진 것이다.

'왼쪽, 아니, 아래로……. 이번엔 오른쪽이군.'

처음의 생경하기만 했던 그 비릿한 느낌이 이젠 확연하게 손에 잡힐 듯 느껴지고 있었다.

이제 대결이 끝나가고 있었다.

남은 것은 적을 완전히 베어내느냐, 아니면 살려 비밀을 캐어묻느냐만 남아 있었다.

천천히 근육을 이완시킨 도영이 자신의 혼을 한 자루 검에 담으려던 때였다.

'우욱!'

도영이 뒷걸음질쳤다.

도저히 이길 수 없는 강렬한 기운.

살기는 담지 않았지만 도저히 항거할 수 없는 강렬하고도 용맹한 기운이 도영의 온몸을 휘감았기 때문이다.

'노인!'

도영의 뇌리엔 한 노인의 모습이 떠올랐다.

깡마르고 추레한 노인. 도영은 몰랐지만 진전장의 총관인 마불통의 모습이…….

도영은 뒤로 다섯 발자국을 걸었다.

이미 이처럼 기세를 꺾이고 상대의 기운에 휩쓸려서는 털끝만큼의 승기도 잡지 못한다는 것을 알았기 때문이다.

하지만 다섯 걸음을 물러난다 해도 그 기세에서 벗어날지는 도영도 확신할 수 없었다.

그래도 단 한 번이라도 검술을 펼쳐 보려면 다른 수는 없었다.

너무도 엄청난, 도저히 사람의 것이 아닌 듯한 막강한 위세였다.

'이게 대류인가? 아니, 따띤이란 말인가?'

일순간 정신을 아찔하게 만들었던 이름 모를 초식.

그것이 그저 초식으로 부를 만한 그런 것이 아니라는 것은 도영도 알고 있었다.

입김을 불면 풀잎은 누울 뿐이다.

그것과 다르지 않았다. 노인이 뿜어댄 가공할 기세에 자신이 밀린 것이다.

"흐음~"

도영의 얕은 신음이 토해질 때쯤 거짓말처럼 씻은 듯이 기세가 사라져 버렸다.

하지만 도영은 움직일 수가 없었다.

처음 겪는 가공할 고수와의 일전이었다.

조금의 빈틈이라도 있다면 도영의 패배가 뻔했다.

자신이 알고 있는 모든 초식을 떠올리고 뼛속에 새긴 검법을 풀어내었다.

그리고 자신의 영혼은 각주에게 전해 들은 무언(武言)에 귀를 기울이고 있었다.

일각…….

그렇게 일각이 흘렀다.

하지만 자신을 곧 가루 낼 것처럼 다가왔던 노인의 기세는 다시 찾아오지 않았다.

천천히 두 눈을 감은 도영의 숨결에도 그 어떤 흔적도 감지되지 않았다.

'혹시?'

그랬다. 아무도 없었다.

침상 위에서 죽은 듯 누워 있던 화소접마저도 없어졌다.

'이런!'

그 정체 모를 노인은 그렇게 사라진 것이었다.

도영의 신형은 곧 담을 넘어 사라졌다.

사라지는 도영의 등은 식은땀으로 푹 젖어 있었다.

자신을 이 정도로 만들 인간은 검각의 각주인 화무흔밖에 없었다.

천하제일인으로 생각되던 각주보다 어쩌면 더 강한 사람이 나타났고, 자신이 그 사람과 부딪친 것이다.

검각의 잃어버린 초식을 알고 있는 자를 말이다.

"때끼야, 이만 나와!"

마 총관은 낮게 으르렁거렸다.

이게 무슨 창피란 말인가?

겨우 검각의 한 사람도 제대로 처리하지 못하고 어병한 꼴을 보이다니…….

너무나도 한심한 놈이 틀림없었다.

마 총관은 자신의 앞에 죽은 듯 기절해 있는 화소접을 내려다보니 더욱 화가 난다는 듯 버럭 소리를 지르며 멀리 떨어지지 않은 나무에

일권을 쏘아내었다.

쿵!

"이 개때끼가 장난하댜는 거야? 똑팔린 둘 알아야디! 일월띤교의 돠따가 검각의 일개 무인보다 못하다믄 개가 우뜰 일이다, 이 때끼야! 얼릉 이리 기어 안 나와!"

마 총관이 길길이 뛰며 고함을 치는 대상은 굵은 나무였다.

이미 마 총관의 주먹이 내려쳐진 움푹 들어간 나무가 이상한 현상을 보이고 있었다.

움푹하게 패인 곳에서 두 줄기 피가 흘러내리고 있었다.

"빨랑 안 기어 나올래?"

마 총관이 그것을 보고 버럭 고함을 지르자 움푹 패였던 나무가 부풀어 올랐다.

붉은색이 커다랗게 부풀어 오르다 곧 뭉글뭉글해지더니 한 사람의 얼굴로 변하고 있었다.

"혹시 마불통 선배님이 아니신지……?"

코에서 쌍코피가 흘러내리는 사내가 나무에서 얼굴만 솟아닌 채 조심스럽게 물었다.

"그래, 이 때끼야! 네놈이 아마도 튜룡이의 뒤를 이은 우따가 분명하겠띠?"

나뭇등걸에서 고개만 빼꼼히 내민 이상한 모습의 사내가 고개를 끄덕이자 코에서 흘러내리던 쌍코피가 더욱 콸콸 쏟아지고 있었다.

"옙! 제가 문 선배님의 뒤를 이어 현(現) 명교의 우사(右使)이자 일사(日使)를 맡고 있는……."

사내의 말은 이어지지 못했다.

마불통이 길길이 뛰면서 고함을 질러댔기 때문이었다.

"똑팔다, 똑팔려! 언데부터 명교의 돠우당따가 검각의 돌개 하나를 텨티하지 못해 땅텨를 입는단 말이냐!"

하지만 마불통의 그 같은 말이 사내에겐 불만이었나 보다.

"그야 두 선배님이 갑작스럽게 교를 떠나셔서 저나 월사(月使)가 무공을 채 익히지 못한 탓이……."

마불통이 의외라는 듯 눈을 동그랗게 뜨고는 되물었다.

"교듀께서 너희들을 디됴해 주지 않는가 보구나!"

마불통의 말에 사내가 조심스럽게 대답했다.

"그것이……."

사내가 몸을 움찔거리자 곧 나무에서 오른쪽 어깨가 불쑥 튀어나왔다.

두 눈을 뜨고도 믿지 못할 광경은 계속되어 나머지 왼쪽 어깨와 두 다리가 나무에서 솟아나듯 튀어나오고, 허리까지 나무에서 빼어내자 곧 완전한 한 사람이 쌍코피를 흘러내리며 서 있었다.

"크흡, 콱, 퉤이!"

사내는 짜증난다는 듯 마 총관에게 얻어맞아 흘러내리는 코피를 코로 들이마셔 입으로 뱉어내고는 말을 이었다.

"교주님은 두 분께서 언젠간 교로 되돌아오리라 생각하시는 모양입니다."

사내의 그 같은 말에 마불통의 안색이 어두워졌다.

"내 이미 됴교듀님과 함께 대산(大山)에서 내려올 때 운명이 결정된 것을… 어찌 교듀님께서는……."

회한에 찬 마불통의 말이 이어지자 엉거주춤하게 서 있던 사내 역시 눈가가 젖어들었다.

대략 삼십 대에 얼굴은 영락없이 쥐를 닮아 얇고 긴 콧수염에 뻐드렁니가 입술 밖으로 튀어나온 사내가 젖은 눈과 부어오른 코를 소매로 함께 닦으며 물었다.

"소교주님은 괜찮으신 거지요?"

소교주란 말이 튀어나오자 암울하게 젖어 있던 마불통의 눈매가 날카로워졌다.

"네놈이 띤경 뜰 일이 아니다! 그 일엔 관띰을 끊어라!"

예상치 못한 날카로운 반응에 쥐 얼굴의 사내가 움찔거렸다.

그런 모습을 보자 자신이 심했다고 생각했는지 마불통이 곧 은근한 목소리로 말을 건넸다.

"교듀님은 아직 덩덩하디띠? 그건 그렇고, 네놈 팔은 괜찮은 것이냐?"

사내가 곧 고개를 끄덕였다.

"예, 교주님께서는 예전 그대로십니다. 그리고 이 팔에 입은 상처는… 저는 선배님이신 줄 모르고……."

사내는 예전 명교의 좌우쌍사 중 우사였던 문추룡의 뒤를 이은 것이 분명했다.

물론 실력은 문추룡의 예전 실력에 비해 형편없었지만 검각의 검사의 일검에 자신의 어깨가 베일 정도는 분명 아니었다.

하지만 끝내 상처를 입고 만 이유는 사내가 도영보다는 조심스럽게 잠입한 마불통이 더욱 신경 쓰였기 때문이다.

자신이 어찌해 볼 수 없을 정도의 가공할 고수에게 온통 신경을 빼앗기지만 않았다면 도영의 칼날에 그토록 낭패한 모습은 보이지 않았을 것이 분명했다.

"네놈은 어느 덩도나 깨텼느냐? 또 내 뒤를 이은 돠따도 있겠디?"

사내의 말이 무엇을 뜻하는지 알겠다는 듯 후배를 걱정하는 표정으로 마불통이 물었다.

그 물음이 너무도 반갑다는 듯 사내가 고개를 들어 마불통을 보며 하소연 아닌 하소연을 해댔다.

"제발 문 우사님께 말씀 좀 드려주십시오. 전 천절사예(天切邪藝)의 여덟 가지 수법 중 겨우 한 가지만 깨쳤을 뿐입니다. 교주께서도 천절사예에 대해서는 잘 모르시니 어디에 하소연해 볼 곳도 없고……."

천절사예는 명교의 우사들에게만 전해져 내려오는 신비한 무공이었다. 아니, 무공이 아니라 보다 정확히 말한다면 지금은 사라진 배교의 절전비공이었다.

명교가 배교를 무너뜨린 후 얻은 보물 중 보물이었으며, 그 사이(邪異)함과 기괴(奇怪)함으로 인해 명교 내에서는 오로지 우사들만이 알고 있는 비술(秘術)이었다.

그러니 자연 문추룡이 급하게 명교를 떠난 후엔 오롯이 전해질 수가 없었던 것이 분명했다.

"그래떠 겨우 화혈법(化血法)만 익힌 게로구나."

"예, 그것도 정말이지 죽을 고비를 넘긴 이후에 익힌 것입니다."

사내는 억울하다는 듯 마불통에게 고개를 조아리며 말했다.

마불통은 그 말을 듣고는 입맛을 다실 뿐이었다.

자신은 명교의 좌사였으니 자연 우사였던 문추룡의 수법을 대강 알고 있었다.

문추룡의 천절사예는 놀랍기 그지없는 수법들이었고, 그중 신형을 한줄기 핏물로 변화시키는 화혈법은 가장 수준이 처지는 것이었다.

별다른 재주 없이 그저 핏덩어리로 변해 돌아다니고 있으니 검각의 검사에게 낭패한 지경을 보인 것을 탓할 수도 없다 싶었다.

하지만 이미 맡은 일이 막중하거늘 자신의 뒤를 이은 좌우쌍사에게 무공을 전수할 여유가 없지 않은가.

그래도 윗사람 입장에서 굽히고 들어갈 수는 없었다.

"너, 그래서 되겠떠? 이젠 아듀 맞먹을라고 하는구먼. 또박또박 말대꾸나 해대고."

쥐새끼 얼굴의 사내는 무슨 말이냐는 듯 조심스럽게 고개를 들고는 물었다.

"당신은 교를 배신하고 소교주와 떠나셨지 않습니까?"

"뭐가 배떤이야! 으휴, 니가 모르는 다른 것이 있떠!"

"흠……."

사내는 이해 못하겠다는 듯 고개를 갸웃거렸다.

하지만 마 총관으로서는 그렇다고 모든 비밀을 말해 줄 수는 없었다. 그래서 인상을 찌푸리고는 내화 내용을 바꾸었다.

"그리고 네 무공이 왜 이렇게 돌렬하냐?"

"뭔 말씀인지? 아항, 졸렬하냐구요?"

"그래! 그렇게 해떠 우리 명교땅따의 위명을 이어 나갈 뚜 있겠느냐? 그건 그렇고, 근데 너 아직도 화혈떤악공을 시련할래? 까불구 있어!"

"뭔 말씀이세요? 화혈진악공을 푼 지가 언제인데요?"

"근데 아직도 네 몸의 일부는 피로 보이잖아! 네 무공 수준이 그렇게 얕을 뚤은 몰랐다!"

쥐새끼 얼굴의 사내는 뭔 얘기냐는 듯 제 얼굴을 쓰다듬다 제 손에 묻은 피를 보고 말했다.

"이건 제가 화혈공을 시전한 게 아니라 코피입니다요."

"음, 그러냐? 아무튼 내가 여기 있다는 것은 교듀 외에 누구에게도 말하지 말아라. 안 그랬다간 네 목숨이 얼마 남지 않을 것이야! 그리고 뎨발 무공 연뜹 돔 해라, 이 빌어먹을 따덕아! 아무튼 알았다! 내 알아 뗘 터리할 테니 네놈은 이 계딥애를 데리고 교로 돌아가거라. 그리고 교듀님껜 내가 따로 연락을… 아니, 네놈은 떤경 뜨지 않아도 된다."

마불통이 민망했는지 자리를 툭툭 털고 일어서자 사내가 벙찐 표정으로 물었다.

"가실려구요? 또 이 계집을 교로 데려가라니요?"

명교의 전설로 남은 인물, 그리고 자신이 무공을 익히다 벽에 부딪칠 때마다 보고 싶었던 인물이 이대로 떠나가려 하자 자연 사내의 목소리엔 절박함이 묻어 있었다.

"그래, 내 얼굴과 떤분을 대강 알고 있으니 그냥 검각에 되돌려보내기엔 너무 늦은 듯하지 않느냐. 그러니 떤금행의 일이 끝나면 되돌려……."

마불통은 말을 하다 진금행의 일을 떠올리자 골치가 지끈거리는 것을 느끼고는 곧 짜증이 치밀어 올랐다.

"아무튼 교로 돌아가! 내 따로 말을 던하겠으니! 그리고 그 띨력으로 아무 데나 나돌아댕길 땡각은 하지 말고!"

휘적휘적 걸어가는 마불통의 뒷모습을 보면서 사내의 마음은 급해졌다.

자신의 무공은 우사에게만 전해져 오는 것이니 마불통에게 물어볼

순 없어도 자신의 친한 친구이자 명교의 좌사의 한은 풀어줘야 할 것이 아닌가!

"마 선배님! 모여화투한판(募黎華鬪寒判), 즉 모화한(募華寒)의 수법을 좌사는 채 이성도 깨치지 못했습니다! 아마도 모화한의 초식이 꼬인 모양인데 어떻게 풀어내야 합니까?"

큰 목소리로 외치는 사내의 말에 마불통이 뒤도 돌아보지 않고 대답했다.

자신도 이미 모화한을 체득할 때 겪었던 벽을 지금의 좌사 역시 겪고 있음을 알았기 때문이다.

사내는 마불통이 전음으로—중요한 무공 구결이니 신중하게 전음으로 말한 것이다—남긴 말을 마음속으로 새기며 고개를 갸웃거렸다.

"비풍초똥팔삼 순으로 풀라고?"

이해 못할 말이지만 아무튼 좌사에게 전하면 알아들을 것이 분명했다.

하기야 자신이 익힌 천절사예의 구결 역시 남들이 들어봐야 이해 못할 것이 분명히지 않은가?

꿈에서라도 만나보고 싶은 사람을 부질없이 떠나보낸 사내는 누워 있는 화소접을 보고 한숨을 불어 내쉬었다.

그리고 사내의 몸이 천천히 붉게 변한다 싶더니 곧 핏물로 변해 화소접의 온몸을 감싸 쥐었다.

그 붉은 핏덩어리가 점차 작아지는 듯싶더니 이윽고 그 자리엔 아무것도 남지 않았다.

*　　　　*　　　　*

넓은 전각과 고색창연한 건물들이 어깨를 겨루며 우뚝 솟아 있는 곳. 무림맹이란 이름으로 이어 내려온 무림의 자존심인 이곳에서도 가장 깊숙한 취의청에서는 격렬한 논의가 펼쳐지고 있었다.

"맹주, 아무리 맹주의 뜻이라 한들 아무나 들이는 곳이 무림맹이 아니지 않소!"

무림맹의 맹주 진근양은 한창 잘 익은 대춧빛인 노인네 얼굴을 물끄러미 바라보았다.

노인은 수염까지 파르르 떨어가며 분에 못 이기겠다는 듯 흥분하고 있었다.

"맹주의 일곱 제자들은 누가 앞섰다고 말할 수 없을 정도로 인재 중에 인재요, 용 중에 용, 호랑이 중에 호랑이, 영웅 중에 영웅, 불세출의 기린아 중에 기린아, 에… 또……."

백호당의 당주이자 하북팽가의 가주인 팽도는 우람한 덩치에 어울리는 커다란 수염을 턱밑에 달고 있는 자였다.

윤기나는 수염을 떨어대는 팽도를 보며 진근양은 그저 탁자 위를 손가락으로 톡톡 치며 박자를 맞추고 있었다.

'백호당주도 다 됐군. 몇 소절을 못 이어가니…….'

우람한 덩치에 걸맞게 화통했었던—과거형임을 주의하자—인물, 우직함과 무식함은 다르다며 말끝마다 들은 글귀를 총동원해야 하는 인물,

그 인물도 자신처럼 늙어간다는 사실에 진근양은 속으로 짜증이 났다.

팽도는 찡그리는 맹주의 얼굴을 보자 더욱 당황해했다.

'어떻게든, 어떻게든 유식해 보이는 말을 늘어놔야 해!'

팽도는 다시 큼지막한 입술을 열어 떠벌리기 시작했다.

"미남 중에 미남, 고수 중에 고수요, 정력 중에 정력! 거시기 중에 거시기!"

탁!

누군가 탁자 위로 무언가를 내려치는 소리가 들리자 팽도의 말소리가 끊겼다.

팽도는 누가 자신의 말을 끊나 싶어 돌아보니 천향각의 각주이자 모용가의 가주인 모용수였다.

'휴우~'

팽도는 내심 안도의 한숨을 불어 내쉬었다.

탁자 위를 달그락거리던 맹주의 손가락 장단에 자신도 모르게 홀린 듯 중얼거리지 않았던가.

맹주는 그런 사람이었다.

단순한 손가락 장단으로도 말하는 사람으로 하여금 심장을 옥죄게 만들 수 있는 사람!

나시 한 번 맹주의 부서움을 절감하면서도 이런 맹주 앞에서 처음으로 말을 꺼낼 수 있었다는 자신의 용맹(?)이 자랑스러워졌다.

"그만하면 됐소, 팽 가주. 그래, 하시려던 이야기가 무엇인지 대강 알 것 같소이다."

모용수가 막 제자리를 찾아 앉던 팽도에게 고개를 끄덕여 보인 후에 맹주를 향해 자리를 고쳐 앉았다.

"맹주께 한 말씀만 드리겠습니다."

맹주는 자신을 향해 말하는 밉살스런 노인네를 쳐다보며 미소를 지었다.

하지만 내심으론 얼굴에 떠오른 표정과는 전혀 다른 쌍욕을 퍼붓고 있었다.

'늙은 갈보 같은 놈! 아니아니, 창기는 솔직하게 아랫도리를 판다지만 저놈은 제 눈 위에 있는 머리를 팔아 세력을 얻었으니 더 천하고도 미운 놈이로다!'

하지만 그런 티를 밖으로 낼 수는 없는 일.

지금 맹주의 얼굴엔 한껏 미소가 떠오르고 있었다.

"그래요, 천향각주. 말씀해 보시구려."

"맹주께서 누구도 모르게 사람 하나를 찾고 계시다는 것을 알 사람은 다 알고 있습니다. 하나, 왜 특별히 한 사람을 찾는지는 모르겠습니다. 사람이 차고도 넘치는 맹이 아닙니까. 더구나 맹주의 일곱 제자 분은 모두들 백호당주의 말씀처럼 인중룡들이신데 새로이 청년 고수를 찾으시는 것이……."

진근양은 하마터면 힘들게 지은 미소를 지우고 얼굴을 찡그릴 뻔했다.

"청년 하나를 찾으려 했소만 고수는 아니라오."

모용수의 눈가가 씰룩이다 재빠르게 제자리를 잡았다.

"그렇다면 맹주께서 그 청년을 찾으시는 연유가……."

진근양은 모용수를 쏘아보며 말했다.

"이 자리가 내 모든 것을 다 밝혀야 하는 자리인 줄 몰랐구려."

모용수의 눈이 가늘어졌다.

"그건 아니지요. 하나 맹주의 몸은 그저 맹주 혼자만의 몸이 아니기에……."

'네놈이 수작을 피우면 나 또한 덫을 놓아야지.'

진근양은 속으로 다짐하며 모용수를 쳐다보다 말했다.

"사실 그건 내 뜻이 아니오. 그저 여러분들께선 지켜보시면 다 아실 것이외다. 나는 그 아이를……."

진근양이 고개를 숙이고는 커다란 비밀을 알려준다는 듯 낮은 목소리로 말했다.

"귀역(鬼域)에 들여보낼 참이라오."

"귀역?!"

사람들의 입에선 놀라움에 찬 목소리가 일제히 터져 나왔다.

귀역(鬼域), 무림맹의 금지(禁地)이자 성지(聖地).

이전에는 죄인들을 가두는 형옥(刑獄)이었지만 악마와 진배없던 전설적인 사대봉공(四大奉公)이 탈출한 뒤로 버려졌던 곳.

그 이후 전대 무림맹의 맹주인 진금호(陳錦浩)가 아무도 들어가지 못하는 곳으로 지정한 이후 아무도 그곳에 무엇이 있는지조차 알지 못하는 곳.

그곳으로 보낼 아이라니…….

모용수의 검미가 움찔거렸다.

자신의 정보가 흐르다 끊겨 버린 곳, 아무도 그 안에 무엇이 있는지 알 수 없는 곳, 그곳으로 그 비밀스런 인간이 들어간다는 것이었다.

'왜?'

모용수의 물음은 끝내 맹주에게 향하지 못했다.

왜 그곳으로 가야 하는지 물으려면 귀역이 어떤 곳이라는 것을 알고 있어야 가능한 물음이었다.

하지만 그곳에 대한 정보가 없다면 모용수의 뇌의 기능은 형편없는 것이었다.

자신의 손아귀에 정보가 갖추어진다면 천하에 무서울 것이 없는 사람, 하지만 그 정보와 지식이 없다면 바퀴벌레만큼도 기능을 하지 못하는 결정적인 단점이 모용수에겐 있었다.

"그럼 이것으로 결론을 맺고… 앞으로 이 일에 대해선 함구해 주시는 걸로 알겠소이다. 그럼 이만."

진근양은 천천히 굽힌 허리를 펴며 주위를 내려다보았다.

절대자의 기도!

그 숨 막힐 듯한 기도를 내뿜자 아무도 입을 열어 항명하는 사람이 없었다.

그렇게 좌중의 입을 막은 후 사라지는 맹주에게 일어서 허리를 굽혀 예를 표하면서 모용수는 생각했다.

'한 방 먹었군! 노쇠한 줄 알았더니 역시 용은 용이였어! 하지만 맹주 역시 그동안 숨겨왔던 기도를 내비춰야 할 정도로 다급하게 일처리를 하다니……. 대관절 그 아이가 누구이기에…….'

그랬다. 맹주는 귀역이란 말을 입에 올려 자신을 격동시킨 효과를 보고는 그 이후 늙어 곧 관에 들어갈 몸뚱이로 무시무시한 기세를 피워 올린 것이었다.

'왜?'

모용수는 또 한 번 머리 속에 의문을 떠올리며 두 눈을 지그시 감았다.

얼마 전, 맹주는 아무에게도 알리지 않고 무림맹을 벗어났다 돌아온 적이 있었다. 무슨 이유인지 궁금했지만 모용수는 별다른 행동을 취하진 않았다. 그저 조용히 남궁가의 가주이자 청룡단의 단주인 남궁호의 뒤를 따랐을 뿐이다.

뛰어난 사냥꾼은 직접 사냥감을 쫓지 않았다. 그저 사냥감을 쫓는 사냥개를 쫓으면 충분했기 때문이다.

사냥감은 무림맹주 진근양이었고, 진근양을 쫓는 사냥개는 남궁호였다. 그리고 모용수 자신은 조용하고도 치밀하게 남궁호의 행적을 쫓았다.

가추호. 남궁호의 행적이 거기서 멈췄다. 그 말은 진근양의 행적이 거기서 끊겼단 뜻이었다. 하지만 모용수가 알아낼 수 있었던 것은 거기까지였다. 가추호에서 무슨 일이 벌어졌는지, 또 맹주가 누구를 만나고 돌아왔는지는 알 수 없었다.

다음날 낭패한 표정으로 미루어보아 남궁호 또한 그것을 알아내는 데 실패한 것이 틀림없었다.

그리고 오늘 아침, 떠들썩한 한패거리가 당당한 태도로 무림맹의 정문을 통과한 것이다.

평소의 자신이라면 전혀 신경 쓰지 않았을 법한 패거리였다.

꼭 시골에서 올라온 촌닭들 같은 놈들 중에 그나마 제법 눈에 띄는 인물은 청성의 현통과 사전에 있는 기루와 도박장의 반을 손아귀에 쥐고 흔든다는 절각도 강구의란 인물이었다.

하지만 무림맹주 진근양의 시선은 보는 사람이 답답할 정도로 팅팅분 한 인물에 가 있다는 걸 알 수 있었다.

'진금행이라고 했던가?'

모용수는 요즘 자신이 전혀 추측할 수 없는 일들이 연이어 벌어지는 데 짜증이 밀려 들어왔다.

하지만 그는 무림 역사상 가장 획기적(?)인 일이 벌어졌다는 것을 알 수는 없었다.

바로 진금행이 드디어 무림맹에 들었다는 사실을 말이다.

진금행은 그렇게 모든 사람의 주목을 끌며 폭풍의 중심인 무림맹으로 들어왔던 것이다.

〈제1권 끝〉

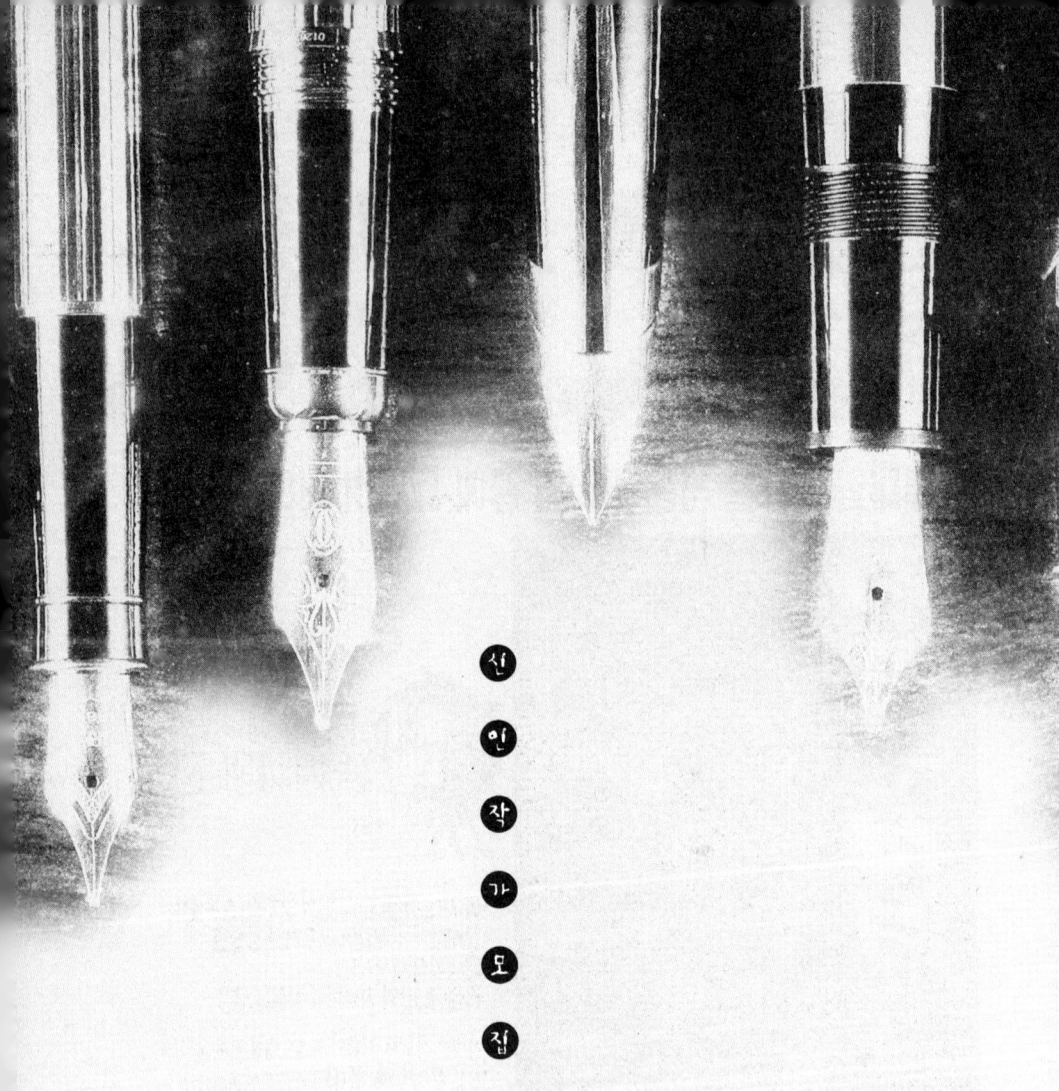

신인작가모집

시작이 반이라고 했습니다.
작가의 길에 대한 보이지 않는 벽을 과감히 깨뜨리십시오!
청어람은 작가 지망생 여러분들의
멋진 방향타가 되어드리겠습니다.

저희 도서출판 청어람에서는
소설 신인 작가분들을 모집합니다.
판타지와 무협을 사랑하시는 분들의 많은 참여를 바랍니다.
소정의 원고(A4용지 150매)를 메일이나 우편으로 보내주시면
검토 후 출판 여부를 알려드리겠습니다.

주소:경기도 부천시 원미구 심곡1동 350-1 남성B/D 3F 우편번호420-011
TEL:032-656-4452 · **FAX**:032-656-4453
http://www.chungeoram.com
e-mail:chungeoram@chungeoram.com